モンテーニュ

よく生き、よく死ぬために

保苅瑞穂

講談社学術文庫

目次

モンテーニュ

よく生き、よく死ぬために

妻へ

序にかえて——なぜモンテーニュを語るのか

ある本に巡り合ってそれを読んでいるうちに、どうかすると無性にその著者に会ってみたくなることがある。ただそうは思っても、そのときはほとんどがもうこの世の人ではなくなっている。それでもこんな人間がこの世にいたのかと思うと、それがうれしさや共感になり、ときには生きることの励みになることもある。実際そんな本に出会ったときは、日が傾いて散歩に出ても木立の緑が息づいて見えて、家の近くを流れる野川に沿った小道を歩く足取りがいつになく軽くなっている。他愛がない話である。しかし事実はそうなのであって、ただ一篇の詩、あるいは何ページかの散文であっても、それが優れたものであれば、その力がこちらの命にじかに響いて来て、生き返ったような気持にさせられるものなのだ。

しかし、それが優れた本を書いた人だからといって、そのすべての著者に会いたいと思うわけでないのが微妙なところであって、著者に会いたいと思うのはその人のなにか深い思想に打たれたからというよりも、話はもう少し形而下の事柄に属している。むしろ言葉から伝わるその人の人間の味に惹かれたからだといった方が真実に近いかも知れない。文章は、やはり最後は人なのだろう。だからその人に会っても別にむずかしい話がしたいわけではない。その人が普段の暮らしのなかで一息入れたり、人と雑談したりしているところにこちらもただの客になって加わって、その人の傍らでのんびり時間を過ごしてみたいと思うだけなのである。誰にでもそんなふうにして巡り合った本の二冊や三冊ぐらいは必ずあるに違いないが、モンテーニュの『エセー』も、いつとはなしにわたしにそんな気持ちを起こさせる本の一冊になっていたのである。

その本というものは、それがどんな種類の、どんなに優れた本であってもただその本であって、それを書いたり読んだりするのは、人間の暮らしから見ればその一部分をなすに過ぎないものである。やむを得ず一日中書いたり読んだりすることに追われていても、いやそういうときなら却って、窓から見える庭の木に知らないうちに夕日が差しているのに気が付いて、疲れた頭が休まるのを感じる。なにかの仕事に没頭していても、木の幹を染めている夕日の色に気が付けば、われわれの精神はその色を楽しむことができるのが本当であって、それは仕事の方からすれば注意が逸れたように思えても、われわれが夕日の色を楽しむのであれば、それは精神がそのときは寛《くつろ》ぐことを欲していたのである。精神はそんなふうに自分の注意を惹くものに出会えば、いくらでも柔軟に、また微妙に働くものなのだ。そして、そういうことが精神にはできるから、われわれは夕日の静かな色を眺めたあとで、ふたたび気力が戻って仕事に向かう気持が湧いて来る。

だから一日中本と付き合っているつもりでいても、実際はその一日にわれわれは色々な時間を生きている。そのどの時間にもわれわれの精神は等しく働いているはずであり、夕日を眺めるにも、なにかについて本を書くにも、精神の働きに高下というものはない。そして、そうやって精神が様々に働くうちに時間が過ぎて行って、その一日が暮れて行く。またその一日が集まって一年になり、十年になって、人の一生が過ぎて行く。本を書いているときだけ自分は生きていて、友達と一杯やるときは……などと思うものがいるとすれば、それは友達甲斐がないという前に、生きていることについてなにか思い違いをしているのであって、そうした考えはもともと精神の働きが許すはずがないのである。

モンテーニュはそういう窮屈な考えを持ち合わせていなかった。これは、かれがどこかではっきりとそう言っていることではない。ただ『エセー』を読んでいると、そんなかれの声が聞こえて来るような気がするのである。しかしその『エセー』のなかに、モンテーニュの知り合いで、ある身分の高い貴婦人に捧げられた章があって、そこに次のような言葉があったのを思い出す。

［a］私は自分の生活のために使えなかった幸福などは物の数とも思っていません。自分がどんな人間であっても、紙の上とは別なところで幸福でありたいと思っています。私の技術と腕前は、この私自身を立派に活かすために使ってきましたし、勉強の方は、書くことでなくて作ることを覚えるために充ててきました。私はいっさいの努力を傾けて自分の生活を作ってきました。それが私の仕事であり、作品なのです。私はほかのどんな仕事の作り手でもありませんが、それ以上に本の作り手ではないのです。（ピエール・ヴィレー版『エセー』一九七八年（Paris: Presses Universitaires de France）、七

八四ページ。以下の引用はこの版による。なお文頭あるいは文中にある［a］などの符号については後述）

あれだけの本を書きながら自分は本の作り手でないと言っているのは、むろん謙遜などでなくて、モンテーニュの本心である。生活を作ることが、かれが一番に目指したことであって、かれにとって本を書くことはその生活の一部をなすに過ぎなかった。この一節を読んだだけでもモンテーニュという人間がもう見えてくるような気がする。

かれはフランスの南西部にあるボルドーの東六〇キロほどのモンテーニュという土地に、父から受け継いだ領地を所有するれっきとした領主であって、国王付の侍従武官を務めるかたわら、ボルドー高等法院の、いまでいえば裁判官にあたる評定官や、同市の市長の職にも就いたことがある要人でもあったが、モンテーニュがここで「生活を作る」と言っているのは、そういう身分や財産には直接関係がないことで、ひとことでいえば、われわれが銘々の身の丈に合わせて、身もこころも平穏でいられる日常の生活を作るということである。これはモンテーニュでなくても、まともな人間なら誰でもが生きて行く上で目指すはずの平凡とも基本とも言えることである。しかし、その上でかれがその平凡、あるいは基本とも言える生活を築くために「いっさいの努力を傾けて」と言っているところに、かれがその生活を築くのにどんな姿勢で臨んだかが端的に示されている。一口にいって、それは真剣なものだった。しかしそれが真剣だったのは、モンテーニュが生きていたフランスの十六世紀が明日の命も判らない宗教戦争に翻弄された時代だったからだといって済むことではない。時代の状況が戦乱だろうと平和だろうと、「生活を作る」にはそれだけの精神の努力が実際に必要だったのであり、また時代がどうだろうとつねに必要なことなのである。かれは平穏に、自由に暮らすことがなによりの望みだと何度も繰り返して『エセー』のなかで言っているが、その望みは、それが平和な時代のことであっても、待っていて叶うような筋のものではなかった。かれがその望みを叶えようとして、あの血なまぐさい宗教内乱の渦中で、どれだけ努力を重ねたかは『エセー』を読めば明らかであるが、意外なことに、この本を書き始めた当初はそんなことが自分の本の主要な題材の一つになろうとは、著者自身思ってても見なかったようなのである。『エセー』のような本には、人によって色々な読み方があっていいのだが、正直な話、この本に見られる様々な主題のなかで、そのあたりがわたしには一番胸に響くところなのである。

しかし、ここでもう一度念を押しておくと、モンテーニュがどういう動機で本を書き始めたにせよ、またものを書くことがどんなに好きな人間だったにせよ、結局これを生涯書き続けることになったのは、「生活を作る」にはまず自分というものを知り尽くす必要があったからで、それには書いてみることが一番なのだ。ところが書いてみると、人間の正体は一日一日姿を変えて摑みようがなくて、そのためにかれは自分を追い続けて、死ぬまで書く羽目になった。そういう人間に向かって本を書くことが生活の目標だったと言ったのでは、自分は本の作り手でなくて生活を作ることが仕事であり、作品であるとわざわざ断っている著者にとって本末が転倒するのである。但し、万に一つの誤解を避けるためにいっておけば、だからといってかれを素人の作家と呼ぶものがいるとすれば、それは単に少しでも身を入れてかれの本を読んだことがないのを告白しているのに等しい。かれがフランスの十六世紀を代表する作家というだけでなく、その枠を越えた作家であるかどうかを知りたければ、その本を読めばいい。読むといっても抜粋でなく、『エセー』のすべてに目を通すことが必要になるだろう。なぜならモンテーニュは、これはアラン（一八六八―一九五一年）が言った言葉であるが、「抜粋を読んだのではなんの役にも立たない作家」だからである。

ここでもう一つ、いまいった素人ということで但し書きを入れると、『エセー』を読んで気が付くのは、それがどんな分野であっても、かれがその道の専門家ではなかったということである。本を書くのは、その頃の仕来たりでは専門家の仕事だった。歴史家は世界の出来事について記述し、哲学者は自分の思想を述べ、詩人は詩を書き、神学者は宗教を論じるのが著者としての建前であるときに、かれにはそうした専門が何もない。つまり何かの専門家として書いているのでなくて、本の書き手としては専門の分野を持たない素人なのである。かれは主に古代ギリシア・ローマの哲学や、歴史や、詩文を好んで読んだ。現代のものも読んだ。それも好きな本は何度でも繰り返して読むという読み方で、しまいにはそれが頭に染み込んでしまって、『エセー』に見られる無数の引用の源になったのだが、それは身についた素養というものであって、知識や専門ということにはならない。強いてかれの専門をあげれば、モンテーニュは自分自身についての専門家である。ほかの者たちは、法律家、医者、数学者、天文学者、そのほか何でもいいその分野での専門家として語っているのに対して、かれはミシェル・ド・モンテーニュというなんの肩書きも持たない一人の人間として語っていて、そのことを『エセー』のなかで絶対の自信をこめて強調している。「〔c〕著述家というものは、人々になにか特別な、変わった印によって自分を伝える。私は文法学者や、詩人や、法律家としてでなく、ミシェル・ド・モンテーニュとして、私の存在のすべてによって自分を伝える最初の人間である」（八〇五ページ）。こういう種類の人間は、かれがここで言っているとおり、それまでに例がないことだったが、ただ世間ではそんな一個の人間に関する知識など専門とは見なさない。しかし専門を持たずにものを書く人間、日本でいえばさしあたり兼好か清少納言のような書き手がヨーロッパで初めてここに現れたのであって、エーリヒ・アウエルバッハ（一八九二―一九五七年）はモンテーニュのなかに、なんの専門も持たないもの書き、ひとことでいえば、文人 homme de lettres の誕生を見て取って、その意味を次のように捉えた。

この職をもたない独立独歩の男は、したがって新しい職業と新しい社会範疇をつくりあげたのだった。「文人」あるいは「文章家」、つまり文筆家としての素人である。この職業がまずはフランスで、その後は他の文化諸国でも、いかなる栄達を得たかは周知のとおりである。つまりこの素人たちは、真に精神的な人、精神生活の代表者にして指導者になったのである。〔…〕モンテーニュからヴォルテールにいたるまで、この事情はとどまることなく上昇しつづけ、十九世紀になると彼らは地位を拡充し、活動を広範な底辺に、つまりジャーナリズムの底辺に据えた。そして、すでに以前から衰退のしるしがいくつか見られるにもかかわらず、二十世紀になってもなお、彼らが世論の声としての地位を確保しつづけることは、まずまちがいがないだろう。(「文筆家モンテーニュ」)

「文人」という言葉は、いまの日本では人の肩書きに使われることはほとんどなくなって、死語に近くなっているようであるが、フランスではそれを意味する原語はいまでも立派に通用する言葉である。それはそういう人間が現にいるということであり、二十世紀のフランスで文人の代表的なものにポール・ヴァレリー(一八七一―一九四五年)やアランなど幾人かの人間がすぐに頭に浮かぶ。ヴァレリーには詩という専門があったが、そのほかで書くものは文人の名に値する達意の文であって、かれの存在が精神的な指導者として二十世紀前半のフランスの社会に果たした役割は、アウエルバッハが指摘したとおりのものだった。かれが死んだとき、フランスは国葬をもってその死を悼み、その栄誉を称えた。モンテーニュは、生前に同時代の世論を左右するほど読まれたとは言えないにしても、時代を越えて読み継がれていて、これはほんの一例に過ぎないが、いまの引用にもあったヴォルテールやかれと親しかったデファン夫人のこころを摑んでいたことを思えば、かれが名実ともに文人の系譜の筆頭に置かれるのは自然なことと言っていい。

そして、たしかに文人の筆頭にいる人間が遺した『エセー』がフランス・ルネサンスのもっとも優れた作品の一つであることは動かせない。しかしこうした文学史に出て来そうな決まり文句を並べるよりも、まずこれをただの本と思って読んで、そこに聞こえるはずのかれの肉声に親しむことの方が、読むものにとってはるかに読み甲斐があるというものである。というより、それ以外にいったいどんな読み方があるだろうか。そのことに気が付けば、次には本を書いたその人間に会ってみたいという気持ちが自然に湧いて来るだろう。じつはモンテーニュ自身もそれと似たようなことを『エセー』のなかで漏らしていたのである。

かれは自分の考え方や性格について『エセー』で語ったことがどこかの誰かに気に入ってもらえたら、どんなに遠くてもその人に会いに行って、友達付き合いをしたいものだと言っているのである。

〔b〕私は、自分について書くことで得になることをもう一つ期待しているのだが、それは私が生きているうちに、私の考え方がどこかの紳士のと一致して、気に入られるようなことになって、その人が付き合いを求めて来るかも知れないということである。私はその人にずいぶん得をさせるわけだ。どうしてかというと、長いこと親しく付き合って、何年もかかって手に入れることをすべて、かれはわずか三日でこの記録〔『エセー』のこと〕のなかに見出すからだ。それももっと確実に、正確に見出す。〔…〕もしもそれほど確かな証拠があって、私の気性とぴったり合うような人がいたならば、私はどんなに遠くてもその人に会いに行くだろう。なぜなら自分にふさわしくて、気持ちがいい付き合いの楽しさは、どんなに高く買ってもいいというのが私の考えだからである。友達！　友達と付き合う習慣は、水や火といった要素よりもずっと必要で、ずっと快いものだ、といったあのいにしえの格言はまったく本当なのだ！（九八一ページ）

もしもモンテーニュがそういう読者に巡り合えたら、それこそ本の功徳というものですねと言ってみたいところだが、かれは自分の本が誰かに気に入られて、それが縁でその人と友達付き合いができることを本気で期待しているのである。本と日々の生活とがここでは一つに繋がっていて、生活の一部に本があるという自然な感覚が生きている。今の時代でも、ものを書く人間はこころの片隅に、かれが言ったような期待を抱いていないはずはないのであって、本にかぎらず自分がした仕事が機縁になって、人との付き合いが生まれるのはいいものである。そこには信頼と共感だけがあり、およそ利害や邪気とは縁がないから、その付き合いは快いものなのだ。しかし本の寿命が情けないほど短い昨今とは事情がちがって、むかしは本の命に比べたら、著者の命などははるかに儚《はかな》いものだったから、著者に会いたいと思っても、相手がこの世に生きていることはそうめったにはなかっただろう。著者にしてみても、自分の本が縁で気が合う読者に巡り合って、その人と付き合ってみたいと思っても、それは淡い夢なのである。

＊

ところがモンテーニュは、晩年になって思いがけない幸運に恵まれた。一人の若い娘が『エセー』に魅せられて、自分の方からモンテーニュを訪ねて来たのである。

一五八八年二月、かれはパリへ上京した。その八年前に、かれは二巻からなる最初の『エセー』をボルドーの本屋から出版したが、それに三巻目を加えた新たな版を、今度はパリで出すためだった。これは偶然の巡り合わせだったが、ちょうどその頃、マリ・ル・ジャール・ド・グルネーという二十二になる娘が母とともに上京して、パリに滞在していた。この娘は『エセー』を読んで感激して、こころからモンテーニュを敬愛するようになっていたのである。

あとで述べるように、当時のフランスはすでに三十年近くも続いている血で血を洗う宗教戦争の真っ只中にあった。宗教戦争とはいっても、これだけ内乱が長引けば、戦争を口実にして各地で野盗顔負けの狼藉を働くものが出て来た。モンテーニュはパリへの途上、オルレアンに近いヴィルボワという森のなかで、新教徒軍と思われる覆面をした兵隊の群に襲われて、金品とおそらくは『エセー』の原稿を危うく奪われ掛けるという奇禍に遭った。それがどうやらモンテーニュ拉致あるいは死亡という知らせになって、パリに流れたらしい。グルネー嬢は動転した。だが、それが虚報であることが知れると、母と娘はいち早くモンテーニュの宿を探し当てて訪ねて行ったが、宿の主は不在だった。二人がはじめて対面するのはその翌日、あるいはそれから数日あとのことだったらしい。

この年、モンテーニュがパリへ上京したのは本の出版のためばかりでなく、なにか政治的な使命を帯びた上京でもあったようだ。あとでする話のために少しだけ説明を加えると、この時期、フランスの宗教戦争は、国王アンリ三世と、その後継者の資格をもつ新教徒のアンリ・ド・ナヴァール、それに旧教同盟派の首領で、折があれば王位を狙おうというアンリ・ド・ギュイーズの三人の間で、激しい政争に発展していた。こうした状況のなかでフランスの将来にとって火急のことは、国王になるものはカトリック教徒でなければならないから、ナヴァール王アンリを何としても旧教に改宗させることだった。しかしかれは改宗には容易に応じようとしなかった。モンテーニュは前々からこのナヴァール王の信頼が篤く、身分の上下をこえて親交があった。その王に改宗を勧めるとなれば、かれほど適任のものはいなかっただろう。モンテーニュの政治的な使命というのはこの改宗をめぐるものだったかも知れない。

この一五八八年というのは、宗教戦争が最終の段階を迎えるその幕開けの年であって、パリでは五月に、国王アンリ三世の軍勢が旧教同盟派の軍勢と戦闘に入って、「バリケードの日」といわれる市街戦になった。そして国王軍が敗れて、王はルーヴル宮に軟禁されたが、機を見てそこを脱出すると、パリから落ち延び、モンテーニュはその王を警護して……しかしこの話をするのはまだ早い。それは後に廻すことにして、結局モンテーニュは、十月までパリに滞在した。そして、十一月には三部会が開かれるブロワ城に赴き、そのあと郷里への帰途に就くのであるが、かれはこのパリ滞在の期間を利用して、グルネー嬢の家族が住むパリの北方、ピカルディー地方のグルネー・シュル・アロンドにある家へ出掛けて行った。夏のことだった。こうして『エセー』に予告してあった読者との付き合いという夢が思いがけず実現したのである。ただその相手がどこかの紳士でなくて、妙齢の娘だったというのはモンテーニュの予想になかったことで、それが、なにかと心労が絶えなかったこの時期にいっときの安らぎをかれに与えたことが伝記や『エセー』から察せられるのである。

その二度にわたる訪問は、あわせて三ヵ月近くに及んだというから、よほどその地での滞在が気に入ったと見なければならない。二十二歳のグルネー嬢はそのときすでにある程度の教養と判断力を身に付けた女だったようであるが、モンテーニュから見れば、まだ小娘も同然の年頃だった。かれはこの娘を縁によって結ばれた義理の娘と呼んで、実の娘のように思っていたが、それがどんな付き合いだったかは興味があるところで、『エセー』のなかにこんな一節がある。

〔c〕私はいろいろな場所で、私の義理の娘であるマリ・ル・ジャール・ド・グルネーに抱いている希望を喜んで公にして来た。たしかにこの娘は私から父親以上に愛されていて、この孤独な隠棲のなかに、私自身の存在の最良の部分の一つとして包まれている。この世で、私の眼のなかには、もうこの人しかいない。もし若さに予言する力があるものならば、この人の魂はいつかもっとも美しいことをいろいろ成し遂げることができるだろう。なかでも、これまで女がその高さまで達したことを一度も読んだことがないあのいとも神聖な友情を完成させることもできるだろう。品性が誠実で堅実なことはすでにそれに十分である。私に寄せる愛情は溢れるばかりであるから、この上もう望むことは何もない。ただ私に出会ったのが、こちらが五十五のときだったので、私が死ぬのを心配して、あまりひどく苦しまないでもらいたいと願うだけである。グルネー嬢が最初の『エセー』に、女として、この時代に、あの若さで、あの地方でただ一人下した判断は〔…〕深い尊敬に値する出来事である。（六六一―六六二ページ）

義理の娘に対するモンテーニュの熱の入れようが伝わって来る書きぶりであるが、ただ以前から、これが本当にモンテーニュが書いたものかどうかについて疑問が持たれていて、グルネー嬢の作文ではないかという説もある。グルネー嬢は、モンテーニュが生前『エセー』の余白に自筆で書き込んであった加筆部分を、モンテーニュ夫人と詩人のピエール・ブラックが浄書したのをもとに、同じこのブラックの協力を得て『エセー』の新しい版を出した。これはモンテーニュの死後三年たった一五九五年のことであるが、その際にグルネー嬢がこの一節を作文して、それを挿入したのではないかというのである。真偽のほどは判らないが、これを訳していてモンテーニュの文体にある独特の手応えを感じなかったのは確かである。しかし文体はそうであっても、二人の交遊の事実までを曲げているとは思えない。モンテーニュの研究家ストロフスキがいうように、この証言の「誠実な香り」は否定することができないだろう。

それに、最晩年の書き込みのなかで、モンテーニュは、もしもこの『エセー』がもっと早い時期に書かれていたならば、「[c]この本が仲立ちになって、運命が私に贈って下さったのかも知れない情け深いお恵みとも、もっとふさわしい季節に巡り合えていたことだろう」（一〇五七ページ）と書いていて、『エセー』の編者であるヴィレーは、これはグルネー嬢との出会いを念頭において書いたものかも知れないと注記している。もしそうであれば、モンテーニュはこの娘との出会いが自分の晩年のことで、折角の運命の恵みも十分に楽しむ時間がなかったことを嘆いていると読める。しかし嘆きは嘆きとして、この若い娘との出会いは、それがかえって晩年のことだったから、それだけかれの命になにか華やいだものをもたらしたと言えるかも知れない。二人の交遊は、ピカルディーの野原で散歩でもしながら、『エセー』について語り合う知的な喜びの時間である一方で、その交遊の底を流れていたものは、娘を愛する父とその父を慕う娘の情愛であったような気がするのである。

われわれ後世の読者は、グルネー嬢のようにじかに著者との交遊を楽しむことはできない。しかし、良い本というものは必ずそこに書き手の声が感じられるものだから、われわれは本から伝わって来るモンテーニュの声を聞き取って、それに親しむことはできる。そして本との交わりがそこまで行けば、これは著者に対するわれわれの友情であって、モンテーニュに対するグルネー嬢の敬愛に負けるものではないだろう。われわれがそういう感情を本との付き合いに感じるようになるとき、その付き合いはわれわれの生活の一部をなして、本はごく自然にわれわれの日常の日々に溶け込んで来るのである。

*

このまえがきでもう一つ書いておきたいのは、モンテーニュが『エセー』に取り掛かる前後の経緯と、これを書くことになった動機についてである。

一五六八年六月、父のピエール・エーケムが死ぬと、モンテーニュは家督を相続した。そして、一五七〇年四月に、それまで十三年にわたって務めて来た高等法院予審部の職を辞して、自邸に隠棲するのである。しかし引退を決意する少し前まで、かれに職を辞する気持ちが本当にあったのかどうかあまり明らかでない。というのは、かれはそれまで十級評定官の地位に据え置かれていたが、辞職する前の年の十一月に、その下級の部署である予審部から、空席ができた大法廷部への昇進を願い出ていたからだ。そのことを考えると、評定官をつづける気持ちがまだ十分あったようにも思われる。しかし、結局この願いは、同じ部にかれの親戚縁者がいるという理由ともいえない理由で却下されてしまうのだが、この却下の背後に、法院内部の対立による「悪意」と「陰謀」があったのではないかとストロフスキは見ている（『モンテーニュ、その公的生活と私的生活』一一一ページ）。もしそうした確執が内部にくすぶっていたのが事実だとすれば、モンテーニュの性格からいって、それに嫌気が差したというのは想像し易いことで、それが辞職を決意する一因になったことは考えられる。

それに加えて、当時宰相だったミシェル・ド・ロピタルが一五六八年に引退したことがかれの心に微妙に影響していたかも知れない。ロピタルは一五六〇年に宰相に就任して以来、対立する旧教徒と新教徒の融和をはかるために、新教徒に寛容な自由主義的な政策を採用して、宗教内紛を解決しようと努めて来た人物である。そして、その政策に共鳴する人々によって穏健なポリティック党というのが結成されたのであるが、一五六八年にいたって、ロピタルは両派の対立が激しくなるに及んで、自分の寛容な政策が実現しがたいことを悟って宮廷を辞したのである。

その心境はおそらくモンテーニュも同じだったのではあるまいか。いずれにしても、かれが喜々として引退を選んだのでなかったことは事実のようである。しかしいったん引退を決意すれば、心境はおのずから変わって来る。

公務を離れたモンテーニュは、三十八歳の誕生日にあたる一五七一年二月二十八日、書庫をかねた書斎の壁に、ラテン語による引退の銘文を彫らせた。そこには引退によって得た自由な時間で好きな読書に日を送ろうという、いかにもユマニストらしい期待の言葉が躍っている。

キリスト年一五七一年、三十八歳のとき、三月一日の前日、すなわち誕生日に、ミシエル・ド・モンテーニュは、すでに久しい以前から宮廷への隷属と公務とに疲れていたので、まだ心身ともに潑剌としているうちに、博識な処女たちの胸元に来て、ひとり憩うことにした。かれは平穏と安らぎのなかで、残された余生を終わるであろう、もしもかれがこの父祖の地に住んで、心地よい隠棲の日々を終わることを運命が許してくれるならば。かれはその日々を自由と、平穏と、閑暇とに捧げることにした。

こうしてモンテーニュは公人としての生活を捨てて、余生を自分のために生きる生活に入ったのである。ただ、このときのかれには知る由もないことだったが、九年後に運命はかれをボルドー市の市長としてふたたび公の場に引き出すことになる。しかしそれはまだ先のことで、いまは自由を得て、念願だった自分の生活を作ることに力を傾けることになった。

だが自由や閑暇というものは、その使い方を知らないものにはかえって厄介なもので、引退して間もなくモンテーニュもそれに気が付いたらしい。精神をいたずらに遊ばせておいて屈託を感じないでいられる人間というのも珍しいが、精神が遊ぶのは、その精神になにか集中できるものがあって初めて自在に遊ぶのである。音楽を聴いているとき、ふと自分のこころが自由になるのを感じて、音楽とは別なものに精神が向かって行くことがあるが、これは意識が散漫になったのではなくて、精神が雑念から解放されて自由に遊び出した、あるいは働き出したのである。『エセー』の初期の文章を読んでいると、モンテーニュが自由という曲者を前にして少しばかり戸惑いながら、自分の精神を立て直そうと努めている姿に出会うことがある。そして、その立て直しのなかから『エセー』への歩みが始まるのである。

引退の翌年にあたる一五七二年頃に書かれたと思われる「無為について」のなかに、かれはこんな言葉を書き付けている。

［a］遊んでいる畑というのは、それがよく肥えていれば、あらゆる種類のむだな雑草がむやみに生い茂るもので、その畑を使えるようにするためには、われわれの役に立つなにかの種子に割当てて使わなければならないが、〔…〕精神もそれと同じことであって、精神に手綱をつけて拘束するような主題に専念させないと、精神は調子が狂って、あちらこちら茫漠とした想像の野原に身を投げ込むことになる。〔…〕およそ狂気じみたことや愚かな行為で、そんなふうに動揺した精神が生み出さないものは一つもないのである。（三二ページ）

これは無為な精神一般について書いているように見えるけれど、明らかにモンテーニュがその当時の自分の精神について下した診断と見ていい。引退によって得た自由な時間が、銘文に刻んだ隠遁生活の明るい展望を裏切って、精神の調子を狂わせていることにかれは気付いたのである。そこで、その診断に従って、いち早く精神に一つの仕事を課すことを思い付く。

［a］最近私は家に引きこもって、できるかぎり決意を固くし、残されたわずかな余生を平穏に、一人離れて過ごすことにして、それ以外のことには首を突っ込まないことにした。精神をまったく無為の状態に置いて、自分自身と語り合い、自分のなかにとどまり、そこに坐らせておくことほど大きな恵みを精神に与えることはできないように思わ

れたのだ。今後は時間とともに精神が重みと円熟を増せば、そういうこともいっそう容易にできるようになるだろうと期待したのである。ところが、気が付いてみると、

閑暇はつねに精神を散漫にする〔ルカヌス〕

その反対に、精神は放れ駒になって、他人のためにした苦労の百倍もの苦労を背負い込んで、奇怪な妄想や怪物めいた想念を秩序もなければ目的もなく、次から次へ、いやというほど生み出すのである。そこでその愚かで、奇妙な振る舞いを心ゆくまで眺めるために、私はあとで精神に赤恥をかかせてやるのを楽しみにしながら、それを記録に取り始めたのである。（三三ページ）

どこか余裕をもって自分を揶揄しているような書き振りであるが、距離を置いて自分を見つめるこういう態度はかれの性格の一つの現れであって、それを形容するには平常心という言葉が一番ふさわしいだろう。この平常心でいるということは、かれが日常の日々を楽しむのに役立ったばかりではなかった。宗教戦争のなかで危うく命を落としかけたとき、二度までもその危機からかれを救ったのもこの平常心だったからである。いずれこれについても語りたいと思うけれど、この引退後の生活のなかで、無為と孤独に苦しめられたときは、少しばかり事態は深刻であって、かれはとにかく精神を平静に戻すことに取り組んだ。そして、

「放れ駒」になった精神に記録するという仕事を与えた。なにを記録したかといえば、そのころかれが読んでいた本のなかで興味を惹かれた事柄や、それに関するかれの感想であって、やがて『エセー』の中心の主題をなして、これを後世に残るほどの本にしたかれ自身に関する考察や人間に関する思索ではなかった。

しかし、こうして書くという仕事は精神を一時の変調から救って、それを正常に戻すのに役立った。もしもこの仕事に打ち込まずにいたら、隠棲の孤独が、精神の変調を憂鬱症という本物の病気にしていた可能性もあったのである。『エセー』の初版が出るのは、前にもいったように一五八〇年のことであるが、その前年に書かれたと思われる章のなかで、かれは『エセー』を書き始めた頃のことを回想して、こういう告白をしている。引退後の生活が、あの引退の銘文に書かれた「自由と、平穏と、閑暇」の日々とは懸け離れたものになったことがこの短い文から読み取れる。

［a］ものを書いてみようというこの妄想がはじめて頭に浮かんだのは、憂鬱な気分という、したがって私の生来の気質がひどく毛嫌いする気分のためであって、そんな気分になったのも、私が数年前に飛び込んだ孤独の苦しさゆえであった。（三八五ページ）

書くといっても、初めのうちならば他人の本を材料にして書くこともできるだろうが、いずれはその種が尽きるときが来る。そのときモンテーニュは、かれが一番知っているはずの自分という人間を本の材料に選ぶことを思い付いた。「［a］それから私は、他のすべての材料がまったくなくなってしまったので、題材と主題として私自身を私に提供することにした。これは野蛮で、型破りな企てをもった、［c］この種のものでは世界でただ一冊の本である」（三八五ページ）。

自分を描くという、後にパスカルから激しく非難されることになるこの企てがモンテーニュを導いて、かれにどんな自分を発見させるのか。また、この先の人生でどんな経験がかれを待ち受けているのか。その経験を糧にして、かれがどんな思索を巡らすのか。なるほど『エセー』は一個人の経験と思索の本である。しかしモンテーニュには、どんな人間のなかにも人間が持っているすべての性状が存在しているという強い信念があって、一人の個人を徹底して見極めれば、それは人間全体に通じる探究になると信じた。それゆえ『エセー』は、モンテーニュという個人が材料であっても、その個人を通して行われた普遍的な人間の研究なのである。

モンテーニュはその最晩年に至って、二十年間『エセー』を書いて来たことを振り返って、自分を見つめつづけたことにこういう感慨を残している。最後にその言葉を引いておきたい。

［c］誰一人これを読むものがいなくても、暇な時間をたっぷり使って、これほど有益で、楽しい思索を続けたことが、時間を無駄にしたことになるだろうか。この本に描か

れた私の姿を自分に合わせて作りながら、私はその姿を引き出すために何度も自分をしつけたり、整えたりしなければならなかった。おかげで原型が自然と固まって、いくらか形が出来上がった。他人のために自分を描くうちに、私は初めの頃よりもずっと鮮明な色彩で自分を描くようになった。私がこの本を作ったというよりも本が私を作ったのである。この本は著者と実体を同じくするもの、私だけに係わりがあるもの、私の生活の一部であって、他のすべての本のように、無関係な第三者に係わったり、それを目的にするものではない。これほど絶え間なく、入念に、自分を究明したことが時間の浪費だっただろうか。なぜなら、頭や口先だけで、片手間に、ただ反省するだけのものは、徹底して自分を吟味し、掘り下げはしないからだ。かれらには、そういうことを自分の研究にし、作品にし、仕事にして、全身全霊で長い記録に打ち込むものがやるようにはやれないからだ。（六六五ページ）

これからモンテーニュが自分を吟味して掘り下げた記録である『エセー』をたどるにあたって、かれが生きた宗教戦争の時代がどんな時代だったのか、またその時代をかれがどう生きたのかを、初めに見ておくことにする。なぜなら、それを知ることは、戦乱のなかであっても自由に、平穏に生きることを目指して思索し、行動した人間の記録を理解するのに欠かすことができないからである。その時代を知るには当時のフランスを語った歴史の本を読めば済むことで、フランスの十六世紀がどんな時代だったかは、それで容易に知ることができる。しかしわたしは、モンテーニュがその眼で見て、『エセー』のなかで語っていることを通してこの時代を眺めてみたい。そうすれば、単に時代のありさまが見えるだけでなく、かれがこの時代をどのように見、そしてどのようにそれを生きたかを併せて知ることができるからだ。およそ時代を離れて人間の生活はあり得ない。また時代に左右されない生活というものも考えられない。モンテーニュの生活は一面、宗教戦争に明け暮れた時代の波に激しく翻弄された生活でもあった。そうであれば、なおさら時代の状況を摑むのは避けては通れないことなのである。

＊

最後に、『エセー』を引用する際の翻訳について、ひとこと言っておかなければならない。この本にはすでに数種類の翻訳が行われていて、いま手に入りやすいものに、関根秀雄、原二郎、荒木昭太郎の三氏の翻訳がある。それぞれ特色を持った名訳で、そのいずれかを拝借すればいいようなものであるが、文体の統一を考えて、あえて拙訳を使うことにした。三先達の訳業に多くを学ばせていただいたことは言うまでもない。

訳文のなかにある［a］、［b］、［c］の符号は、慣例によって『エセー』の原文に編者が付けたもので、［a］は一五八〇年の初版の『エセー』一二巻のテクストを指す。［b］はこの初版のテクストに施された加筆部分と、あらたに執筆されて、一五八八年版の『エセー』に加えられた第三巻のテクストを指す。また［c］は一五八八年の『エセー』の余白に著者が死ぬまで書き加えたテクストを指す。これらの符号が示す執筆年代のちがいは、モンテーニュの思想の変化、あるいはその深まりをときにわれわれに教え、ときに暗示するものであって、注意深い読者はそこに興味あるなにかを読み取るにちがいない。

これから書くものはモンテーニュに関する研究ではない。研究書ならば、図書館の書棚に溜め息が出るほど並んでいる。わたしはかれの読者であって、研究者ではないから、そこに研究書をもう一冊加えるつもりも、力もない。わたしはただ『エセー』を読んでいるうちに、モンテーニュについて感じたことを語りたくなったのである。それが具体的に何についてかといえば、モンテーニュという人間の魅力についてということに尽きる。『エセー』にはたしかに、一人の人間が語っているという手応えがあって、言葉のなかから、ほとんどその人間の肉声が伝わって来る感じがする。かれは生きている刻一刻を、神様が恵んで下さった贈り物のように受け取って、それを楽しむことに精一杯、力を傾けた。時代は宗教戦争のなかで疲弊して、生活を楽しむゆとりを人々から奪ったように見えたが、かれはその渦中にあって、日常の日々をできるかぎり穏やかに生きて楽しむことを自分のもっとも大きな仕事にした。これは享楽主義というのではなく、命あるものの本能であり、務めである。その仕事に比べたら、カエサルやアレクサンドロスが生涯をかけてやった仕事、戦闘に勝つことも、国を統治することも、財を成すことも、付属的なことに過ぎないと言っている。老いが来て、生命の力が衰えて行くのを感じると、かれはそれまでの倍の力で生きていることを味わおうとした。かれがあれだけ本を読み、勉強したのも、それによって知識やなにかの肩書きを得るためではなく、よく生きて、よく死ぬためだった。そういう人間が四百年前のフランスにいたのである。わたしはその人に本のなかで偶然巡り合った。そして、そういうモンテーニュについて語ってみたくなったのである。

第1部　乱世に棲む

波や風や船頭の勝手気ままに引き廻される哀れな船よ

（『エセー』第三巻第十章）

人は良き時代を懐しむことはできる。しかし現代から逃れることはできない。

（『エセー』第三巻第二章）

I　怒りについて――人食い人種は野蛮か

1

人間は自分が生まれ落ちる国と時代を選ぶことができない。それが国であれば、そこが住みにくいとなれば他所へ移って住むことも考えられるが、それが封建の世だったら生まれた村を離れるのさえ命懸けの振る舞いであって、村境は村の住人にとって世界の果ても同じだったにちがいない。今なら国を捨てて別の国に住むのはたやすいと思うものがいるかも知れないが、その今であっても現実に自分の国を去って異国に住みつくには余程の覚悟がなければ果たせるものではない。住みにくいのが国でなくて時代であれば、どんな人間にも自分が生まれた時代を嫌って別の時代に移り住むことができないのは断るまでもないことである。

だから幸福な時代に生まれたものは運命の恵みに浴したことを感謝していいはずなのだ。ところが過去にそんな幸福な時代があったことを疑わせるほど人間はほとんどつねに自分が生きている時代を住みにくいと思っていて、それで昔から尭舜の時代やアルカディアの土地を理想郷に仕立ててそれを懐かしむ気持を抱く。しかしこの伝説や神話の理想郷が仮に実在したとして、そこに生まれたものがすべて幸福だったかどうかは疑うに足りる。また反対に乱世に生まれたものがその余波を受けずに一生を終わるということは考えにくいが、だからといってすべてのものが地獄の苦しみを味わったと言い切ることもできない。これは、世の中の乱れも平穏もそれだけで人間の生活の一切を覆い尽くせるものではないということであって、結局それはわれわれの生活の内容を決める幾つかの条件のひとつに過ぎなくなる。時代という条件は確かにほかの条件に比べて格段に重いものであっても、自分が生まれ落ちた時代に当人の精神がどう向かい合うかで同じ条件の下での生活もその内実を一変させずにはおかない。その一つの実例をモンテーニュの場合が見せてくれる。

かれが生きた時代は乱世である。十六世紀後半のフランスが宗教戦争による文字どおり血みどろの乱世だったことは史書に明らかであるが、『エセー』が何よりもその雄弁な証言であった。かれは旧教徒だったが、宗教を口実にした殺戮や強奪など一切の暴力に対する糾弾は旧教徒にもひとしく向けられていたから、その証言はどこまでも公正を期していて、同時代のフランス全体を相手に下されたものだったと言っていい。

モンテーニュの領地があったフランス南西部の旧ギュイエンヌ州一帯は、歴史的に新教の勢力が強かったために内乱は一段と激しかった。かれは長年ボルドー市の市長を務め、また国王に仕える武人貴族としての立場にも置かれていたから、争いの渦中に巻き込まれて内乱を経験することになったが、これは公人として避けられない責務だった。その一方でかれの城館が夜盗も同然の兵士たちに襲われかけたことも、また旅の途上で命と金品を狙われかけたこともあって、これはいずれも『エセー』のなかに生々しく語られている。モンテーニュにとって時代は乱世以外のものではなかったけれど、かれが自分の時代を乱世と見たのは内乱だけが原因だったのではない。『エセー』には古代からその当時までのさまざまな戦争や内乱や戦闘が語られているが、かれはそれらの時代をすべて乱世とは言っていない。むしろそうした厳しい状況にあって示された人間たちの勇気や機略を讃えることに多くのページを割いている。ソクラテスが自分たちの軍勢が崩れて退却を余儀なくされたとき、自らそのしんがりを務めて戦友を助けながら奮戦するのを描いた『エセー』の数行などは歴史小説の山場を読む思いがする。

かれが自分の時代を乱世と言わざるを得なかったのは文明人を自称する同時代の人間の行為に野蛮を見たからである。文明が野蛮を排除しないとすれば、それはすでに文明という言葉の定義に反することで、どれほど人知が発達して文物その他が栄えても、人間が文明の状態にあるとは言えない。かれは宗教戦争のなかで周囲の人間たちがいつ野蛮に立ち戻るかわからない危うさをいやと言うほど見たのである。モンテーニュとこの内乱についてはいずれ述べなければならないが、しかし内乱以外にかれに文明のなかの野蛮に気づかせて『エセー』に「人食い人種について」という一章を書かせることになった出来事があった。それはヨーロッパの人間が野蛮人と思っていたブラジル原住民との思いがけない出会いである。

この「人食い人種について」と題された文章は『エセー』第一巻第三十一章にあたる。これは一五六二年十月、ルーアンでブラジルから来た原住民三人にモンテーニュが会見したときの記憶が執筆の動機の一つになったものであるが、なぜこうした会見が行われたかについて、少し廻り道になるけれど、その背景にある事情について はじめに触れておかなければならない。

2

フランスの宗教戦争は、初めのうちこそ新教とそれを異端視する旧教との宗教的な対立だったが、アンリ二世が一五五九年七月に騎馬試合で相手の槍で目を貫かれた傷がもとで崩御して、病弱なフランソワ二世が即位するあたりから王位をかけた政争に変貌する。旧教勢力の牙城は武人フランソワ・ド・ギュイーズを中心とするギュイーズ家で、かれは姪のメアリ・スチュアートを新王フランソワ二世の王妃にしたことで宮廷内に力を得た。そして新教のブルボン家やナヴァール王家の制圧に乗り出すと、新教徒側はナヴァール王の弟コンデ公を首領としてこれに反撥してギュイーズ家に対する陰謀を画策した。これがフランスにおける宗教戦争の発端であるが、新教のユグノー派の勢力が強いボルドーでは、人口五万のうち新教徒のユグノー派は七千人に達し、両派のあいだに紛争が絶えなかった。

当時モンテーニュはボルドー市の高等法院評定官の職にあった。高等法院の記録によると、かれは一五六一年十一月二十六日、この紛争をパリの高等法院に報告するために上京し、いったん帰郷したあと、一五六二年六月十二日には再びパリに戻っていた。それに先立つ三月に第一次宗教戦争のきっかけになったヴァッシーでの新教徒虐殺事件が起きた。アンドレ・モーロワはこの事件について『フランス史』のなかでこう書いている。「一五六二年の三月、その部下の将兵と、ヴァッシーの町を通過した時、ギュイーズ公はユグノー派のわなに落ちた。そこで行われた戦闘で、二十三人の忠臣が殺され、百三十人が傷ついた。カトリック派では『椿事』と名づけ、ユグノー派では『ヴァッシーの虐殺』と呼んだ。この悲劇は、火薬に火をつけた。コンデはユグノーに武器をとれと呼びかけた。ギュイーズがパリを歩くと、『ギュイーズ万歳！』という呼び声に迎えられた。もう『王様、万歳！』というものはなかった。〔…〕内乱だけが残った。双方とも外国の強力な支持を仰いで、それは始まった。フェリペ二世はカトリック派を先導し支援した。英国のエリザベスはユグノー派を激励した。両陣営とも優れた人々は長い間、外国の軍隊に呼びかけることはためらっていた。それから激情にうちまけて、スイス軍、スペイン軍、ドイツ軍を募った。ドイツ騎兵は田園を恐慌におとし入れた。街道は追い剝ぎと兵士に悩まされた。かくも激しく闘い合ったフランス人は、同じ国、同じ階級、しばしば同じ家族の者だった。〔…〕対峙する軍隊は、数は少なく、八千から一万を越えることはなかったが、野武士のような身軽な荒々しさで、掠奪、殺人、暴行のかぎりをつくした」。

ヴァッシーの虐殺があった月の翌四月、ルーアンが新教徒軍によって占拠された。一五六〇年十二月、急逝したフランソワ二世に代わってシャルル九世が十歳の若さで即位したが、パリにいたモンテーニュはそのシャルル九世に従って、一五六二年十月、ルーアン城下に入った。そして十月二十三日、ルーアンはギュイーズ公が率いる旧教徒軍によって奪回され、戦勝を祝う祝宴が開かれた。その席でブラジルの原住民三人が国王に拝謁したのである。モンテーニュが原住民から話を聞く機会を得たのはそのときのことで、かれは二十九歳であった。

この廻り道をしたのは、かれが原住民と会見したのが、陰謀と殺戮が当然のことのように繰り返されていた内乱の最中だったことを言っておきたかったからである。しかしなぜそのとき原住民がフランスにいたかについては、こういう事情があった。

十五世紀末にヨーロッパが大航海時代を迎えて、新しい大陸と人間を発見したことは世界史に書かれている通りである。コロンブスが東洋の金銀と香料を求めて一四九二年八月三日に南スペインのパロス港を出帆して新大陸アメリカを発見したのを初めとして、誰でもが知っているマゼランやディアスやヴァスコ・ダ・ガマの名前とその冒険を思い出すだけでここでは十分である。言うまでもなくこの冒険者たちには、植民地の建設や交易による莫大な富の獲得を狙うスペインとポルトガルが後盾になって付いていた。フランスはイギリスとの百年戦争のあとイタリア戦役に手間取っていて、フランソワ一世の時代には私掠船が、財宝を積んだスペインやポルトガルの船を狙って大西洋に出没する程度だった。そのフランスがこの二国に次いで新大陸に進出するのはようやく十六世紀中葉のことである。

フランスの航海者ヴィルガニョン（一五一〇―七一年）は後に新教徒軍の中心人物のひとりになるコリニー提督の支援を得て、一五五五年、南アメリカ東海岸を目指して出帆した。

そのとき六百人の入植者を連れていたというから植民地建設が目的だったことは明らかである。かれはブラジルのグアナブラ湾、今のリオ・デ・ジャネイロ湾に到着すると、そこにコリニー砦とアンリーヴィルという町を築いて、その地になぜか南極フランス la France antarctique という不思議な命名をして、自ら総督になった。しかしカルヴァンがスイスから送りこんだ新教徒の入植者がそこに合流して宗教紛争が起こり、それに加えてポルトガル人の侵入に晒されるに及んで、ヴィルガニョンは一五五九年末その土地を放棄して、翌年二月に帰国した。一五六二年十月にルーアンでシャルル九世に拝謁した三人のブラジル原住民は、こうした状況のもとでヴィルガニョンとともに、あるいは別の折に別の船でフランスに渡ったものと思われる。

このブラジル進出に関連してもうひとつ付け加えておくと、ヴィルガニョンの航海にアンドレ・テヴェ André Thévet という司祭が同行して、ブラジルでの見聞を『南極フランス、別名アメリカ異聞録』という本にまとめて一五五七年にパリで出版した（*Les singularitez de la France antarctique, autrement nommée Amérique, & de plusieurs terres et isles découvertes de nostre temps*, Paris: Chez les héritiers de Maurice de La Porte, 1557 et 58. なおこの一五五七年という出版年代については下記の本に付けられた二宮敬氏の「解説」（五三四ページ）及び注（33）を参照のこと。山本顕一氏による同書の翻訳は「南極フランス異聞」として『大航海時代叢書』第二期第十九巻「フランスとアメリカ大陸一」岩波書店、一九八二年、一五八―五〇一ページに収録されている）。これは所謂コスモグラフ

cosmographe、現在の語義では「宇宙形状誌学者」という訳語になるが、当時の語義では発見された新大陸に渡って、そこで観察した未開人の生活を報告する世界地誌学者とでも呼ぶべき者の本であって、その種の本はほかにもジローラモ・ベンゾーニやジャン・ド・レリーの旅行記が出版されて人気を呼んだそうである（Girolamo Benzoni, *Histoire nouvelle du nouveau monde*, Genève: Eustace Vignon, 1579; Jean de Léry, *Histoire d'un voyage faict en la terre du Brésil*, Genève: Antoine Chuppin, 1578 et 80. 二宮敬氏によるレリーの翻訳『ブラジル旅行記』は『大航海時代叢書』第二期第二十巻「フランスとアメリカ大陸二」岩波書店、一九八七年、三―三六五ページに収録されている）。モンテーニュが「人食い人種について」を書いたのは、ピエール・ヴィレーによれば、この新大陸をプラトンが伝えるアトランティード大陸に比較している箇所が上記のベンゾーニに依拠していることから一五七九年より先へは溯らないと言えるのだが、この章で語られている原住民の風俗にかんする指摘にはテヴェやレリーの本の記述と一致するところもあるから、かれが『エセー』のこの部分を書くに当たって、それらの本も読んでいたことは十分あり得ることである。

しかしモンテーニュの言葉を信じるならば、かれにはコスモグラフたちの本による情報のほかに、ブラジル原住民の生活のありさまをじかに伝えてくれる貴重な人物がいたのである。

モンテーニュは「人食い人種について」の冒頭近くでこう書いている。

［a］私は長い間ある男を手元に置いて使っていたが、この男はわれわれの時代に発見されたあの別の世界で、ヴィルガニョンが上陸して「南極フランス」というあだ名を付けた場所に十年か十二年暮らしていた。（二〇三ページ）

この男の素性は明らかでない。ヴィルガニョンに同行した入植者のひとりだったかもしれないが、モンテーニュはこれについて何も触れていない。しかし男の情報がコスモグラフたちの報告に比べてどれほど信用するに足りるかということを、いかにもモラリストらしい理由をつけて述べている。これはモンテーニュがこれから未開人の野蛮と見られている行為や風習について下す大胆な判断が疑う余地のない事実に基づくものであることを、前もって読者に知っておいてもらうための布石でもあったと思う。

［a］私が使っていた男は単純で粗野な男だったが、これは真実の証言をするのに持って来いの条件である。なぜなら学のある人間というものは、なるほどかれより注意深くて、より多くのことを指摘するけれど、それに注釈をつける。そして自分の解釈を持ち出して、それを人に説得するために少し「話」をねじ曲げずにはいられない。決してありのままを述べずに、それを曲げる。そして自分がそこに見た顔を被せる。自分の判断に信用をつけてこちらを惹き付けるために、かれらは好んでそうした余計な面を素材に与えて、それを引き伸ばしたり、拡大したりする。だから必要なのはこの上なく忠実な

男であり、あまりに単純なので自分でものを組み立てたり、捏造したものを本当らしく見せたりする才覚もなく、どんな偏見にも与《くみ》しなかったような男なのだ。私の男はそうした男だった。おまけにかれはこの航海で知り合った何人もの水夫や商人に何度となく会わせてくれた。だから私は世界地誌学者《コスモグラフ》が言っていることを聞かなくても、この情報で満足しているのである。（二〇五ページ）

モンテーニュはこれだけの前置きをしてから、われわれの意表を突く形でいきなり結論から語り始める。読者は「人食い人種について」というこのエセーの表題から薄気味の悪い野蛮人の話を想像しているのだが、その当然の反応を打ち消して、かれはためらうことなく次のような判断を下すのである。

［a］ところで話をもとに戻すと、私が聞いたところによれば、誰もが自分の習慣にないことを野蛮と呼ぶことを別にすれば、あの国には野蛮で野生的なものは何ひとつないと私は思う。（二〇五ページ）

かれがこう言い切っているのは、かれの証人たちの話からそう判断できるという確信があったからである。このエセーを上記のテヴェやレリーの本から隔てるものはまずこの判断である。しかしその証人たちの話の詳細を語る前に、何を措いてもまず言っておきたいことを、かれは急いで書き付ける。

［a］まったくわれわれは自分がいる国の意見と習慣の実例や観念のほかには、真実と理性の基準を持っていないようだ。あの国にはつねに完全な宗教と、完全な統治と、すべてについての完全で申し分のない習慣がある。かれらは野生であるが、それは自然が自ずとその通常の歩みから生み出した果実をわれわれが野生と呼ぶのと同じことである。それに対して本当は、われわれがその技巧で変質させて、万物の秩序から逸脱させたものをこそわれわれはむしろ野生と呼ぶべきだろう。（二〇五ページ）

これが、モンテーニュが野生 sauvage について下した定義である。「本当は」と断っている通り、野生の意味を逆転させ、それによって人為と自然をめぐる価値の判断までも逆転させようというのがかれの狙いなのである。この価値の逆転はもともとかれの根底にある考えであって、人間の人為が変質させて自然の姿から逸脱させたものこそが、反対に「野生」なのだと言いたいのである。果実だけが未開の土地で自然本来の姿で生き生きと実っているのではない。そこに住む人間の美徳と特質もまたそうなのだ。

［a］かれらのなかでは、真実で、より有益な、自然な美徳と特質が生き生きとたくましく生きている。それをわれわれは自分のなかで堕落させて、われわれの腐敗した趣味

の楽しみに合わせただけなのだ。〔…〕人工がわれわれの偉大で力強い母である自然より名誉を得ているというのは道理にかなったことではない。（二〇五―二〇六ページ）

こうして読んでくると、未開社会の物珍しい風物や習慣を語ることよりも、むしろ文明の「人工」のなかに生きている現代人の「美徳と特質」がどういう状態にあるかを問う、というより問い糺す気持ちが、かれのなかで強く働いているのが伝わってくる。かれが目の前に見ていた同時代の人間は、一五七二年八月二十三日夜半から二十四日未明にかけて新教徒の大量虐殺を狙って決行されたサン＝バルテルミー祭前夜のあの大事件を初めとして、自分たちの時代を乱世に変えてますます狂奔の一途をたどっていたのである。一方モンテーニュがブラジル原住民の社会をプラトンが構想した共和国以上に完全な国と見なしたのは、今から考えると、かれの行き過ぎた夢想のように思われるかも知れない。確かにかれはこう書いている。

〔a〕われわれがあの国々に実際の体験によって見ているものは、詩が黄金時代を美化するのに用いた一切の描写や、人間の幸福な境遇を想像するために払った一切の創意工夫を凌駕するばかりでなく、哲学の概念と欲求さえも凌駕しているように思われる。かれら〔スパルタの伝説的な立法家リュクルゴスとプラトン〕は現にわれわれが見ているような、あれほど純粋で素朴な純真さというものを想像することができなかった。技巧や人間を結び付ける接着剤をほとんど使わずにわれわれの社会を維持できるということも信じることができなかった。私はプラトンに言ってやろう、その国にはどんな種類の売買もない。文字の知識も数の知識もまったくない。役人や上に立つ政治家という名称もない。人に仕える習慣も、貧富の別の仕来たりもない。〔…〕嘘、裏切り、隠し立て、吝嗇、妬み、中傷、容赦といった言葉はこれまで聞かれたこともないのだと。これではプラトンもかれが想像した共和国がこの完璧さからどれほど掛け離れているかに思い至ることだろう。（二〇六―二〇七ページ）

しかしこの熱っぽさは信じるほかはない。人間が自然の掟と恵みのもとで生きていた「幸福な境遇」が、自分と同じ時代に存在していることを、モンテーニュは証人たちの話を通して推測し、確信しさえしたのである。そうした国が実在するとなれば、それは驚異であり、羨望だったに違いない。一体この国の現実はどうなっているのか。

「要するに、かれらは大変住み心地が良くて、ひどく気候の温暖な国に暮らしている。だから私の証人たちが話してくれたところによると、そこでは病人を見かけることも稀なのだそうである」（二〇七ページ）とモンテーニュは語り始める。こうしてかれはブラジル原住民の生活のさまざまな面について生き証人から聞き出した話に入って行く。住まいの広さや、その素材と建て方、寝具、そしてかれらの食生活がまず紹介される。飲み物は「なにかの根から出来ていて、われわれの色の薄い赤葡萄酒の色をしている」。かれらがパンの代わりに食べているものは「漬けたコリアンドロ」に似ていて、「私はそれを味わってみた。甘い味がするが、少し物足りない」(二〇七ページ)と味見の経験を語る。かれはこういう具体的な語り方で読者の関心を惹きつけるのであるが、そこにはまたかれ自身の強い好奇心も顔を覗かせていて、話は物質的な日常生活の細かな描写に続いて、一夫多妻の結婚生活、霊魂の不死を信じる宗教、そして予言者の存在へと広がってゆくのである。

しかしモンテーニュが本当に語りたがっていることは、未知の大陸における珍しい生活や風俗ではない。一体この未開人の生活とかれが現に生きているヨーロッパでの生活との間に、技術の程度や習慣の違いのほかに、決定的な違いがあるのだろうか。たしかに違いはある。しかしそれは風俗や習慣といった生活の表面にではなく、人間の精神のなかにある。そしてそれが歴然と現れるのが戦争においてなのである。モンテーニュがこのエセーで未開人の戦争の記述にもっとも多くのページを当てているのはそのためであるが、そのモンテーニュの目は同時に現代の内乱の惨状を見つめているのである。野蛮とはなにか。人間の真の価値と名誉とはなにか。隠されていた本当の主題がこうして「人食い人種について」という章題の陰から現れてくる。

3

戦争は、ヨーロッパであれブラジルの未開社会であれ、それがどこで戦われようと「人間の病気」（二一〇ページ）であり、野蛮であることに変わりはない。それを十分に認めた上でモンテーニュは、ブラジルの原住民が戦いでどんな振る舞いをするかを克明に語ってゆく。

［a］かれらが戦いで見せる頑強さは驚くべきものである。戦いは殺戮と流血による以外けっして終わることがない。なぜならかれらは敗走と恐怖が何であるかを知らないからだ。だれもが勝利のしるしに殺した敵の首を持ち帰って、住まいの入り口に掛けておく。捕虜に対してはこれを長い間厚遇して、考えつくかぎり快適な思いをさせたあと、主人が知り合いを大勢集める。そして捕虜の一方の腕に綱を結び付け〔…〕、もう片方の腕を一番の親友に与えて同じようにさせると、二人は全員のいる前で刀で捕虜を殺す。そうしてから火で炙って一緒にこれを食い、その場にいなかった友人には肉塊を送ってやる。これは人が考えているように、昔スキタイ人がやっていたような食用のためではない。最高の復讐を表すためなのである。（二〇九ページ）

ここで、このエセーの表題にある食人の主題がはじめて示される。そしてかれら未開人の食人の風習がけっして食用のためでなく、敵に対する復讐のためであることを言って、モンテーニュは一般の誤解を正すのである。かれは古代にはたしかに食人の風習があったことを語り、またフランス人の祖先であるガリア人が戦さの際に食料に窮して老人の肉を食った例を挙げている（カエサル『ガリア戦記』七・七七、近山金次訳、岩波文庫、二〇一〇年、二七六ページ）。

そうした食人の例を挙げてから、かれは本題というべき重要な指摘に移る。未開人は自分たちのこの復讐の仕方を最高のものと思っていたが、しかし最高と思っていたそのやり方も、ポルトガル人が原住民に対して行った殺害の仕方に比べたら、物の数ではなかったのである。その殺し方というのは「捕らえた捕虜を帯のところまで地面に埋めて、残った体の部分にたくさんの矢を射込み、そのあとで縛り首にする」（二〇九ページ）というものだった。しかしこれはまだかれが語ろうとすることのほんの序に過ぎない。これに続く言葉はこうである。

［a］私はこうした行為のなかに野蛮な残酷さを認めて悲しんでいるのではない。かれら原住民の過ちを正しく判断しながら、われわれが自分の過ちにこれほど盲目であることを悲しむのである。私は、死んでいる人間を食べるより生きている人間を食べるほうがいっそう野蛮であり、まだ十分感覚がある体を責苦や拷問で引き裂いて、弱火で炙り、犬や豚に齧らさせて殺すほうが〔…〕、死んだあとに炙って食べるよりいっそう野蛮だと思う。（二〇九ページ）

じつはモンテーニュがここで言っていることは、たんにポルトガル人が未開の土地で行った野蛮な行為だけを指しているのではなかった。ブラジルの原住民は知る由もないことだったが、かれの頭のなかには宗教戦争のなかで犯されたあの残虐非道な行為があったのである。わたしは今の引用で一箇所だけ省略しておいた。その部分を取り出して読んでみたいと思ったからである。

〔こうした残虐な行為は〕われわれがたんに本で読んだだけでなく、この目で見て生々しく記憶に残っている通りのものである。それも昔の敵同士の間のことでなく、隣人や同胞の間でのことであり、もっと悪いのは、それが信仰心や宗教を口実にしていることである。（二〇九ページ）

これがモンテーニュが言いたかったことの、少なくともその一つだったと見ていい。かれが愛する祖国には、人食い人種よりも野蛮な、そしてあらゆる悪徳を許す人種がいるのである。「裏切り、不正、暴政、残虐といったわれわれが日常に行っている罪悪を許した、これほど錯乱しきった考えはかつて一度も存在しなかった」（二一〇ページ）。ここに並べられた罪悪はかれが現実に宗教戦争のなかで見たものであり、見ているものであって、かれがもっとも許しがたいと考えた行為だった。

野蛮な未開人とモンテーニュの同時代人が、ここに来て立場を逆転させられるのである。

［a］だからわれわれはかれらを野蛮と呼ぶことはできるが、それは理性の掟に照らしてであって、われわれに照らしてではない。われわれはあらゆる種類の野蛮においてかれらを凌駕している。（二一〇ページ）

このくだりを読んだとき、わたしはモンテーニュが「凌駕している」という言葉を前にも一度このエセーで使っていたことを思い出した。未開の国に見られる生活は古代の詩人が黄金時代を描いたあらゆる描写を凌駕していると言っていた、あのくだりである。ブラジルの未開人が幸福において黄金時代を凌いでいるなら、かれの同胞である現代人は悪において未開人を凌いでいる。そうなれば、これら二つの生活を隔てるものは広がるばかりであろう。モンテーニュがこの対句のような表現を意識して使ったかどうかは知らないが、読むほうの意識にはその対照がはっきりと見えてくる。実際そう思って読んでいると、少し先のところで今度は次のような文に出会う。これは捕虜になった未開人が、殺される直前になっても、少しも毅然とした態度を崩さなかったその勇気を讃えたあとにつづく文である。

［a］嘘でなく、われわれと比べて、これが野蛮だといわれている人間たちなのだ。なぜなら、かれらの方が本物の野蛮人なのか、それともわれわれの方がそうなのか、どちらかでなければならないからだ。かれらの生き方とわれわれの生き方との間には驚くべき距離がある。（二一二ページ）

ここまで来れば、少し注意深い読者なら先の対句のような表現を思い出さないわけには行かなくなる。これは読み手の問題であってモンテーニュがそうなることを意図したかどうかとは関係のないことだが、ただこれだけは言っておこう。このエセーはよい短編小説のように語り口が見事であって、最後まで内容の配分に間然するところがない。しかしその内容は小説の虚構どころではないのである。

話が脇へ逸れた。未開人の戦争に戻ることにしよう。

モンテーニュはその戦争を次のように描いている。その背後にはかれが目の当たりに見ている、これとは正反対の現代の戦争の実態が透かし模様になって見えてくる。

〔a〕かれらの戦争はまったく高貴で、毅然としている。そしてこの人間の病気〔戦争を指す〕が受け入れられる限りの釈明と美しさを持っている。この戦争はかれらのなかでは、ただ勇気に対する執着のほかにどんな根拠も持っていない。かれらは新しい土地を征服するために戦っているのではない、なぜならかれらは仕事もせず苦労もせずに必要なもの一切をたっぷりと提供してくれるあの自然な豊かさに今でも与《あずか》っているからで、土地の境界を広げる必要などないのである。かれらは今でも、自然な要求が命じるものしか欲しがらないというあの幸福な地点にいる。それ以上のものはかれらには余計なのだ。（二一〇ページ）

「自然な要求が命じるもの」以上のものを求めずに、自然の掟に従って生きることはほとんど『エセー』全体にわたって語られているモンテーニュが目指した生活であり、また『エセー』を読む限りでのかれの日常の生活でもあった。ブラジル原住民の生活がそうしたものであれば、余計なものを求めて他人の土地を征服する必要はなく、かれらの戦争は武勇を競う一種の試合でしかなくなる。

［a］もしもかれらの隣人が山を越えて襲い掛かって来て、かれらに対して勝利を収めるとすれば、勝者が手に入れるものは名誉であり、武勇と勇気において自分の方が優っていたという優越感である。なぜならそのほかに敗者の財産などは必要がないからで、こうしてかれらは自分の国へ帰って行く。そこには必要なもので欠けているものは一つもなく、自分たちの境遇を幸福に楽しむことを心得ていて、それに満足するというあの優れた資質にも欠けていない。攻められた方が勝っても同じように振る舞う。捕虜に対する身代金は、負けたことを告白して認めること以外には求めない。しかしながら百年に一人として、態度によるにせよ、言葉によるにせよ、不屈の勇気の大きさを僅かでも減らす位なら死んだ方がましだと思わないものはいない。ただ命乞いをする位なら、殺されて食われた方がましだと思わないものも一人もいない。（二一〇ページ）

ヴィレーやティボーデの注釈を見ると、ここに引用した戦争に関する幾つかの文章にはテヴェの本に記された内容と共通するところがあるから、モンテーニュはこれを種本にしたのだろう。しかし種本はどこまでも種本であって、大切なことは読んだことに基づいてかれの思考がどのように展開したかにある。モンテーニュは物珍しい風俗の紹介を自ら楽しんでいるのではない。かれの思考が人間の資質、この場合で言えば勇気というものそれ自体に向かっていることが次第にはっきりと見えてくる。それはブラジル原住民の勇気でもフランス人の勇気でもなく、人間の普遍の勇気である。次の文章は戦いにおける肉体の敏捷さから始まって、人間の真の勇気と真の名誉がどこにあるかを問うている。

〔a〕われわれは敵に対してたくさんの強みを持っているが、それは借り物の強みであって、われわれのものではない。いっそう頑丈な腕や脚を持っていることは荷かつぎ人足の長所であって、勇者のそれではない。敏捷さは死んでいる肉体的な長所である。敵をつまずかせたり、太陽の光で目を眩《くら》ませたりすることは偶然のなす業である。剣術に巧みなのは武芸武術の業であって、卑怯で下らない人間にも出来ないことではない。人間の真価は心根と意欲にある。そこにこそ人間の真の名誉が宿っている。勇敢であるというのは腕や脚の強さのことでなく、勇気と魂の強さのことだ。それはわれわれの馬や武器の価値にあるのでなく、われわれの価値にある。倒れても勇気の挫けないもの。〔c〕「倒れれば、かれは膝で歩いて戦う」〔セネカ〕。〔a〕死の危険が迫っても少しも自信が揺るがないもの。魂を天に返すときも、きっと見開いた軽蔑の眼でまだ敵を睨んでいるもの。かれはわれわれに敗れたのでなく、運命に敗れたのだ。殺されたのであって、敗北したのではない。(二一一ページ)

最後のあたりはほとんど運命に敗れた勇者への鎮魂のように読めて、人間に対するモンテーニュの熱い思いが伝わってくる。かれの剛毅な一面が遺憾なく現れた文章だといっていい。剛毅といっても腕力の強さでなく「勇気と魂の強さ」のことである。ここに来てこのエセーは頂点に達した感じがする。

晩年になって、かれはこの一節の後に長い加筆を施した。［C］の符号を付けられた箇所である。かれはそこに敵に敗北したのでなく、運命に敗れた例を史実に基づいて二つ挙げている。スパルタの王レオニダス一世とその部下三百の重装歩兵はテルモピュライの隘路を守るために、クセルクセス王の率いるペルシアの大軍を迎え撃って、これに甚大な損害を与えたあと全滅した。またスパルタの隊長イスコラスはペロポンネソスの隘路を死守する命令を受けると、頑強な兵士は祖国を守るために国に帰し、残った部下とともに四方から攻め寄せるアルカディア人と戦って全滅した。これがその二例である。戦争はどんな口実を持ってきても野蛮な行為であり、「人間の病気」であることに変わりはないとモンテーニュはすでに断っていた。しかしその野蛮な行為のなかにあって発揮された「魂の強さ」も強さであることに変わりがなく、人間の真価を示すものとしてモンテーニュのこころを打つのである。加筆の最後でかれはこう言っている。「勝者のために充てられた戦勝碑でこれらの敗者〔上記の二例を指す〕にこそ一層ふさわしいと言えないものがあるだろうか。真の勝利の目的は戦うことであって、助かることではない。武勇の名誉は戦うことにあって、相手を倒すことではない」（二一二ページ）。

そういう言葉を書いてしまってから、かれは自分が本来の主題から逸れていることに気がつく。そして「もとの話に戻るとして」と断っておいてから、敵の捕虜になった未開人がそれでもまだ相手に挑もうとする勇敢な態度を歌った歌と未開人の娘が作ったという恋の歌を披露する。

ここまで語ってきて、モンテーニュが証人たちから聞いたという話は終わるのである。しかしこれでこのエセーが終わるわけではない。モンテーニュは最後のページに来て、初めに紹介しておいた三人のブラジル原住民の話をする。これは伝聞でなくて、かれが自分の目で見、耳で聞いた実録である。原住民がルーアンで弱冠十二歳の国王シャルル九世に拝謁したのは一五六二年のことだったから、このエセーが書かれたのを仮に一五七九年とすれば、モンテーニュは十七年前の記憶によってこれを書いていることになる。「国王は長いことかれらに話をされた。そしてかれらにわれわれの暮らしぶりや、壮麗さや、美しい町の佇まいを見せた。その後でだれかがこうしたものについてかれらの意見を求め、何に一番驚嘆したかを知りたいと思った」（二一三ページ）。原住民は三つのことを答えたが、町の美しさなどは眼中になかったらしく、答えは意表をつくものだった。モンテーニュは三番目の答えを忘れてしまったと言っているが、最初のはスイスの傭兵である屈強の男たちが子供みたいな国王に唯々として服従していること、二つ目はこれだけ貧富の差がありながら、貧しいものたちがよく暴動を起こさないでいるものだということだった。この答えに周囲のフランス人たちがどんな反応を見せたかについては何も語られていない。モンテーニュも自分の感想を述べていない。しかし十七年もの間、二つの答えを忘れずにいたということがすでに興味深い。おそらくかれはこの最初の答えに驚きを覚えるというよりも、まったく思っても見なかったことを聞く思いがしたのかも知れない。原住民のこの答えに驚くことができるのは少なくとも現代のわれわれであって、世襲による王位の継承をこの当時のヨーロッパ人で疑うものがいただろうか。フランスがこの制度を廃止するにはこの先まだ三百年は待たなければならないのである。貧富の差については今日はおろか、いつそれが解消されるかを言えるものはいない。この二つのことがブラジルの未開の土地で実現されていたとしたら、その限りで遅れを取っていたのは当時のヨーロッパの文明国の方である。

次にモンテーニュが下手な通訳を介して質問に立って、三人のなかで頭と思われる男に、人々の長であることによってどんな利益を受けているかと尋ねた。すると相手は「戦争のとき先頭に立って歩くことだ」と答えた。戦争が終わると、あなたの権威はすべて消えるのかと聞くと、「自分の支配下にあった村を訪ねるとき、森の木立のなかに小道を作ってくれるから、楽に通ることができる」（二一四ページ）と答えた。最初の答えは人の頭に立つものの誇りと義務を示している。第二の方は頭であったものに対する住民の敬意の表れと読める。

そして最後によく知られた結びの一行が来る。

［a］これらすべてはそうひどく間違ってはいない。だが、どうだろう、かれらは半ズボンなど履いていないのだ。（二一四ページ）

半ズボンは文明開化の印にはなっても、野蛮でないことの保証にはならない。裸でいることは未開の印にはなっても、野蛮であることの証拠にはならないのである。

4

モンテーニュはブラジル原住民との会見を語るに当たって、実はこんな前置きをしていた。かれらは「海のこちら側の腐敗を知ることが、いつの日か自分たちの安らぎと幸福にとってどれほど高く付くか、また私の予想では破滅はすでに進んでいると思うのだが、この交流から自分たちの破滅が生まれることも知らずに、哀れなことに新しいもの見たさの一心から、むざむざと騙されて」（二一三ページ）フランスのルーアンにやって来たと言うのである。かれらの土地に突然現れたヨーロッパ人との交流は一方的に強いられたもので、かれらが望んだものではなかった。モンテーニュは文明との接触によって原住民の幸福が破壊されることを予想して、それを恐れたのである。

しかし、これについてはモンテーニュとまったく反対の立場に立つものもいて、その者たちは、新大陸への進出は信仰も、掟も、国王も持たない原住民を野蛮な状態から救い出すものだと強く主張したのである。ある研究者の言葉を借りていえばこうである。「コンキスタドールとその記録者たちの文学は原住民をまったく無一物の状態に描いていて、キリスト教と、封建制度と、カトリックの信仰の篤いスペイン国王の至上権、この三つのものに対する服従は、緊急に、またほとんど解放としてかれらに課せられるべきものである。実際かれらが暮らしている罪悪の無秩序と、紛れもない獣性と紙一重にある、神に見放された状態ほどひどいものはないのである」(Frank Lestringant, « La négation des cannibales: Montaigne et Pasquierin », in *Le parcours des Essais: Montaigne, 1588-1988*, textes réunis par Marcel Tetel et G. Mallary Masters, Paris: Aux Amateurs de livres, 1989, p. 227)。

たしかにそう言える一面もあっただろう。しかし新大陸でヨーロッパ人が行った植民地政策が侵略戦争だったことはその後の経過を見れば明らかなことで、実態は対等な交渉あるいは戦争というより、新大陸の黄金や原産物を奪うためのヨーロッパ人による殺戮だった。それを当時もっとも激しく糾弾して、原住民を救おうとしたのはスペイン人バルトロメー・デ・ラス・カサスであって、かれが一五四二年に執筆して五二年に刊行された『インディアスの破壊についての簡潔な報告』を読めば、その実態を知ることができる(『インディアス破の破壊についての簡潔な報告』染田秀藤訳、岩波文庫、一九七六年および『インディアス破壊を弾劾する簡略なる陳述」石原保徳訳、『インディアス群書』第六巻、現代企画室、一九八七年。日本でいち早くラス・カサスを紹介したものに、渡辺一夫「善い野蛮人の話」、『渡辺一夫著作集』（増補版）、第四巻、筑摩書房、一九七七年がある）。この本はミグロードによって一五七九年にはフランス語に訳されているとヴィレーの注解（一三二一ページ）にあるから、モンテーニュの目に止まった可能性もあるだろう。

フランスではピエール・ド・ロンサール（一五二四―八五年）がもっとも早くこの政策に反対した人間の一人だった。そして少なくともヨーロッパ人の進出が原住民の生活を破壊すると見る点ではモンテーニュと意見が一致していて、かれは一五六〇年二月にブラジルから帰国したヴィルガニョンに向かって、こういうことを詩に書いている。これはシャティヨン枢機卿オデ・ド・コリニーに宛てられた「運命に反駁する論説詩 *Discours contre Fortune*」（一五六〇年）のなかにある。

博識なヴィルガニョンよ、あなたのアメリカのように
ほとんど技巧を知らない民に才知を授けようとするのは
大変な過ちだ、あの国では未知の人達が
野生のまま裸で、無邪気にぶらついているが、
悪意もなければ衣服も付けず
美徳、悪徳、元老院、国王という言葉を知らず、

原初の欲望に促されて思うままに暮らしていて、
われわれを不安のなかで暮らさせる法律の恐怖が
かれらの魂には刻まれていない、
そして己の自然に従うのがただひとり自分の主人であり、
自分自身が己の掟、己の元老院、己の国王なのだ。
だれが一体鋭い犂刃で大地を苦しめたりするだろうか、
その大地は空気と同じく銘々のもので、
かれらの財産はすべて川の水と同じく皆のものだから、
「君のもの」、「私のもの」という言葉から訴訟は生まれない。
だからかれらをそっとしておいてやってくれ、あの原初の生活の
穏やかな安らぎを破らないでくれ、どうか、
そっとしておいてやってくれ、もしも哀れと思うなら、
もうかれらを苦しめずに、岸辺から逃げ出してくれ。
もしもかれらに土地に境を付けることを教えたら
畑を広げるためにかれらは戦をするだろう、
訴訟も起こり、友情は消えてなくなり、
烈しい野心に苦しめられることだろう、
哀れな人間のわれわれがこちらで苦しめられているように、

そのわれわれは有り余る理由から悲惨を極めている。
かれらはいま黄金時代に生きている。
ところがその黄金時代を鉄に変えてしまって、
かれらに才知を与え過ぎて、悪を知る習慣が付くと、
あなたの野営地が置かれている浜辺に来て、
あなたを罵り、火をもってあなたの過ちを罰し続け、
あなたの最初の帆が異国の岸の砂浜で
白く翻った日を呪い続けるだろう。
だからかれらをそっとしておいてくれ、そしてその首に
隷属の枷を、いやむしろ固い首縄を付けないでくれ、
その首縄は「暴君」や「裁判官」や新しい法律の
残酷な不敵さのもとでかれらを絞め殺してしまうだろう。
暮らしたまえ、幸福な民よ、苦しみも悩みもなく、
暮らしたまえ、楽しく。私も出来ることならそう暮らしたいのだ。

モンテーニュの重厚な文に対して、これは詩人の憐憫の情が惻々と胸を打つ。ロンサールはモンテーニュより九歳年上だった。そしてモンテーニュと同じく旧教徒として宗教内乱に巻き込まれて、苦しみながら紛争を鎮めるために力を尽くした詩人だった。最後の二行はそ

の苦しみを内に秘めているように読める。かれは実際の行動においてもそうだったが、詩人として数篇の長編詩、なかでも「フランス国民に与える訓戒」によって内乱の非を烈しく訴えた。「われわれは有り余る理由から悲惨を極めている」といっているなかには、祖国の分裂による悲惨も入っていただろう。ロンサールはそうした現在の国情を思いながら、未開人の「原初の生活」の「穏やかな安らぎ」を文明人の手から守ろうとしているのである。

モンテーニュがこの詩を読んだかどうかは判らない。ロンサールが使った「安らぎ repos」と「黄金時代 âge doré」という言葉がエセーの方にも使われているが、それだけではどちらとも判断がつかない。かれがロンサールをジョアシャン・デュ・ベレーとともに「古代の完璧さからそう離れているとは思わない」（六六一ページ）といって高く評価していることが『エセー』に見えているが、具体的な作品の名前は挙げられていない。ピエール・ヴィレーはモンテーニュの蔵書のなかにロンサールの詩集を発見できなかったが、推測によってこれを蔵書のなかに数えている（ヴィレー版『エセー』、「モンテーニュの蔵書目録」p. LVIII）。わたしはモンテーニュがこの詩を読んだかどうかについてそれほど関心を持っているわけではない。未開人の生活とその未来の運命に寄せる二人の思いが同じであったことを知るだけで十分なのである。文明開化された自国の習慣を未開の国に押し付けることはその国に幸福をもたらすことにはならない。これはモンテーニュがだれよりもよく心得ていたことである。まして野蛮な状態からかれらを救い出すという口実のもとに、その富を奪い、かれらを奴隷として酷使するようなことになれば、その行為はどうあってもかれには許し得ないことだったにちがいない。それは文明が隠している野蛮以外の何物でもないからである。モンテーニュがこのエセーで未開人の自然な生活と健康な精神を描いたのは、それを自分たち文明人の腐敗した姿と対比するためだった。だが未開人と文明人の交渉がその後実際にどう展開したかについては語っていない。それを語るだけの十分な資料に欠けていたからで、文明人との接触がかれら未開人の「安らぎと幸福」を破壊することを予想したにとどまった。

ところが、この予想はすでに数十年前のメキシコやペルーの土地で最悪の形で実現していたのである。モンテーニュはそれを知らなかった。まして「人食い人種について」を書いてから数年後に、その予想が敵中したことを知って、『エセー』のなかでもっとも激しい怒りの言葉を書く羽目になろうとは知る由もなかったのである。

5

その言葉は「馬車について」というエセーのなかにある。この一風変わった題名のエセーは一五八八年版『エセー』三巻本の第三巻に収められた一篇である。ヴィレーはこれを一五八六年か八七年に書かれたと推測しているから、「人食い人種について」が書かれてから七年あるいは八年後のものである。

この間のモンテーニュの生活を眺めると、そこにはかれの持病だった腎臓結石の治療のために、各地での湯治もかねた十七ヵ月にわたる外国旅行をはじめとして多くの出来事があったが、中でも重要なものはボルドー市の市長に選出されたことである。その第一期は一五八一年八月からの二年間で、次いで異例の再選を受けて就任した第二期目の任期は一五八五年七月末に満了するのであるが、この満了の時を挟んだ一時期は公私にわたって多難を極めたものだった。前に述べた通り、ボルドー市には新教徒の勢力が強かったが、それがこの時期に来て両勢力の対立が激化した。それに加えて一五八五年六月ボルドー市にペストが発生したのである。ヴィレーによるモンテーニュの略伝はこの時期の状況を簡潔な筆でこう記している。「これに続く数ヵ月は苦しいものだった。ペリゴール一帯で猛威を振るっていた新教徒軍はモンテーニュの城館の門前に迫っていた。《掠奪者となった兵士たち》はいっそう恐るべきものだった。モンテーニュの領地は《希望》に至るまでが破壊された。毎晩かれは夜のあいだに襲撃されるのを恐れながら床に就いた。今度はペストが未曾有の激しさで突発した。かれの農民たちは群を成して死んでいった。悪疫は猖獗を極め、かれの屋敷にまで及んだ。逃げなければならなかった。こうしてモンテーニュは六ヵ月のあいだ、さ迷い歩く小さな一団の導き役を務めた。〔原文改行〕一五八六年二月、ようやくわれわれはかれが自邸に戻って『ポーランド諸王物語』を読んでいる姿を見出す。いまは平穏な生活に戻って、再び『エセー』の執筆に精力的に取り組むのである」（ヴィレー版『エセー』p. xxviii）。

かれはその執筆のために読書にも精力的に取り組んだ。ヴィレーの年譜には一五八二年から八八年にかけてモンテーニュが読んだ本の名前が挙げられているが、そのなかにロペス・

デ・ゴマラ（一五一一―五七年頃）の本が二冊ある。一つは『東インド通史とメキシコ征服』（一五五二―五三年刊）で、フュメによる仏訳は一五八四年にパリで出版され、その再版が一五八七年に出ている。ヴィレーはモンテーニュが『エセー』のためにこの本から九十三箇所の借用をしていると注記している（前掲書、p. L）。これはコルテス家付の在俗司祭であり、秘書でもあったゴマラが、スペイン人による新大陸発見の歴史とコルテスによるメキシコ征服と植民地建設を語ったもので、征服と建設に当たった証人たちから直に聞いた証言に基づいている。いま一つは『エルナン・コルテス卿物語』である。エルナン・コルテス（一四八五―一五四七年）は言うまでもなくスペインの著名なコンキスタドールである。

モンテーニュが「馬車について」のなかで再度新大陸について書く意欲を起こしたのはゴマラの本、特に前者のなかにかれの暗い予想を裏付ける事実を見出したからではなかっただろうか。予想を裏付けるといっても、事実はその内容においてかれの想像を大きく越えるものだったに違いない。なぜならそれは文明人とメキシコ原住民との交流でなく、文明人による卑劣な制圧だったからである。かれは「人食い人種について」の結びの部分を思い出すかのように、こう書いている。

［b］われわれはあの世界の衰亡と破滅をわれわれとの接触によって著しく早め、われわれの思想と技術をひどく高く売ってしまったのではないかと私は大変恐れている。あれはまだ子供のような世界だった。しかしわれわれはこちらの生まれながらの価値と力

の優越によって相手を鞭打って、われわれの規律に従わせたのではなかった。われわれの正義と善意によってこころを摑んだのでも、度量の大きさで征服したのでもなかった。かれらの返答とかれらとの交渉の大部分は、生まれながらの精神の明快、また公正さにおいて、かれらが少しもわれわれに劣っていなかったことを証明している。（九〇九ページ）

一言でいえば、ヨーロッパ人による制圧は知的な優越によるのでも、道義的な優越によるのでもなかった。もしその制圧がキリスト教の布教という宗教上の目的のためだったとしたら、それは正当な行為と言えるのだろうか。たとえそう言えるとしても、モンテーニュが得た情報はそれを正当とするには余りに掛け離れたものだった。

［b］またほかのとき、かれらスペイン人は一度に四百六十人の人間を生きたまま同じ火で焼き殺した。それは四百人の庶民とある地方の主だった領主のなかの六十人であって、いずれも戦争の捕虜に過ぎなかった。われわれはこの話をスペイン人自身から聞いている。なぜならかれらがそう告白しているばかりでなく、その話を得意になって吹聴して説きまわっているからである。こんなことがかれらの正義や宗教にたいする熱情の証拠になるだろうか。たしかにこれは神聖この上ない目的とは水と油の、余りにも矛盾したやり方である。もしもかれらがわれわれの信仰を広めるのを目指したのであれば、

信仰は土地の所有によるのでなく、人心の所有によって広まるものだと考えたはずである。（九一三ページ）

最後の一行は、それが正論であることにも増してモンテーニュの無念な思いを感じさせずにはおかない。

このあとモンテーニュはクスコとメキシコの町の壮麗さを描いて「かれらは技芸においても何らわれわれに引けを取らなかったこと」を語る。では、なぜかれらは制圧され、滅亡することになったのか。モンテーニュは痛烈な皮肉によってその滅亡の原因を明らかにする。

［b］しかし信仰、法律の遵守、善意、寛容、信義、率直となると、これをかれらほど持っていないことがわれわれに幸いした。かれらはその優越ゆえに滅亡し、売られ、裏切られたのである。（九〇九ページ）

勇気という点ではどうだろうか。

［b］大胆と勇気、また苦痛と飢えと死に立ち向かう強靱、剛毅、決断に至っては、私はかれらのなかに見出せる実例を、われわれが海のこちら側の世界で記憶のなかに持っているもっとも名高い古代の実例に比べることも辞さないだろう。（九〇九ページ）

これだけの民族をどうしても征服しなければならないのであれば、なぜ勇気も美徳も備えたあの古代の人間の手で行われなかったのか。そうなれば「全世界に対する償いと改良」になったはずなのだ。モンテーニュはそう考えて『エセー』のなかでも忘れ難い文章を書くのである。

［b］これほど高貴な征服が、なぜアレクサンドロスか、あの古代のギリシア・ローマの人達のもとで行われなかったのか。これほど多くの帝国と国民にこれほど大きな変化と変貌を加えるのであれば、なぜそれが、野生的なところは穏やかに磨いて開拓し、自然がそこに生み出した良い種子はこれを強化して発育させたであろう人達の手によって行われなかったのか。そういう手であれば、土地の耕作と町の美化に、必要な範囲でこちらの技術を交ぜるだけでなく、その国の原初の美徳にギリシア・ローマの美徳を交ぜ合わせることもできただろうに！　向こうで示されたわれわれの最初の手本と振る舞いがあの国々の人たちを美徳の讃美と模倣に向かわせて、かれらとわれわれの間に友好的な交流と理解を打ち立てたとすれば、全世界にとってどれほどの償いと改良になったことか！　かれらの魂はあれほど初々しく、あれほどものを習うことに飢えていて、大方は生まれつきの立派な素質を備えているから、そうした魂を立派に活かすことは何の造作もなかったのだ！（九一〇ページ）

モンテーニュがここで「われわれ」といっているのは古代人のことであるから、本来なら「かれら」とあるべきであるが、それがそうはなっていないことについて、こういうことが考えられる。前にも言ったとおり、かれは父の願いによって幼いころに、フランス語の判らないドイツ人のラテン語教師に付いてフランス語より先にラテン語を覚えて、それをほとんど母国語にした後、古代ギリシア・ローマの教養によって自らの精神を育てた。古代人の徳行と勇気はそのかれの手本であり、かれ自身のものでもあったから、古代人はモンテーニュにとって「かれら」ではなくて、「われわれ」なのである。そのわれわれの手でどうして「高貴な征服」が行われなかったのか。そうなっていたならば「原初の美徳」と「ギリシア・ローマの美徳」が溶け合って、双方のあいだに「友好的な交流と理解」が生まれていただろう。かれは本気でそれを願い、そしてそれが果たせない夢であったことを嘆いているのである。三つの感嘆符は打たれるべくして打たれている。確かにこの一節はルネサンスのユマニスムが到達した精神の高さを示していて、文明人と呼ぶに値する人間の文章だと言える。しかし一人のモンテーニュが存在するだけでその時代を文明と呼ぶことは許されない。十六世紀のフランスはまだ野蛮な状態を脱していないのである。それを誰よりも痛切に感じていたのがモンテーニュ自身だった。だからこの一節に続いて、かれは次のような一節を書かずにはいられなかった。そこに出てくる「われわれ」は、今度はかれの同時代人である十六世紀のヨーロッパの人間を指している。

［b］ところが逆に、われわれはかれらの無知と無経験を利用して、われわれの風習を手本に、裏切り、奢侈、吝嗇の方へ、あらゆる種類の非道と残虐の方へやすやすとかれらを向かわせてしまったのだ。誰がこれまでに商取引と交易にこんな高値をつけたことがあったか。あれほど多くの町が跡形もなく破壊され、あれほど多くの国々が皆殺しにされ、何百万の民が刃に掛かって倒され、世界でもっとも豊かで、もっとも美しい部分が蹂躙されてしまったが、それは真珠と胡椒の取引のためだった。卑劣非道な勝利である。これまでに国家の野心が、国家の敵意が人間たちを互いに刃向かわせて、これほど恐ろしい敵対行為とこれほど悲惨な災禍に陥れたことがあっただろうか。（九一〇ページ）

これはもはや嘆きでなくて怒りである。それは宗教内乱に乗じて狂奔する人間への怒りとは別の、しかし同じように堕落した「われわれ」同時代人に向けられた怒りだった。

この一節の後でモンテーニュは、ゴマラの本によってメキシコやペルーの町の壮麗さを語り、それがスペイン人の手によってどのように破壊されたかについて詳しく述べているが、もうその詳細をたどる必要はないだろう。このエセーの最後にある極めて印象深い一節だけを引いておきたい。

馬という動物を知らなかったペルーでは、王は輿に乗って運ばれた。戦場においてもそうだった。モンテーニュが言っている「ペルー最後の王」というのがインカ王アタワルパを指すのであれば、かれが描いている場面は一五三三年スペイン人フランシスコ・ピサロが率いるスペイン軍が二千人以上のインカの兵士を半時間もしないうちに虐殺して、インカ帝国を一瞬にして滅亡させた戦いの場面のことと思われる。これは前に触れたラス・カサスの『インディアスの破壊についての簡潔な報告』にも記述されている（岩波文庫版、一三九―一四三ページ）。

［b］馬車のことに話を戻そう。かれらは馬車や他のすべての乗り物の代わりに、人間の肩に担がれて運ばれたのである。このペルー最後の王は捕らえられた日に、自分の軍勢に囲まれてそんなふうに黄金の輿の上で、黄金の椅子に座って担がれていた。その王を引きずり降ろそうとして担ぎ手を殺すと、なぜなら王を生け捕りにしたかったからであるが、同じだけの人間が我先に死んだ人間に代わったので、どれだけかれらを殺しても、どうしても王を引き倒すことができなかったが、ついに馬に乗った人間が王の体を摑んだ。そして地面に引きずり降ろした。（九一五ページ）

地面に引き倒されたのはひとり王だけではなかった。インカの壮麗な文明が同時に崩壊したのである。われわれはヴァレリーとともにどんなに高度な文明も滅びる運命にあることを知っている。かつて文明を興したのは、われわれが長い時間をかけて育て上げた人間の叡知であった。そうして生まれた文明は自ら滅びるものではない。歴史の上でこれまで文明を滅ぼして来たのは、そしてこれからも滅ぼすであろうのは、自然の猛威を除いては、人間の野蛮な愚行のほかにないのである。

II　宗教戦争の渦中で

ヨーロッパ大陸のように、幾つもの国と国とが国境を接して隣り合っている地域では、ある一国の歴史はほとんど戦争の歴史である。ここで戦争というのは、普通はその国が周辺の諸外国と交える戦いのことであるが、それに加えて、例えばそれが、国王の権威が国全体を治めるにはまだ十分確立されていない時代であれば、多少とも力と野心のある者たちが一国の覇権を争って、日本の戦国時代に見るような内乱を招くおそれが出てくる。

フランスの十六世紀は、性格が異なるこの二種類の戦争を次々に経験した時代だった。世紀の前半はイタリア戦役であって、これがカトー・カンブレジの和議によって終結するのは一五五九年のことである。そしてその終結を待っていたかのように、フランスは世紀の後半になって宗教戦争の時代に突入するのである。宗教戦争といっても、その実際は内戦であって、前にも触れた通り、旧教徒と新教徒がそれぞれの教義と信仰を擁護するという本来の目的を見失って、宗教上の論争が、いつしか宗教に名を借りて、フランスの王権を争奪するための政争に変わっていったことは史実が物語っている。

この宗教戦争の発端を、旧教徒軍が、ヴァッシーという村で、日曜日の礼拝中だった新教徒を虐殺した事件に置くとすれば、これは一五六二年のことであるから、モンテーニュはこのとき二十九歳になっていて、ボルドーの高等法院の評定官の職にあった。この同じ年の十月、まだ幼いシャルル九世がその軍勢とともに、新教徒軍に占拠されたルーアンの城を包囲したとき、モンテーニュがこの包囲戦に加わっていたことは、これも前に述べたことである。そして長引く内乱が、アンリ四世がナントの勅令に署名するに及んで終結するのが、発端から数えて三十六年後の一五九八年であるから、これはモンテーニュが五十九歳で死んでから六年目にあたる。従って、およそ三十年間のかれの後半生は、文字どおり宗教戦争と共にあったのである。

内乱というものは、外国との戦争と違って、すべての戦いが国のなかで行われるのであるから、国土がそのまま戦場になるほかはない戦争である。だから紛争の当事者だけでなく、無辜の民衆までが戦いの渦中に巻き込まれることは避けられるものではない。またそれが戦争の悲惨さを無益に増すことになるのは過去の歴史が語っているだけでなく、われわれが現に生きている現代にも、その実例を見ることができる。

モンテーニュは内乱の時代に生きた人間の運命として、そうした惨状をいやでも目撃しなければならなかった。しかし運命の仕打ちはそれだけに止まらなかった。戦乱は数々の暴挙を生み出して、あれほど平穏に生きることを望んでいたかれの望みをあざ笑うかのように、モンテーニュ自身に襲い掛かったのである。これはかれの性格を考えれば、当然予想されることであるが、戦乱の苦い経験がかれの『エセー』に数々の材料を提供する以前に、まずかれ自身がこの戦乱を生き抜くこと、それも公正に、良心に恥じずに生き抜くことを「試みる

（エセイエ）」、そうした試練をかれに課さずにはおかなかった。その試練をかれがどのように受け止めたか、しばらくそれについて語ってみたい。それはまた、かれがどんな時代のなかで人間について思索を巡らしていたのか、つまり『エセー』が書かれた時代のフランスの国情を大摑みに摑む助けにもなるだろう。

まず三巻目の「人相について」の章から、次の一節を引く。書かれたのはかれの晩年のある時期、おそらく一五八七年か八八年頃である。

［b］普通の穏やかな時代には、人々は並のありふれた出来事に心の準備をするものである。しかし、われわれが三十年前から陥っているこんな混乱にあっては、すべてのフランス人は個人としても全体としても、いまにも自分の運命がそっくり覆ってもおかしくない状況につねに立たされている。それだけに勇気にはいっそう強靱で、たくましい蓄えを、どんなときにも備えておかなければならない。われわれが、柔弱でも、無気力でも、無為でもない時代に暮らさせてもらったことを、運命に感謝しようではないか。ほかの方法ではとても有名にはなれなかったような者でも、その不幸ゆえに後の世に名を残すことになるだろう。（一〇四六ページ）

読めば判ることであるが、これは往時の回想といったものでなく、戦乱の渦中で書かれた現在形の文章であって、内乱はまだこの先十年近く続くのである。かれがここで運命の転覆といっているのは、一つはその長い内乱によって国家が崩壊するかも知れない危機であり、いま一つは個人の生活が破壊される危険である。そういう差し迫った事態のなかで、勇気にはいっそうたくましい蓄えを、と言っているあたりは、かれの沈着な態度とともに、試練に立たされたモンテーニュの覚悟を物語るものである。

そのモンテーニュが、戦乱が三十年も続く混乱の時代に生まれ合わせたことを運命に感謝すると言っているのはいかにも気丈な言葉であるが、しかし皮肉とも取れるその言葉がそうした響きを帯びていないのは、かれが不幸な時代に生まれたことを、自分の運命として、迷いなく受け入れているからである。そしてその上で内乱のなかにあっても、自分の生活を築くことにかれは全力を尽くそうとするのである。「勇気にはいっそう強靭で、たくましい蓄えを」という言葉は、その自分に向かって発せられた自戒であって、もしもかれの時代が柔弱で、無気力で、無為な時代だったとしたら、平穏に生きるためにかれが払った精神の努力は、およそ違った形を取っていたかも知れないのである。少なくとも、後から追加される『エセー』第三巻は、かれが戦乱という大きな困難に出会うことがなかったならば、あの強さと深さを持ちえたかどうかは、疑ってみるだけのことはある。それほど、かれとその本にとって、長い内乱の打撃と予期しないその効用は大きいものがあった。

政治家には、生まれ落ちたのが太平の世でなくて乱世だったお蔭で、その真価を発揮することができた人間がいるものだが、もし同じことが思想家にも言えるならば、モンテーニュはその筆頭に挙げられていい思想家の一人であって、乱世に感謝するといったその言葉が、少しも強がりでなく、乱世こそはかれの思想と生き方を試すまたとない機会だったことを、われわれは『エセー』を通して知ることができる。

その実際を、これから眺めてみることにしよう。

モンテーニュは『エセー』のなかで、不正、虚偽、裏切りといった人間の様々な悪徳について、歴史が伝える豊富な実例をあげて語っているが、その悪徳のなかで、かれがもっとも憎んだのは残酷という悪徳だった。この悪徳をかれが憎んだのは、戦乱のなかで残虐な行為をいやというほど目撃したためというより、かれが生まれながらに持っていた性癖のためだったことが、その書いたものから窺うことができる。さらに、この残酷を憎む気持ちは、たとえ相手が未開の野蛮人であっても、それを人間として扱わずにいられなかったかれの心情ゆえに、生理的な反撥の域を越えて、倫理的な嫌悪でもあった。これは前に述べたことであるが、かれが、新大陸の未開人に対して当時のヨーロッパの人間が行った殺戮に怒りを発したことについても同じことが言えて、この怒りは、博愛とか人道といった後世が作り出すいわゆる主義主張から出た怒りではなかった。おそらく、かれの心の一番深いところにあったのは、人間であれ動物であれ、命あるものを貴ぶ気持ちではなかったかと思う。

こんな逸話が、『エセー』のなかに書き留められている。

モンテーニュは「残酷について」という章のなかで、多分、狩りか何かの折に体験したことをもとに、われわれにも身に覚えがある次のような告白をしている。

［a］私のことをいえば、われわれに何の危害も加えない、無防備で、罪のない動物を追い廻して殺すのを見るだけで、私は苦痛を覚えずにはいられなかった。これは普通によく起こることであるが、鹿が息を切らし、力が尽きるのを感じて、もうほかに逃れる手立てがなくなると、追い廻すわれわれの前に身を投げ出して降参し、涙を流して命乞いをすることがあるが〔…〕、こういうことは、いつ見ても、私には見るに堪えない光景に思われた。

［b］私は生きている動物を捕らえても、あとで放してやらないということは滅多にない。ピュタゴラスは猟師や鳥刺から獲物を買い取ると、私と同じことをやっていた。

（四三二―四三三ページ）

これはこの鹿の話よりあとのことであるが、のちにアンリ四世として王位に就く例のアンリ・ド・ナヴァールが、ある日、モンテーニュの屋敷を訪ねて来て、二晩泊まっていったとき、この賓客をもてなすために、モンテーニュが、鹿を一頭、領地の森に放して、鹿狩りをしたことが、かれの家に父の代から伝わる一種の日誌である「歴史暦」に記録されている。ヨーロッパの王侯や貴族にとって、狩りは嗜みであり日常の楽しみでもあって、かれらはそのために城館の周囲に広大な森を擁していて、いい馬や猟犬の飼育にも余念がなかったのである。この風習は今でも消えたわけではないが、なにより時代がそういう時代だったから、捕まった鹿が涙を流して、命乞いをするのを「見るに堪えない光景」だというのは、物笑いの種か、奇異なことに思われても仕方がないことだった。モンテーニュもそれを見越していて、この一節のあとで、レーモン・スボンの『自然神学』に拠って、次のような弁解を書いている。

〔a〕私が動物たちに抱いているこの同情を、人が馬鹿にしないように、「神学」も動物に対して少しは情けを持つようにわれわれに命じている。一人の同じ主人〔神を指す〕が、かれに仕えるために、われわれ人間をこの宮殿に住まわせていて、また動物たちも、われわれと同じく、かれの家族の一員であることを考えれば、「神学」が、動物に対して心づかいと愛情を持つようにわれわれに強く命じているのは、当然のことである。（四三三ページ）

動物が人間と同じくこの宮殿、すなわちこの地球に住む一員であって、人間から心づかいと愛情を受けるに値する生き物であるという当然のことが、今日でさえ身についた常識になっているかどうか疑わしいときに、それが、神学を持ち出すまでもなく、モンテーニュ自身の考えだったことは、時代というものを抜きにしても立派なものである。そして、もしも狩りの狙いが鹿という動物でなくて、鹿に行った仕打ちを人間に対して行ったとしたら、どうなるか。それが、日々モンテーニュが経験している宗教戦争がもたらした同時代の実情なのだと言わんばかりに、かれはこの一節と隣り合わせに置かれた一節のなかで、こう書いているのである。

［a］私はいま、わが国の宗教戦争の乱派によって、この残酷という悪徳の信じられないような実例に満ち満ちている時期に生きているが、われわれが毎日経験していることよりもっと極端な例は、古代の歴史にも一つとして見当たらない。しかし、だからといって、私がそういうことに慣れてしまったわけではまったくないのである。私は、人を殺す快楽だけのために、人を殺そうとするような極悪非道の魂の持主がいたということが、それをこの目で見るまでは、とても信じることができなかった。敵意もなく、得にもならないのに、他人の手足を切り刻んだり、精神を研ぎ澄ませて、途方もない拷問や新しい殺し方を考え出そうとする人間、しかも、それが苦悶のなかで死にかけている人間の見るも哀れな身振りと動作、悲痛な呻き声といった、おかしな光景を楽しむという、ただそれだけのために、考え出そうとする人間がいたということが、私には容易に信じられなかった。なぜなら、これこそは残酷さが達し得る極致だからである。（四三二ページ）

自分が信じている宗教を守るために、人を殺すのでさえ許しがたいのに、かれが目撃する殺戮は、人を殺す快楽のために行われている。捕らえられた鹿が涙を流すのにも心を痛めた人間にとって、こうした光景が到底許しえないものだったことは、その口調の激しさからも明らかで、こういう言葉を読むと、ヨーロッパの人間が未開人に対して行った蛮行をかれが同じように激しく糾弾したことを思い出さずにはいられない。

文明と野蛮を測る尺度は、物質的な進歩の度合いのなかに求めることはできない。われわれが現にその恵みを受けている科学の発達も医学の進歩も、ありがたいことに違いはないが、しかし、その今の世界のどこかに、野蛮がないかどうかは毎日の新聞を開くだけで明らかなはずである。文明をその野蛮から分ける最低の基準は、どんな相手にもその体には赤い血が流れていて、その肉を切れば血が流れることを知って、その相手を自分と同じ人間として遇することにある。その基準からいえば、この時期のフランスは、まだ文明の状態から遠いところにあった。たとえそこに文明人と呼べる一人のモンテーニュが現れても、それで事態が変わるほど、文明へ向かう歴史の歩みは早くはないのである。

われわれはどうかすると、モンテーニュという優れた人間の存在を通して十六世紀のフランスを見ようとするが、それは文学史や思想史というものの通弊であって、時代の相がかれの大きな影に覆われて、すべてがかれの時代であるかのように見えるのである。しかし、そこには同時代の精神の実像は映っていない。これは書いていてもどかしいことなのだが、かれの言動について語ることが、時代の気風を語ることに繋がっていないという感じを拭うことができない。その証拠に、かれが同時代の人間のなかに、学識や分別がある知人や友人を持っていたのが事実であっても、その少数の例外を除いて、この時代にかれを理解し得たものがどれほどいただろうか。こういう譬えが許されるならば、モンテーニュは自分の国にいながら、戦乱に明け暮れる野蛮国に漂着した文明人の恐怖と驚きを感じていなかっただろうか。ただし、モンテーニュが、やがて来る文明の時代を準備した人間たちの一人だったのは確かなことだ。そして、そのかれが本当の理解者を見出すには十八世紀を待たなければならなかった。

話が脇へ逸れてしまった。引用文に戻ろう。

この一節は、［a］という符号が付いていることからも判るように、一五八〇年に出た『エセー』の初版からの引用である。こういう断り書きはどうでもいいようなことであるが、「序にかえて」のなかでこの本の成り立ちについて触れたときにも言ったように、これはかれが死ぬまでのおよそ二十年間にわたって書き継がれた本であって、こうして時々断り書きを入れるのは、文中に付けられた符号の区別によって、著者の経験と思索の跡がある程度はたどれるからである。これはモンテーニュの考えを知るうえで無視するわけにはいかないことなのである。

そこで、その初版であるが、この版には宗教戦争の惨状を話題にしている文章は、わずかに数個所を数えるだけで、一五八八年に出版された［b］のテクストや、そのあとに加筆された［c］のテクストに比べると、その数は比較にならないほど少ない。なぜ内乱に関する記述が晩年の文章に頻出するようになるのかは推測するしかないものであっても、はっきりとした数の差は、かれがこの内乱と係わったその度合いを反映したものだったことは確かであろう。事実、これから述べる通り、晩年に近づくにつれて、内乱はかれの日常を掻き乱すのである。

ただし、だからといって初版を書いていた頃、モンテーニュが内乱の渦中で安閑と暮らしていたのでないことは、ここに引いた一節だけからでもすでに明らかである。毎日のように繰り返される残虐な行為を放置しているような国の状況は、到底かれの道義心が許せるものではなく、初版を出すとその足で、かれはイタリアへの旅に出てしまう。これは各地の湯治場で、持病の腎臓結石を治療するという立派な理由があっての旅であったが、一五八八年に増補された第三巻の「空しさについて」という章を読むと、そこには「私をこうした旅に誘うもう一つの原因は、わが国の現在の政情が私には合っていないということだ」（九五六ページ）という正直な告白が語られている。

しかし、そうやって旅に出はしたものの、それが旅である以上いつまでも国外に止まっているわけにもいかず、そのうえ、留守中にボルドー市の市長に選出されたという知らせを受けとると、ようやくモンテーニュは一年五ヵ月あまりの旅を終えて、ペリゴールの屋敷に戻って来た。一五八一年十一月末のことである。

それからのおよそ十年間をかれの晩年と呼ぶとすれば、幾つもの名篇を含む『エセー』の三巻目は、その晩年にかれが深めた思索の見事というほかはない成果である。晩年はまた宗教戦争の余波が、これまでにも増して、かれの頭上に襲い掛かってきた年月でもあって、この戦乱を向こうに廻して、なにかその仇でも討つかのような気力で、かれは自分の生活を守り、良心に従って生きて、しかも生きている歓びを手放さず、それを一段と深めることに精神を集中している。三巻目を見事といったのは、それがそこに強い言葉になって凝集しているからである。この生きる歓びについては、いずれこの本の後段で語ることになるだろう。

前にもいった通り、モンテーニュが住んでいたフランス南西部は、新教徒の勢力が格段に強い地方だったから、これを弾圧する旧教徒との間で、戦いが最も激しい地方の一つになった。その上、双方の兵士たちが野盗も同然になって田畑を荒らし、近隣の屋敷に押し入って、掠奪をほしいままにしていた。そういう野盗のような群が、あるとき、モンテーニュの屋敷にも押し入って、危うくその餌食になりかけたことがあったが、いつもと変わらないかれの平然とした顔付きと物腰、つまりその平常心が、相手の気勢を殺いで、あやうく掠奪と殺戮を免れたことが「人相について」の章のよく知られた一節に語られている（本書第Ⅷ章4参照）。

ここで、関根秀雄氏の考証を借りて、モンテーニュが二期目の市長職を退くことになる一五八五年頃のフランスの国情と、この地方を舞台に戦われた内戦について、少しだけ史実的なことを記しておく。

前年の一五八四年六月に、国王アンリ三世の弟であるアンジュー公が急死したために、新教徒のアンリ・ド・ナヴァールが王位継承者になったのが切っ掛けで、この二人のアンリと旧教同盟派の首領であるアンリ・ド・ギュイーズのあいだに、いわゆる「三アンリの戦い」が始まった。これについてもすでに述べたが、これが第八次宗教戦争であって、内乱は最終段階を迎えるのである。一方、ボルドー市は旧教と新教の双方から狙われはじめて、市がいずれかの勢力に奪われる危険が出て来た。なかでも過激な旧教同盟派は、教皇とスペイン国王フェリペ二世を後盾にして、勢いを付け、ヴァイヤックというものを司令官に立てて、ボルドー市を奪取しようとしていた。

この時期、ボルドー市の警護に当たっていたのは市の代官である国王派のマティニョン元帥だった。状況が緊迫するなか、かれは偶然ほかの地方へ出兵することになって、ボルドーを留守にした。そのために、市長であるモンテーニュは元帥に請われて、みずから市民軍の先頭に立って、ボルドー市を守り通すことになった。このとき、正確に言えば、一五八五年五月、モンテーニュが元帥に送った手紙が二通残っていて、元帥に一刻も早い帰還を訴えているのと、市の警護に全力を尽くしているかれの姿を伝えている。

これが五月のことである。そして六月に入ると、ボルドー市にペストが発生して、市民のほとんどがこの疫病を避けるために町を去った。そのさなか、七月末にモンテーニュは市長の任期が切れて、後任のマティニョン元帥に市長職を託した。

モンテーニュの屋敷の近辺にペストが及んで来たのは、関根氏が紹介しているトロンケの研究によると、旧来の説と異なって、翌一五八六年のことである。かれはこの年の九月から翌年の春頃までのおよそ六ヵ月、ペストを避けるために家族を引き連れて、縁故を頼りながら各地を転々として、きびしい逃避行を続けることになった。その模様を『エセー』は次のように語っている。

〔b〕ここに、ほかのに続いて、もう一つ深刻な不幸が私に起こった。家の外と内とで、私はとりわけ激しいペストに見舞われた。〔…〕自分の家を見るのが恐ろしいという、あのおかしな状況に私は堪えなければならなかった。家に置いてあるものはすべて見張りもなく、それを欲しがる者の手に打ち棄てられていた。あんなに喜んで客を迎え入れるこの私なのに、いざ家族が身を寄せる場所を探すとなると、ひどい苦労をした。さまよい歩く家族は友人や自分自身をも怖がらせ、どこに身を落ち着けようとしても恐れられて、群れの一人が指先が痛みはじめると、すぐにも居場所を変えなければならなかった。すべての病気がペストと見なされて、病気を見極める暇も与えられないのだ。〔…〕

もしも他のものたちの苦しみを感じずに、六ヵ月も惨めに、この隊商の案内役を務めずにすんでいたら、こういうことも、これほど身にこたえることはなかっただろう。〔…〕しかし、近隣の人々に至っては、百人に一人も助からなかったのだ。（一〇四七―一〇四八ページ）

こうした状況のなかで、ペストに加えて、いまもいった内乱の余波までが、かれの城館の近くに迫って来たのである。余波というのは必ずしも戦闘の余波というだけではない。それよりたちが悪いのは、野盗に化した兵隊が民衆に対して働く狼藉だった。その狼藉の恐怖とペストの恐怖が、同時にかれを襲ったのである。ここでぜひ言っておきたいのは、付近で兵隊たちがどれほど狼藉を働こうと、モンテーニュの屋敷の門は、かれの強い意志でつねに開かれていたということである。下手に防御を固めると、かえって相手の闘争心を煽って、むだな争いを引き起こすというのがかれの考えだったからだ。これはかれの豪気と、人間の心理を洞察する能力を示す一例であるが、この内乱を通して、自分の家はだれに対してもつねに門が開かれていた唯一の家だったと、モンテーニュはのちに『エセー』のなかで、誇りをこめて語っている。

だが、ペストが迫って来るとなれば話は別で、屋敷に止まることは死を意味していた。この目に見えない死の疫病から逃れるために、モンテーニュは前述の逃避行を余儀なくされたのである。そして執筆中だった『エセー』の「人相について」という章を、やむを得ず一時中断することになった。

その中断の痕跡が、屋敷に迫る敵軍の動きとともに『エセー』のなかに生々しく記録されている。中断される直前の文章のなかで、モンテーニュは、かれの領内の畑を耕す男を見て、アリストテレスもカトーも知らない無学な農夫が、死に臨んでも、まるで賢者のように「恐れも悲しみもなく死を通過して行く」姿に感動して、次のように書いていた。

〔b〕私の菜園を耕しているあの男は、今朝がた、父親か息子を葬ったのだ。かれらが病気を呼ぶ名前そのものが、病気の厳しさを和ませ、柔らかくしている。肺結核はかれらには咳であり、赤痢は腹下しであり、肋膜炎は風邪なのだ。病気を優しく呼ぶように、かれらはまた穏やかに病気に堪えている。かれらが普段の仕事を中断するときには、病気は十分に重いのだ。そして死ぬときでなければ、かれらは床には就かない。

（二〇四〇―二〇四一ページ）

ここまで書いて、文が中断されている。そして、数ヵ月後、再びかれがペンを執ったとき、この「人相について」の章は、農夫が耕した田畑を群盗のように蹂躙する兵士たちの蛮行を語って、内乱の乱脈について最も厳しい弾劾に入って行くのである。

モンテーニュは中断した文章を、次のように書き継いだ。

〔b〕私が以上のことを書いていたのは、わが国の混乱の大きな重圧が、数ヵ月間、その全重量をもって私の頭上にのしかかって来たころだった。一方ではわが家の門に敵が迫り、他方では畑を荒らす掠奪者が迫っていたが、こちらの方がもっとたちの悪い敵だった。〔c〕《戦いは武器でなくて、悪徳をもって行われる》。〔b〕私は戦争のありとあらゆる被害を同時に被っていた。

恐るべき敵が右に左に現れて、
差し迫った危険で四方から脅し立てる。〔オウィディウス〕

なんとも異常な戦争である。ほかの戦争は外に向かって行われるのに、この戦争はまたしても自分に刃向かって、自分を齧り、自分自身の毒で敗れる。その性質はじつに邪悪で破滅的だから、戦争は残余のものを巻き込んで崩壊し、怒り狂ってわが身を引き裂く。この戦争は必要品の欠如や敵の兵力に敗れるよりも、自分自身によって敗れるのを、われわれはたびたび目撃している。すべての規律が戦争から逃げ出す。規律は反乱を鎮めにやって来るものなのに、自分が反乱で満ちあふれ、反逆を罰しようとして、自分でその手本を示している。法を守るために使われるこの規律は、自分自身の法に背いて、謀反の役を演じている。一体われわれはどうなっているのか。われわれの薬は腐敗をもたらす。〔…〕

こうした国中に広まった病気では、初めのうちこそ健康なものと病人を区別することができるが、しかしわれわれの病気のように、それが長引くと、頭から爪先まで体中が病気になって、どの部分をとっても腐敗を免れない。なぜなら放縦くらい、貪欲に吸い込まれて、大きく広がり、深く浸み込んで行く空気はないからだ。（一〇四一―一〇四二ページ）

これが、モンテーニュが見た一五八六年頃の内乱の実態である。見たのでなく、身をもってその苦しみを体験したと言うべきだろう。戦争のあらゆる被害を一時に被ったと、かれが書いているのだから。それがどういう被害だったかは一々語られていないけれど、その最悪のものが死であることは言うまでもない。その死のことが、この引用文と同じころに書かれたと思われる別の章で語られている。別の章ではあるが、内乱中のかれの苦悩を語っている点で、いま引いた一節と深い繋がりがあると見ていい。引用が続くようであるが、話を先へ進める前に、この一節だけは引いておきたい。

引用するまえに、少し説明を加えておく。

この一節でモンテーニュは、長引く内乱がかれを痛ましい精神状態に追い込んで、その果てに、夜ごと死の妄想を抱くに至ったことを語っているのだが、妄想が生まれるわけは、夜、匪賊も同然になった兵士たちに屋敷を襲われて、非業の死を遂げるかも知れないという恐怖のためである。わたしはいま妄想と言ったけれど、無論モンテーニュの頭が病んでいるわけではない。かれはこういうときでも、冷静そのものなのだ。ただ、これを書いているかれが冷静であればあるだけ、そうした正常な頭にさえ死の妄想が宿ったというところに、内乱がもたらした何か暗澹とした救いがたいものを感じるのである。

モンテーニュの屋敷は、父親のピエール・エーケムの代に改修されて、ルネサンス風のかなり立派な城館になったのだそうであるが、内乱の時代になったからといって、息子のかれはそれに防御のための備えはいっさい施さなかった。そんな無防備な屋敷へ暴徒のような兵士が乱入すれば、無数の猟犬に追われて逃げ場を失ったあの鹿を襲ったのと同じ、無慈悲で、無意味な死が待ち構えているのはまず間違いないことだ。そういう恐怖を抱いて、かれは、毎夜、床に就いたのである。

〔b〕私は家にいて、今夜こそは裏切られて殺されるだろうと想像して、それがせめて恐怖もなく、苦しみもないものであるようにと運命に頼みながら、何度床に就いたか知れない。そして、主の祈りを唱えてから、

極悪非道の兵士がこんなに見事に耕されたこの畑を奪うだろう！〔ウェルギリウス〕

と、私は大声で叫んだ。そう叫ぶよりほかに、どんな打つ手があるというのか。（九七〇ページ）

まずモンテーニュはこう書いている。いつ襲って来るかも知れない匪賊のような兵士の群れへの恐怖と怒りの言葉である。

このあたりの文が真に迫っているのは、余計な指摘かも知れないが、一つには動詞の時称の使い方にあるだろう。この訳文のように原文を日本語に訳すと、動詞の時称はただの過去形になってしまうが、かれがここで使っているフランス語の複合過去というのは、過去の経験や出来事を、自分の記憶にある事実として語るものであるから、主観的には現在に繋がっ

ていて、それゆえ語られる内容が、読み手にもその経験や出来事の現場にいるような臨場感をもって感じられる。そういう過去形であるだけに、このときのモンテーニュの恐怖と怒りが今のことのように伝わって来るのである。

さて、こう書いてからモンテーニュは、今夜にもかれを襲うかもしれない突然の死をこんな具合に想像する。

［b］内戦がほかの戦争よりもやり切れないのは、自分の家にいて、われわれ銘々が見張り番に立つということだ。

なんとも惨めなのは、門や塀で命を守ることであり、また自分の安全な家がほとんど頼りにならないということだ。〔オウィディウス〕

家にいて、家庭の安らぎのなかにあってまで、苦しめられるというのは最悪のことである。私がいるこの場所は、つねにわが国の混乱のために戦場になる最初で最後の場所であって、かつてそこに平和がその全貌を見せたことが一度もないのである。

平和なときでさえ人々は戦争の恐怖に震え戦《おのの》いている〔…〕〔オウィディウス〕

私は時折、こんな考えを振り払って自分をしっかりさせる手段を、無頓着と無気力から引き出すことがある。こういうものも少しはわれわれの心を強くしてくれる。これは私がよくやることなのだが、死の危険を少しばかり楽しみをもって想像して、それを待ち構えるのである。それはこんな具合である。私は、死を考えたり認めたりするひまもなく、真っ逆さまに、茫然自失して、死のなかへ落下して行く。それはまるで沈黙した闇の底へ落ちて行くようなもので、闇は一息に私を呑み込んで、味も感覚もない強力な眠りで、一瞬にして私を押し潰す。こうした短い非業の死にあっては、私がそこから予見する結果は、死という事実が与える動揺よりも、むしろ多くの慰めを私に与えてくれる。［c］人が言うように、命は長いからといって最良でないように、死は長くないのが最良なのだ。［b］私は死んでしまうことを敬遠して疎んじるというより、死ぬということに信頼をよせて、それに親しんで行く。私はこの嵐のなかに包まれて、そこに身を潜める。すると、嵐はいつ来たのか判らない素早い攻撃で私の眼をくらまして、怒り狂ったように私を奪い去るに違いないのだ。（九七一ページ）

逃げる間もない一瞬の死とはこういうものなのかも知れない。そういう嵐のような死を、かれは少しばかり楽しみをもって待ち構えているというのである。しかし、それを勇気と取ったのでは当たらない。たしかに一瞬の死ならばそれも楽しみだ、と言っているように受け取ることもできるだろうが、それではこの文の微妙な意味合いを取り逃がすことになるだろう。なによりモンテーニュがわざわざ「無頓着」とか「懶惰」とかいっているその意味が判らなくなる。

かれがこのとき取ろうとしている態度は、死の恐怖に勇敢に立ち向かおうというのではない。死を信頼して、それに身を預けようというのである。これは豪気であるのとは反対に、体の力を抜いて、あの農夫のように、素知らぬ顔で死をやり過ごそうとする態度である。アンドレ・ジッド（一八六九―一九五一年）はこの死のくだりを名文だといって絶讃しているが、しかし名文だろうと何だろうと、毎晩床のなかで非業の死を想像して、それが一瞬であることを願わずにいられないというのは悲惨である。その悲惨な状況を救っているのが、無頓着という、この死に対して徹底して受け身でいることの強さである。

事実、死に対してそうした姿勢を取ることを、かれは晩年になって身につけた。これはあとで詳しく語ることにするが、モンテーニュは『エセー』を書き始めた四十代のころとは根本的に異なる考えを、死について抱くようになったのである。いずれにせよ、晩年のかれは、老いてゆく肉体の小さな変化にも死の兆候を見て取ることで死と親しみ、そうすることで、いわば死を籠絡して、その恐怖から解放された境地にあった。「死ぬということに信頼をよせて、それに親しんで行く」といっていることに、その一端が現れている。

しかし、その境地にあっても、かれは兵士たちの夜襲を恐れて、殺されるのが闇に呑まれる一瞬の出来事であるのを望んで、そこに「慰め」を得ようとした。あるいはここに、人間に本質的な弱さを見ようとするひとがいるかも知れないが、それが弱さであって少しもおかしいことはない。だが、ここで言われているのが、明らかに非業の死であって、病気や老いによる死でないことを忘れてはならない。モンテーニュが一瞬に過ぎ去る死を願ったのは、誰にでも訪れる死を恐れたからではない。意味のない非業の死を憎んだためである。だから一瞬の死という妄想を抱いたからといって、死に対する心構えが未熟だったということにはならない。それどころかこれは、内乱という狂気に対するかれの精神の無言の抵抗であり、内乱のなかで、狂った兵士たちの手で非業の死をとげることへの怒りである。その非業の死を、無頓着というかれの武器で、死ともいえない呆気ないものに変えようというのである。

なるほど、そこまでの意識を、果たしてかれが持っていたかどうかはこの文面からは判らない。しかし、このあとに続く文章では、死という敵を無頓着という武器でかわしてから、何かがふっ切れて、気持ちが浄化されているのが確かに感じられるのである。そういう内面の変化がつぎの文章には起こっていて、ここにはもう死の妄想は漂っていない。

［b］これは植木屋がいうことであるが、薔薇と菫《すみれ》はニンニクと玉ねぎのそばに植えられると、ニンニクと玉ねぎが地面のなかの悪臭を吸って、自分の方に引き取ってしまうので、それだけ馥郁とした香りをもって生まれて来るのだそうである。そんなふうに、これほど性格が堕落した者どもに、私が住んでいる空気と土地のあらゆる毒気を吸い込んでもらって、それで私が、かれらが近くにいるおかげで、いっそう善良で清浄なものになり、その分だけ私はすべてを失わずに済む、そんなふうになるものだろうか。そう

は行くまい。しかし、そこから何かが、例えばこんなことが出て来ないものでもないだろう。善というものは、それが稀なときにはひときわ立派で、人の心をいっそう惹きつける。そして、障害や邪魔物は、善を行う心を固く引き締めて、そんな厄介なものにも立ち向かう熱情と名誉心で、その心を燃え上がらせるかも知れないだろう。（九七一―九七二ページ）

こういう絶妙な転調が『エセー』の面白味の一つであって、モンテーニュという人間の味もこういう所にあったのかも知れない。妄想は消え、無頼の輩はニンニクか玉ねぎに変えられて、かれの方はもう一歩で、香りのいい薔薇か菫に変身するところだった。とくにこの最後の数行は、どうやらかれ自身のことを語っていて、障害や邪魔物に出会って燃え上がるのは、かれの心に違いないのである。

その心が宗教戦争の惨状に対して下した弾劾が、『エセー』のなかで最も語調が激しい文章の一つであることは、これまで見て来たとおりである。モンテーニュがこの内乱でどんな苦しみを嘗め、それにどんな反応を示して来たかは、これだけ書けば十分だろうか。惨状は惨状として、この内乱の原因になった旧教と新教の抗争そのものを、かれはどのように見ていたのだろうか。それを次に語ることにするが、話が少し重苦しくなったので、ここで息抜きのために道草を食って行こう。

Ⅲ　道　草――新しい橋ポン＝ヌフ余聞

パリに暮らす人はいうまでもないが、数日滞在するだけの旅行者でも、パリの町を歩いていて、どこかでセーヌ川に出会わないということはまずないと言っていい。川はこの町を下弦の月のような弧を描いて、東から西へ流れて町を南北に分断しているから、何か用事があって外出するときにはどうしても川を渡ることが多くなる。

それでパリを流れるセーヌ川にはこの町に住む人々の便宜をはかって、今では三十に余る橋が架かっているのであるが、その一つにパリのほぼ中央でセーヌ川を跨ぐポン＝ヌフというのがある。左岸のグラン＝ゾーギュスタン河岸からシテ島の西の先端を貫いて、ルーヴル宮殿の東の外れで右岸に接する美しい石造の橋である。公式にはルーヴル橋という名前になるはずだったのを、当時の民衆が今度新しく出来る橋だというので勝手にポン＝ヌフと呼んで親しんでいたのが通用になって、結局日本風にいえば新しい橋、つまり新橋になったのだそうである。

架橋工事が始まったのは四百年以上も昔のことで、モンテーニュが生きていた十六世紀の後半に溯る。橋の工事を始めるに当たって時の国王だったアンリ三世が最初の石を据えたのは一五七八年五月三十一日のことで、翌年には左岸側の橋脚四つが早くも部分的に完成している。しかし橋が竣工するのはそれから二十八年も後の一六〇六年であって、これは時代も移ってアンリ三世が一五八九年に宗教戦争の渦中で刺殺された後を継いで、アンリ・ド・ナヴァールというブルボン家の血をひく人物がアンリ四世として王位に就いていた時期である。その騎馬像が橋の中央に建てられて、今もセーヌ川の上流を向いて立っている。

このアンリ・ド・ナヴァールという名前のナヴァールというのは、ピレネー山脈とイベリア山塊に挟まれた一帯の名称である。その一部は今日のフランス南西部のベアルヌ地方に当たっていて、何度か古代ローマ人や西ゴート族やフランク族の侵寇に晒されながら独立を保って来たが、九世紀になって子爵領になり、それが十四世紀にナヴァール王国になったのである。アンリは王国の中心地ポーで生まれると、ナヴァール国の王妃である母親のジャンヌ・ダルブレによってカルヴァンの新教の教義を教え込まれて育った新教徒だったが、二十も年上で、その上旧教徒であるモンテーニュの人物と見識に惚れ込んでいた。そして宗教戦争のさなかにもかかわらず、かれをその屋敷に訪ねて行ってねんごろに語り合い、食事を共にし、主の寝台を借りてそこに泊まったことや、モンテーニュはモンテーニュでこのアンリのために旧教徒と新教徒の間に立って、何かともめごとの調停に力を尽くしていて、後にアンリが王位に就いたとき、モンテーニュの力量を見込んで側近に迎えたいと申し出たのを丁重に固辞したことは、そのときかれが国王に寄せた手紙とともに大抵のモンテーニュ伝に出ているから、今は詳しいことには触れない。

モンテーニュはボルドーの高等法院の評定官やボルドー市の市長を歴任した人物だったたか

ら、公用で、またときには私用のためにペリゴール州の屋敷を離れて時折パリにやって来た。ポン＝ヌフの着工以後にかぎってみても、三回か四回は上京の機会があった。そういう折にかれがルーヴル宮殿の目と鼻の先で橋の工事が少しずつ進んで行くのを見て、壮麗な橋の完成を心待ちにしていたらしいことが、あとで引く『エセー』の一節から窺えるのである。

モンテーニュはパリという都がどこの国のどの都よりも気に入っていて、『エセー』のなかで恋人の美しさを讃えるように手放しでその美しさと魅力を讃えているが、以前わたしも暫くパリに住む機会があって、やがてどう言っていいか判らないその不思議な魅力に魅せられるようになった頃、パリの町を歩く楽しみの一つはどこかの橋の上からセーヌの流れをぼんやり眺めることだった。橋というのは向こう岸に渡るために作られた道の続きではあるけれど、その上に立って水の流れや、まわりの風景を眺めるのには持って来いの場所でもある。

今でも眼の底に残っているのだが、ポン＝ヌフの一つ上流にあるサン＝ミシェル橋かシャンジュ橋の欄干にもたれて、水量が豊かなセーヌ川を跨いでいるポン＝ヌフの景観を眺めたときは、実際時の経つのを忘れたものだった。

橋は、長い橋梁がほぼ水平に伸びているのに対して、橋脚の間にできた幾つもの半円形のアーチの方は水の上に優美な弧線を描いていた。これは後で知ったことなのだが、設計者は十六世紀から十七世紀にかけて活躍した建築家の名門アンドルエ・セルソ家の二男バティストで、橋はルネサンス様式に属するのだそうである。この橋にかぎったことではないが、ヨーロッパの橋は近寄って眺めると、まるで城塞か城館の一部のような威容をもって見るものを圧倒するものが多い。古代ローマ人が自然を相手に、例えばアルルに遺るポン・デュ・ガールのような巨大な水道橋を架けたあのたくましい土木の精神が後のヨーロッパの人間に受け継がれて、それが各時代の技術と美意識を背景に各地に甦ったと言えばいいのだろうか。それも保田與重郎が切々と語っている日本の繊細な木の橋とは違って、その多くはずっしりとした石造なのである。

しかしこうして遠望すると、その石造のポン＝ヌフの橋がなんとも美しい輪郭を水の上に描くのである。今もいったように、わたしはそんなふうに隣りの橋の上から、夕方の柔らかな光のなかでこの橋を見たことがあった。直線と曲線が作る幾何学的な橋の輪郭や、橋脚が水の上に落とすにじんだ影や、遅い午後の光線をうけて光る水面が、川の両岸に並んだ建物と街路樹の列に縁取られて、端正な銅版画のような眺めを見せていた。そしてそのなかを豊かな水が滔々と流れて行く。水は橋まで来るとそれまでの強い流れをゆるめて、ざらざらした橋脚の石の肌を撫でて行く。その感触が隣りの橋の上に立って眺めているこちらの肌にまで伝わって来るようだった。

ところが、もしもこの眺めがその橋で止まっていたならば、これほど心を惹かれたかどうか判らない。この橋の眺めを無類なものにしていたのは、半円の弧を描くポン＝ヌフのアーチの奥にその先の橋が見え、さらにその背後に遠くの橋が小さく細密画に見るような繊細な影絵になって見えていたからである。そこには川岸から見たのでは得られない独特の視覚上の要素が働いていて、それが思いがけない奥行きを生んだのである。わたしが立っている橋の下では、ゆたかな水が絶え間なく流れて暗緑色の波まで見分けることができる。その流れに乗って視線は広々とした空間を水平に横切るポン＝ヌフに達する。言うまでもなくこれが視界の要になる。それから眼はこの橋のアーチの下で遠くの幾つかの橋が徐々に後退しながら見え隠れしているのをたどって行く。そして最後に視線は、空と水が夕方の薄い靄のなかで溶け合っている遠い空間に誘われて行く。そうやって眼が全体を眺め渡すと、景色はふたたび一つに纏まって、その全景がわたしの眼の前に広がり、日が暮れるに連れてポン＝ヌフの長い影絵が濃さを増して行くのだった。

なぜこんな余計なことを書いて道草を食っているかといえば、モンテーニュはこの橋の完成をあれほど楽しみにしていながら、ついにその完成を見ずに死んだからで、そのかれを想って橋の姿を描いてみたかったのだ。しかしそれだけでもない。橋の工事はいま話している宗教戦争の時期と二十年近く重なっていて、工事はその余波を受けて一五八八年から四年に亙って中断されるのである。たかが橋一つのことかも知れないが、モンテーニュは工事の中断を知って自分の運のなさを『エセー』のなかで嘆いていたのである。その無念な思いが頭にあったから、ことさらポン＝ヌフのことがわたしの心に残っているのである。

「馬車について」という章にそのポン＝ヌフのことが出て来る。この章からは前に幾つか文章を引用したことがあったが、モンテーニュはこの章の初めの方で古代から現代までの皇帝や国王たちが祭典や祝典のために莫大な費用を注ぎ込んで贅美を尽くした催しを行ったことを語ってから、国の頭に立つ者の金の使い方に話を進めている。そして同じ金なら後世に残る公共の建築や土木に使うべきで、その場限りの楽しみに金を使うのは浪費だと言っているなかにポン＝ヌフのことが出て来るのである。

［c］そうした楽しみはもっとも下層の国民の心に触れるだけで、飽きてしまえばすぐに記憶から消えてしまうものである。分別がある真面目な人間は誰一人としてそんなものを尊重することは出来ない。同じ出費なら港湾、要塞、城壁、豪奢な建物、教会、病院、学院、街路や道の改修に使ってこそ遥かに王にふさわしく、有益で、公正であり、長持ちもするように私には思われる。その点でグレゴリオ十三世は私の時代に尊敬すべき名声を残された。またわれわれのカトリーヌ女王は、財力がその好みに十分見合うだけあれば、生まれながらの鷹揚さと気前の良さの証しを長く後世に残されるだろうに、運命はまったく残念なことにわれわれの偉大な都のポン＝ヌフの美しい建築を中断して、死ぬ前に橋の開通を見る望みを私から奪ってしまったのである。（九〇二ページ）

橋の工事が中断されたのは、いま言ったように一五八八年のことである。モンテーニュは、橋の工事が中断されたのはアンリ三世の母后であるカトリーヌ・ド・メディチに十分な財力がなかったからだと見ていたらしいが、この見立てはその通りであって、国王の財力は宗教戦争が長引くなかで底を突いていたのである。しかし工事が中断する直接の引き金になったのは、この年の五月十二日にパリで「バリケードの日」と呼ばれる激しい市街戦が起こって、パリ市内が混乱に陥ったことにあったようだ。

先年東京で「パリに架かる橋」という珍しい企画の展覧会があった。そのときの図録の資料によると、ポン゠ヌフの工事は一五八八年に旧教同盟の暴動によって中断され、それが次の国王のアンリ四世の命令で漸く再開されるのは一五九二年二月七日のことであると記されている。ここに言われている暴動は「バリケードの日」の騒乱を指していると見ていいだろう。

モンテーニュは新教徒側の暴走にも増して旧教同盟派の狂信と殺戮に厳しい批判を加えているが、この旧教同盟というものについてここで少し説明しておくと、一五七六年にアンリ三世の弟であるアンジュー公による「王太子の和議」というのが成立して、新教徒にも信仰の自由や安全の保証や官職に就く権利が認められると、旧教徒側はそれに反撥して旧教を護るためにアンリ・ド・ギュイーズを頭にこの同盟を結成したのである。国民の多くはそれ以前から国王アンリ三世が新教徒に手ぬるい政策を取るのに苛立っていたから、旧教同盟に対する国民の支持は瞬く間にフランス各地に広まって行ったが、同盟の隠された狙いは旧教を護るという表向きの目的とは異なって、アンリ三世を退位に追い込んでギュイーズ一門が王位を奪うことにあった。

ところが一五八四年に王弟のアンジュー公が突然病死すると、アンリ・ド・ナヴァールが王位継承権を定めたサリカ法によって王位継承者になった。そこでアンリ三世は王位継承者であるものは旧教徒でなければならないと言って、新教徒のアンリ・ド・ナヴァールに改宗を要請した。国王の母親であるカトリーヌ・ド・メディチも説得に努めたが、容易に功を奏さない。

こうして三人のアンリの間で王位をめぐって激しい確執が続くのであるが、今も言ったように国民の心はアンリ三世を見限っていて、ギュイーズの方に大きく傾いていた。五月九日、革命の前夜を思わせるそうした状況のなかで、パリの十六の地区の旧教同盟派の代表からなる「十六人委員会」はギュイーズをパリに呼び寄せた。ギュイーズに味方する市民は歓呼してかれを迎え、国王軍に対して蜂起した。そして国王軍の動きを封じるために町にバリケードを築いた。こうしてパリは「バリケードの日」の市街戦を迎えるのである。

アンドレ・モーロワ（一八八五―一九六七年）の『フランス史』はその日の模様を次のように描いている。

この戦争は「三アンリの戦い」といわれた。しかし実は、アンリ三世と彼の母は、役にも立たぬ仲介者の役を演じ続けていたのである。それは旧教同盟側の軽蔑を招いた。〔…〕パリは説教僧や、同盟側の女丈夫、ギュイーズの妹のモンパンシェ公爵夫人に熱狂して、王に宣戦布告しようとしていた。一五八八年五月、アンリ三世はアンリ・ド・ギュイーズに首都立入を禁止した。「向う傷」〔ギュイーズのあだ名〕は僅か八、九人の従者を引連れて、入京した。彼は息もとまる程の歓呼に迎えられた。群衆は彼に花を投げた。女たちは跪《ひざまず》いて、その外套に口づけした。人々は叫んだ。「ギュイーズ万歳！」彼は大帽子の庇を下げ（その下では笑っていたかもしれないが）謙遜の振りをして答えた。「皆さん、余りのことです。〔…〕王様万歳！　といって下さい」。アンリ三世は激怒して、軍隊をパリに入れ、抵抗しようとした。町には防塁が立った。学生はルーヴル宮前を行進した。女たちは窓から、王の兵士らに爆弾を投げた。ギュイーズは立役者となった。「もはや待つべきではない」と同盟の首領たちはいった。

アンリ三世は身の危険を察知すると重臣たちに護られて馬でルーヴル宮殿を抜け出して、シャルトルへ、そしてルーアンへ落ちのびた。その重臣たちに混じってモンテーニュの姿が王の側近にあった。かれはこの年の二月に『エセー』の新版を出すためにパリに上京していたが、その私用とは別に国王に会ってアンリ・ド・ナヴァールの改宗について話し合う半ば公の用向きを帯びていたらしい。それが「バリケードの日」の騒乱に巻き込まれて、王に従ってルーアンへ同行したのである。

七月十日モンテーニュは単身パリに戻って来た。そして痛風で寝ていたところを突然旧教同盟派の兵士と市民によって逮捕され、バスティーユの監獄に連行された。モンテーニュはこの日の出来事を、モンテーニュ家の主な出来事を記すための例の「歴史暦」のなかに次のように記録している。

一五八八年〔七月十日〕、午後三時と四時のあいだに、ちょうど三日前からはじめて私を襲った痛風らしい病気でパリのフォーブール・サン＝ジェルマンで床に就いていたとき、私は兵士と市民によって逮捕された。国王がギュイーズ公のために都落ちされていたときのことで、私はバスティーユに連行されたが、これはエルブフ公の要請によるもので、かれの身内のノルマンディーのある貴族がルーアンで国王のために逮捕されたその報復だったのである。母太后〔カトリーヌ〕は国務卿ピナール公から私の逮捕の知らせを受けると、折よく同席していたギュイーズ公から許可を得て〔…〕、同日の八時ごろ執事を差し向けて私を釈放させた。（『エセー』プレイヤード版、一四一〇ページ）

パリに戻ると同時にとんだ目に会いはしたが、モンテーニュがパリを心から愛していたことは前にも述べた通りであって、パリに寄せるその愛情についてかれはこう書いていたのである。

〔b〕この町は子供のころから私のこころを摑んでいる。何でも優れたものはそうなのであるが、その後ほかの美しい町を見れば見るほど、この町の美しさはますます力を揮って私の愛情を捉えてしまう。私はこの町そのものが好きなのであって、馴染みのない豪華な飾りでごてごて飾られるよりもこのままの方が好きだ。いぼや痣までも心から愛している。私はこの偉大な都によってはじめてフランス人なのだ。人口においても偉大であり、位置の目出度さにおいても偉大であるが、とりわけ暮らしを快適にする色とりどりのものにおいて偉大であって、ほかに較べるものがない。これはフランスの栄光であり、世界でもっとも高貴な飾りの一つである。どうか神様がこの町から我が国の分裂を遠くへ追い払って下さいますように。（九七二ページ）

しかしモンテーニュの願いとは裏腹に、この内乱はついにパリの市内にも及んでポン＝ヌフの工事を中断させたばかりでなく、かれをその渦中に巻き込んで投獄という生まれて初めての苦い経験を嘗めさせたのである。橋の工事がようやく再開されるのは前にも言ったように一五九二年のことであるが、これはモンテーニュの死の年でもあって、かれは自分が予感した通り、橋の開通をその眼で見ることが出来なかった。

もう十数年前になるが、パリに住んでいた頃、わたしは何度この橋を渡ったか知れない。しかしそのときはモンテーニュが橋の完成を楽しみにしていたことも、開通を見ずに死んだこともまったく知らずにいて、ほかの通行人に混じって何の感慨もなく、美しい川の流れを眺めながらポン＝ヌフの橋を渡っていたのであった。

橋の話から始まった道草はこの辺で切り上げて、同時代を混乱に陥れた宗教戦争をかれがどう見ていたか、またその戦争のなかで、かれがどのような生き方をしたかについて話を進めることにしよう。

Ⅳ　宗教戦争の批判——あるいは文明と野蛮

1

ひと口に宗教改革と言っても、それが波及する国の事情と時期のずれによって、その目指すところは必ずしも同じではなかった。しかしその柱になったのは福音書の教えを第一に尊重し、信者が聖職者の介入を排して神とじかに向き合うことであり、また典礼の簡素化と秘跡の一部廃止であって、旧教徒側からの反撃も当然それをめぐって展開された。

ところが、モンテーニュがフランスの新教徒たちの改革を糾弾したのはこうした教義や典礼に係わる理由からでなくて、改革そのものに関するかれの考えに基づくものだった。その考えというのを簡単に説明すると、人間の生活上の習慣や、人間が従っている宗教や政治の制度は、それが社会のなかに染み透っているかぎり、そう簡単に変わるものでも、また変わるべきものでもないという考えである。これは考えというより判り切った事実というべきことかも知れない。そこで、なかにはこうした考えを保守的だといって一蹴するものが出て来ることも予想されるのだが、しかし、それが判り切ったことであれば、却ってそうした人間に関する動かし難い事実が、モンテーニュが物事を判断する際の土台をなしていて、これは考え方が保守的とか進歩的とかという以前にある、少なくともかれが摑んでいた人間とその社会の現実だった。

そういう現実の認識を、かれは内乱のなかで味わった苦い経験と熟読して来た古代のギリシアやローマの史書から学んだものと思われるが、またかれが空想や想像という不確かなものを嫌って、もっぱら事実に立って働く実際的な精神の持ち主だったことも併せてここで言っておきたい。そして、人間が見せる現実の姿がかれにとってそういうものであれば、宗教の変革という重大な事態に臨んで、人間がどんな行動を取るべきかを判断するに当たって、かれがその現実を尊重しないということは考えられない。

そこでモンテーニュは、たとえば一国の政治の制度について、学者や思想家が新しく「想像で作り出す政治形態」というものは、どれも「滑稽で、実行するには向いていない」といって批判するとき、プラトンの『国家』などを念頭に置いて、こんな言い方をするのである。そこにも、いまいった人間の現実から眼を離さないかれの姿勢が見て取れる。

〔b〕こうした政治形態は新しい世界にならば通用するかも知れないが、しかしわれわれが相手にする人間というのは、ある種の習慣にすでに縛られていて、そういうもので形作られている。われわれはピュルラやカドモス〔いずれも伝説上の人物で、前者は土から、後者は竜の骨から人間を作った〕がやったようには、人間を作り出すわけには行かないだろう。われわれのなかに、なんらかの方法で人間をあらたに矯正する力があるとしても、すべてを破壊せずに、人間をその慣れ親しんできた性癖から引き離すことはほとんど出来ない相談なのだ。立法者のソロンは、出来るかぎり最良の法律をアテナイ人たちに作ってやれたか、と人から尋ねられると、「そうとも、かれらが受けいれられるかぎり最良の法律を」と答えた。〔…〕

学説の上からも、事実の上からも、それぞれの国にとってもっとも優れた最良の政治形態は、その下で国が維持されて来た政治形態であって、その形と本質的な長所は習慣に依存している。われわれはいつでも現在の状態に不満を持っている。しかしながら私の考えでは、民主国家にあって寡頭政治の支配を望んだり、君主制にあってほかの政体を望んだりするのは誤りであり、狂気の沙汰なのだ。（九五七ページ）

これは政体の変革をきびしく批判する言葉である。われわれはいま民主制が最良の政体のように思っている。しかし、モンテーニュの時代に君主制に代わってそれを行うことは、時代の実情が許すことではなかった。封建制を理論の上で批判することは容易であるが、ある時代の政体は、それが後世の眼にどんなに不合理に見えても、時代の状況を離れてその是非を論じることはできない。それぞれの時代の政体はその時代の社会的な状況が許す政体のなかで、その状況にもっとも適合した政体なのである。この社会の状況というのは、社会が生み出すいわば一つの習慣的な状態であって、その習慣を破るだけの新たな状況が社会のなかに浸透するようになったとき、はじめてそれまでの政体が崩れる可能性が生まれて来る。

モンテーニュの批判はこの習慣の理解の上に立っている。かれは別のところで、習慣は人間にとって第二の自然であって、習慣がわれわれの生活に安定をもたらすものだと言っているが、政体の是非を論じるこの一節でも、かれの判断はその習慣についての考えに立っているわけだ。

では、宗教の場合はどうだろうか。宗教と政治ではその本質がまったく異なることは言うまでもないが、その宗教がいったん社会のなかに根を下ろしてしまえば、それは政治と同じく社会の制度と見なすことができて、モンテーニュは宗教をそうした世俗的な面から捉えていた。だから、いま引用した文章で、「政治」という言葉を「宗教」に置き換えて読めば、宗教の改革がかれの眼にどう映っていたかが見えて来る。そして、もしもかれが狂気の沙汰だという改革が、カトリックというこの国の長年にわたる宗教上の慣習を根底から変えようとした場合、フランスはどういう状況に追い込まれるか。いまの引用につづく一節で、かれはこう書いている。冒頭に「改革」とあるのは、いうまでもなくプロテスタントの宗教改革を指している。

［b］改革ほど国を押し潰すものはない。変化が起こるだけで不正と暴政が形を取って現れる。どこか一部分にがたが来るのであれば、そこに支柱をあてがって、それを支えることはできる。あらゆる事柄に付きものである変質や腐敗が、初めにあった状態か

ら、われわれをあまり遠くへ引き離さないように阻止することはできる。しかし、これほど大きな塊を鋳直したり、これほど大きな建物の土台を取り替えようと企てることは、［c］汚れを取ろうとして表面を消してしまう者や、［b］個々の欠陥を改良しようとして全体を混乱に陥れ、あるいは死をもって病気を治そうとする者のなすべきことであり、かれらは［c］《国家を変えることより転覆させたいと願っている》〔キケロ〕。［b］世界は治癒することには向いていないのだ。そして、自分の上に圧し掛かって来るものにはまったく我慢ができないから、それを振り払うことしか頭になく、それがどれほど犠牲を払うことになるかということを考えない。世界はふつう自分を犠牲にして治癒するということを、われわれは無数の実例によって見て来ている。現在の病を取り除くことは、状況の改良が全体に亙らなければ、治癒ではないのである。（九五八ページ）

モンテーニュの考えは最初の一行に要約されている。そして、この改革を非とする考えは内乱を通して一貫して変わることがなかった。またそう考えただけでなく、実際にその考えに立って、かれは対立する両陣営の間で内乱の調停にも力を尽くして来たのであって、それはかれ自身が『エセー』のなかで語っていることでもある。

元来モンテーニュは、いざというときが来れば、剣をとって国王のために戦う武人貴族だったが、その一方で、揉めごとの調停のような場にも、請われれば進んで姿を見せて、忌憚のない意見を述べた。これは王侯たちがかれの人間としての度量の大きさを認めて、信頼を寄せていたということもあるだろうが、何といっても国の運命が掛かっているときに、思ったことを遠慮なくいう人間だったことがここでは大きかったに違いない。

しかし、かれがその調停の場で見たものは、和解のほとんどが「虚偽で、恥ずべきもの」だったということだ。「[b] われわれはうわべを救うことしか求めていない。そうする間も自分の真意を偽り、否認する。われわれは事実を糊塗する」（一〇一九ページ）。これが実情だったから、和解が成立しても、それはそのたびに崩れ、宗教戦争は泥沼の状態に陥って、第八次まで及ぶことになった。その間、かれがこの泥沼に引き込まれて、公人としても私人としても、長い戦乱に苦しみ抜いたことは、これもすでに書いた通りである。そして、一五八九年を境に、今度こそは完全に、公の場から身を引き、屋敷に引き籠もって、最後の四年間を過ごすことになる。

そんな最晩年のある日、いま引用した一節に、かれはかなり長い文章を書き加えた。

[c] 外科医の目的は悪い肉を殺すことではない。それはまだかれの治療の過程に過ぎない。かれはその先のことを考えている。つまり自然な肉を再生させて、患部を正常な状態に戻させることを考えている。誰でも自分を苦しめるものを取り除こうとするだけでは、目的に届いていないのだ。なぜなら、悪に替わって、必ず善があとに続くとは限らないからだ。別の悪が続くことだってありうるし、カエサルの暗殺者たちの身に起こったように、もっと悪いことが続くかも知れない。あの暗殺者たちは、国家をあまりに

もひどい混乱に投げ込んだために、暗殺に係わったことをあとで後悔しなければならなくなった。そのときからわれわれの時代まで、何度となく同じようなことが起こった。私と同時代のフランス人は、これについてどう考えればいいかを十分心得ている。すべての大きな改変は国家を揺り動かして、これを混乱させるのである。（九五八ページ）

改革者が目指すことは、外科医の場合と同じように、改革のあとで国を再び正常な状態に戻すことであって、改革者の眼はそこまで届いていなければならない。それがモンテーニュが考える治療あるいは改革というものであるが、そうした例は古代からかれの時代まで歴史上にほとんど見ることがなかった。それだけに改革を否定するかれの気持ちは強かったのである。

しかしそれはそれとして、この一節をわざわざここに引いたのは、そのなかでかれが古代ローマに起こったカエサルの暗殺とそれにつづく政情の混乱を思い起こして、それをフランスが現に陥っている混乱の先例の一つにしているからで、そこに歴史というものがかれにとってどんな意味を持っていたかが読み取れるのである。過去の事例を引くこうした筆法は『エセー』の随所に見られるもので、ここに限ったことではないのだが、そうしたくだりを読むと、モンテーニュにとって、歴史がつねに生きた状態で存在していたという、かれの歴史認識に気付かせてくれる。国を覆すような改革は国を混乱させるだけだという認識も、かれの個人的な経験とともに、その歴史が教えたことである。こうして過去の歴史は生きた教訓になって、かれが何かについて重要な判断を下そうとするとき、その都度、記憶から甦って、かれの判断を支えたのである。

歴史上の事例を想起することも含めて、『エセー』で頻繁に行われる引用というものについて、ほかでは書く機会がないかも知れないので、ついでにいっておくと、かれの思考を導いてその判断を支えるものは、なにも歴史だけではなかった。この本に引かれている古今の詩人や思想家からの無数の引用がそうなのである。アランはこの引用という行為が、モンテーニュにとってどれだけ意味があることだったかについて、われわれにこう注意を促している。「モンテーニュの無数の引用のなかには、一つとして著者の権威から力を借りているものはない。引用はそれ自身で輝き、それ自身で光っている。それで気付いたのであるが、不易であり、いわば記念碑的な表現というものは思考の真の源なのである。われわれはもう引用ということをしない。そして、さ迷っている。モンテーニュの言い廻しとその無造作な書き方を真似しようとする者の数は数え切れないが、かれらについて言えることは、いま言ったことに尽きている。かれの方は引用に寄り添うように航行していて、それらの引用は、いってみれば幸運の島々なのである」（『芸術と神々』プレイヤード版、一五二ページ）。

さて、改革を否定するモンテーニュのこうした姿勢は確かに保守的といって間違いではないが、しかし、そういっただけでは見過ごすことになる重要なものがこの姿勢を貫いていることを言っておきたい。それは、かれが人間の能力の限界について抱いていた認識に係わっている。

一般に、モンテーニュが生きていたルネサンスという時代の印象は瑞々しさの印象であって、そこには青年期にある時代に特有の潑剌とした生命力が随所に現れている。例えばレオナルドを初めとして、この時期のイタリアの画家たちの絵を見ると、その絵の多くは、この時代の溢れるような生命力がかれらの天才と結び付き、なにか信じがたい奇跡を見るような高さに達していて、これが人間の業かと思わせるような出来栄えを見せている。明らかにこれは時代の力があってなし得た達成なのである。十六世紀のフランスの画家たちはまだその域には達していないが、しかし詩の世界で、例えばロンサールの初期の作品には、この野放図な生命力がみなぎっていて、その後のフランスにどれほど傑出した詩人が現れても、二度と見ることができない詩の世界がそこにある。それはロンサールの詩才が可能にしたことであっても、ルネサンスという時代の力がなければ不可能だったそんな世界である。そのロンサールを中心にして集まった若い詩人たちが、古代のギリシア・ローマの詩人たちの詩を読もうとして、夜を日に継いで古典語を学ぶ姿に見られるのは、苦しみではなく、胸が躍るような喜びであり、自分たちの詩の未来と人間の能力にかける無限の思いは、文字どおり青年のものだった。

しかし、同じ古代に学びながら、モンテーニュがそこから得たもので、かれにもっとも深い影響を与えたと思えるものは、人間の能力で出来ることとそうでないこととの明確な判断であり、それを端的に示しているのが、「私は何を知っているか Que sais-je」という言葉をかれが自分の座右銘にしたことである。人間の能力で何が出来て、何が出来ないかをわきまえることは、人間の限界を知ることであり、自分の無知を知ることが知恵の真の起源であることを、かれはソクラテスから学んだ。またこの限界を知るということは、かれにとって理性を働かすというのとほぼ同じことを意味していて、これはそのまま人間というものの一つの定義でもある。今もいったように、モンテーニュは武官として国王に仕える臣下であったが、しかし、自分がすべてを挙げて仕える主人は、その国王でもほかの誰でもなくて、それはただ理性だけだと言っている。その理性を眠らせておいて、人間の限界を知らずにいるか、あるいは敢えてそれを無視して事に当たれば、その人間の行動は、いずれは狂奔か挫折に至るしかない。これが文明に対しての野蛮なのであり、かれが見た宗教戦争の惨状はその野蛮の著しい一例にほかならない。一般にモンテーニュの保守性といわれるものは、この人間の限界を知った理性が取る態度のことであって、理性が人間に可能なかぎりの力を発揮して取った態度を保守的と呼ぶとすれば、それは用語の上で正確さを欠く。

　人間の限界をわきまえるということが一般の通念になり始めるのは、フランスでは十八世紀のことである。その中心にヴォルテールその他の文人たちがいたことは、かれらの行動や書いたものから窺うことができるが、限界を知るということはそれだけ人間が成熟したことを意味する。ヴォルテールは現実に宗教権力による人間の虐待を知って、しきりに宗教上の寛容を説いた。そしてカラス事件に際して、今日でいえば再審制度にあたる裁判のやり直しを求めた。理性を無視した狂信的な裁判官に向かって寛容を説くことは、むろんかれの真実への情熱が駆り立てた行動だったが、その元を探れば、そこには人間の限界を知る冷静な理性があった。これは人間というものの弱さと愚かさを知った者の一種の諦念と言い換えてもいいのであるが、しかしそれは人間から行動を奪う絶望とは別のものである。かれが求めた再審請求というのは今でさえ生やさしいことではないが、新教徒のジャン・カラスが、カトリックに改宗しようとしていた息子を殺害した容疑で、宗教裁判で不当に死刑の宣告を受けて処刑されたとき、カラスの名誉を回復させるためにヴォルテールがあれだけ力を注いだのも、この理性の判断があっての行動なのである。そして、社会一般がそうした行動に出ることをかれに許し、多くの友人たちがそれに助力を惜しまなかった所に、フランスがそのとき文明の域に達していたことを示す何よりの証拠がある。

一方モンテーニュは、内乱の嵐のなかでこう言っている。「われわれのような小人はもっと遠くから嵐を避けなければならない。つまり耐えるのでなく、感じないようにすることだ。そして、とてもかわせそうもない攻撃は、初めから逃げるべきなのだ」（一〇一四ページ）。これは内乱が裁判とは違って個人の力で歯が立つ相手ではないからであって、なにもモンテーニュが非力だったからではない。また寛容ということでいえば、かれが寛容の精神の持ち主だったことは今更いうまでもない。なぜならこの寛容の精神というのは、いまもいったように、人間の限界を知ることから生まれた精神が取る態度の一つだからである。この点だけからいってもモンテーニュが十八世紀になって読者を得たことには立派な理由があったのである。

そのモンテーニュが、改革派の暴走にあれほど厳しい糾弾を行った理由はこれまで語ってきたことだけで十分だろうか。なにしろ新教徒に対するその糾弾の言葉は拾いあげたら切りがないから、そのなかからもう一つだけ晩年の加筆を含む一節を引いてみる。

〔b〕しかし、一国のなかに、これほどの劇薬〔宗教改革を指す〕を使って撃退するだけの価値をもったような病気があるだろうか。僭主が国を簒奪するときでさえ、そうあってはならないと、ファオニウスはいった。〔c〕プラトンも同じ考えで、国を治療するために、その国の平穏を掻き乱すことに賛成していない。そして市民の血と破滅をもたらすような改革を認めず、こういう場合に正しい人間が果たす務めは、すべてをあるがままにして、ただ神がその非凡な手を差しのべて下さるように祈ることだけだとしている。〔…〕私がたびたび疑問に思っているのは、これほど多くの者が、こういう仕事〔宗教改革を指す〕に首を突っ込んでいるなかで、次のようなまったく愚かな考えをもった人間が皆無だったかどうかということだ。その人間というのは、最悪の歪曲を行いながら自分は改革に向かっているとか、間違いなく地獄墜ちになるような明白この上ない原因を作っておきながら自分は救済に向かっているとか、あるいは神の庇護のもとに置かれている国や権威や法律を覆したり、母親の手足を引き裂いて、その肉塊を旧敵にやって齧らせたり、兄弟の心のなかに親殺しの憎悪をたっぷり詰め込んだり、悪魔と復讐の女神に助けを求めたりしながら、自分は神の御言葉の神聖この上ない慈悲と正義の手助けができるのだ、と本気で信じている人間のことである。〔b〕野心、吝嗇、残虐、復讐は、それ本来の自然な厳しさを、まだまだ十分には示していない。いっそのこと正義と信仰という輝かしい口実で、それらを掻き立て、煽り立ててやろうではないか。邪悪が正当になり、法の許しを得て、徳の外套を着るに至っては、これ以上情けない世の中を想像することはできない。(一〇四三ページ)

晩年になって、こうした言葉を書かなければならない心境というのも痛ましいものであるが、それにも増してルネサンスが、青春の若さを謳歌したその分だけ、成熟には遠かったことを感じずにはいられない。その一方で、そうした時代のなかでモンテーニュが見せた成熟した人間としての思慮の深さが浮かび上がって来るのである。

しかし、この時期、かれがこうしたことばかり書いていたわけでないことは、後段のためにも言っておきたい。すでに述べた平穏な暮らしを築く努力は、この内乱のなかでも当然ながら続けられていた。その努力の跡をしるす晩年の言葉は、ここにあげた引用文の語調が激しかったのに較べて、生きている手応えを刻一刻確かめるように綴られていて、言いようもなく力強い。しかし、それについて語るのは後に廻して、今度は旧教徒の暴走に対するモンテーニュの糾弾の言葉を読んでみよう。

これまで引いたのは新教徒に向けられた糾弾の言葉であった。かれは旧教徒であって、旧教こそは健全な宗派であると信じていたが、旧教を信じるといっても、それで理性が曇るような信じ方ではなかった。同じ信徒仲間である旧教徒の振る舞いが目に余るようなことになれば、それに対しても批判の手を緩めることはまったくなかったのである。

2

［b］私はそんなに深く、丸ごと自分を抵当に入れることはできない。自分の意志である党派に加わるときでも、それで理性が毒されるほど激しい束縛は受けない。この国の現在の内乱にあって、私は自分の利害のために、敵方の褒めるべき特質を見逃すことも、私が従っている者たちの非難すべき特質を見逃すこともしなかった。［c］人々は自分の側のことはすべて称賛するが、私は自分の側に見られることはほとんどすべて許しさえもしない。よい著作は私の主義主張と反対のことを弁護していても、魅力を失わないものだ。［b］議論の核心〔旧教の信仰という核心部分を指す〕を除いて、私は心の平静と純粋な中立を貫いてきた。（二〇一二ページ）

この純粋な中立の立場から、モンテーニュは、それが自分が与《くみ》している旧教徒たちの暴走であっても、それに手心を加えるような真似はしなかった。例えば、こういう一節がある。

［a］よい意図も度を越して行われると、人間たちを非常に不徳な行為に駆り立てるのはよく見ることだ。現在、フランスを内乱の動揺に陥れたあの論争で、もっとも善良でもっとも健全な党派は、疑いなく、この国古来の宗教と政治を維持している党派である。しかしながら、その党派に従う正しい人々の間に（なぜ正しい人々というかといえば、私がここで言っているのは、それを口実に使って私的な恨みを晴らしたり、私腹を肥やしたり、王侯たちの寵愛を追い求めたりする者たちのことではなく、自分たちの宗教に対する真の熱情と、祖国の平和と現状を維持しようとする神聖な愛情から、党派に従っている者たちのことだからだ）、そういう人々のなかに、情熱に駆られて、理性の埒を越え、不正で、過激な、そのうえ無分別な決意を固めるものがたくさんいるのである。（六六八ページ）

［a］の符号がついたこの一節は、『エセー』のなかで、比較的初期に書かれたもので、いくつかの理由から一五七八年以降に執筆されたものと推定されているが、モンテーニュが中立の立場に立って、新教徒ばかりでなく、旧教徒に対しても、当初から一貫してその不正で残虐な行動を批判していたことが、この一節から判るのである。それから十年以上も経った最晩年に、かれは宗教改革の創始者であるルターやカルヴァンと、そのかれらを模倣して、

表向きは教会の内部改革を唱える過激な旧教同盟派とを比較して、こんな皮肉な言い方をするのである。

〔c〕しかしながら、もし創始者たちの方がいっそう大きな損害をもたらすといえるなら、模倣者たちの方は、先例の恐ろしさとその害毒を感じて、それを罰していながら、その先例に身を投じているのだからいっそう不徳である。また、もし悪を行うにも名誉の段階というものがあるならば、後者は創意の栄誉と、最初に努力をした勇気とを、前者に渡さなければならない。（二一九―二二〇ページ）

また、正しいはずの旧教徒が、新教徒にもまして頑迷で、不正な行為に走るのを糾弾するこういう言葉がある。

〔c〕かれらの判断と理性は、かれらの激情のなかで完全に窒息している。かれらの分別は、自分たちに微笑みかけて、その主義主張を強化するもの以外には、もはや何も認めようとしない。私はわが国の熱狂的な党派〔新教派を指す〕の最初のものたちに、それが殊に著しいことにとうから気づいていた。ところが、その後に生まれた別の党派〔旧教同盟派を指す〕はその真似をしながら、それを凌駕している。そこで私は、これは民衆の誤謬と切り離すことができない特質だと考えているわけだ。最初の意見が生まれると、さまざまな意見が風のまにまに、まるで波のように群がり起こる。それを撥ね除けることができるものや、共通の流れに付和雷同しないものは、仲間外れになる。だが、それが正しい党派であっても、陰険な手を使ってそれを助けようとすれば、党派を損なうことは確かである。私はつねづねこれには反対してきた。こういう手段は病んでいる頭にしか効果がない。健康な頭には、精神を維持し、不運な出来事を釈明するにあたって、単により誠実というだけでなく、より確実な道があるものなのだ。（一〇一三―一〇一四ページ）

ここまで内乱が紛糾して、憎しみと憎しみがぶつかり合うようになると、もともと内乱の原因だったはずの宗教はどこかに消えて、銘々が銘々の欲望と利害で戦い合う、血みどろの戦いだけが残る。モンテーニュの眼にはもう旧教徒も新教徒もなく、人間の悪徳がこの内乱を好機とばかり、その本性を存分に発揮しているように映るのである。

その思いがおそらく頂点に達したのは、旧教同盟の首領アンリ・ド・ギュイーズが国王アンリ三世の命令で暗殺されたあと、今度はその仕返しのために国王が旧教同盟派の狂信的な修道僧ジャック・クレマンに刺殺されて、新教徒のアンリ・ド・ナヴァールが王位を継承した一五八九年頃のことではなかっただろうか。

それまで旧教徒は、少なくとも建前として、正当な国王に背くことを不忠な行為と考えていたのに対して、新教徒は宗教上の理由のためなら、国王に反旗を翻すことも当然の権利と見なして来た。ところが、いざ新教徒だったアンリが王位に就くと、旧教徒たちは手のひらを返すように、新王アンリ四世を退位させるために、国王に背くことを当然の権利と考えた。これに対して今度は新教徒たちが猛然と反対した。

一五八九年といえば、すでにモンテーニュは領地の屋敷に隠棲して、かれの分身である『エセー』を書きながら、今度こそは自分だけのために残された余生を送っていたときだ。しかし、だからといって世間と没交渉に生きていたわけではなかった。屋敷の一角に聳える塔の最上階に、かれの書斎がある。その書斎に籠もりながら、かれはフランスの国情をしっかり摑んでいて、アンリ・ド・ナヴァールがアンリ四世として即位すると、旧教徒と新教徒が臆面もなく立場を入れ替えて、前にもまして激しく戦い合っていることも耳に入った。モンテーニュはその無節操な行動を知ると、『エセー』のなかに、つぎのような一節を書き込んだ。もしも現に戦っている紛争の当事者がこれを読んだとしたら、とても無事では済まないような辛辣この上ない、しかし真剣そのものの言葉である。かれは自分の生前に、これが世間の眼に触れることがないのを承知の上で書いていたのではないか、そんな疑いを抱かせるほど、そこには激しいものが感じられる。

［c］このことはよく心に留めておいてもらいたい。われわれは自分のこの手で宗教を引きずり廻して、まるで蠟細工でも作るように、あれほどまっすぐでしっかりした元の雛型から、あれほど多くの互いに似ても似つかない形を引き出しているのではないの

か。今日のフランスほど、それがはっきりと見えた時代があっただろうか。宗教を左に取ったもの、右に取ったもの、それを黒だというもの、白だというもの、そのいずれもが宗教を自分たちの過激で、野心満々の企てに利用している点では、まったく選ぶ所がない。その振る舞いが放埒で、不正であることにかけて、かれらは見事に一致している。〔…〕

よく見るがいい、われわれは恐るべき厚かましさで宗教上の理由を弄《もてあそ》んでいることを。この国家の嵐のなかで、運命がわれわれの立場を変えるたびに、われわれがどんなに不敬にその理由を放棄したり、取り戻したりしたかということを。「宗教を擁護するために、臣下は国王に反逆して、武器を取ることが許されているのかどうか」ということの厳粛な命題が、よく思い出してもらいたい、去年のことだ、その命題が一体だれの口で肯定されて、ある党派を支える補強壁になり、それが否定されて、別の党派の補強壁になったのかを。そして現在、その肯定と否定の声と指令が、どちらの側から聞こえて来るか、どちらの主張のために、武器の鳴る音がいっそう低いかどうか、耳を澄ませて聞くがいい。〔…〕

いま私にははっきり判っている。われわれが進んで信仰に捧げようとしているものはわれわれの情欲を満たすようなお勤めだけなのだ。キリスト教徒の敵意ほど凄まじいものはどこにもない。われわれの熱情は、それが憎悪、残虐、野心、貪欲、誹謗、反逆に走るわれわれの傾向を助けるときには、驚くべき働きをする。反対に、親切、好意、節度への傾向となると、奇跡でも起こったように何か稀な気質が手を貸さないかぎり、この熱情は走ることも、飛ぶこともしない。

われわれの宗教は悪徳を根絶するために作られている。ところが実際は、悪徳をかばい、養い、掻き立てている。（四四三―四四四ページ）

同じ糾弾の言葉であっても、この一節にはなにか異様な響きがある。これまでにも内乱に対する糾弾の言葉はいろいろ取り上げてきたが、ここでその糾弾の矛先が向けられているのはもはや旧教徒でも新教徒でもなく、キリスト教徒全体、いいかえれば、憎悪と欲望からいがみ合っている人間のすべてである。その上キリスト教徒に対する弾劾でありながら、不思議なことに、この文章には、宗教という言葉はあっても、宗教的な響きが聞こえて来ない。それはモンテーニュの怒りが宗教家のものでなくて、どこまでも人間的な怒りだからである。これは宗教が問題になっている場合でも、かれの感情と思考が人間の次元に止まっているということであり、神秘や超自然といったものがかれの精神のなかに入り込む余地はないのである。このことは、なんといっても宗教が絶対だった時代にあって注目していいモンテーニュの精神の特徴であって、怒りという感情も含めて、かれの精神が向かって行く興味の対象が、人間が見せる普遍の姿にあったことをもの語っている。かれの眼には、悪もまた人間の普遍的な相の一つなのである。それゆえ同時代人の悪徳を弾劾するかれの言葉を読んでいると、われわれはかれの時代を越えて、人間の深みに根差す悪徳というものの存在を思わずにはいられなくなる。

それにしても『エセー』をはじめて読んだときは、この本がこれほど激しい内容を含んでいることにどうしたわけか気が付かなかった。おそらくモンテーニュの穏健な叡知といった所にばかり眼が行っていたのだろうが、その叡知の陰にこの激しさが隠れていたのである。むしろ、この激しさがあるから、あの叡知が生まれたといった方が事の順序なのかも知れない。後段でかれの生き方を語るために、こうしてかれの時代の実状を探っているのだが、その途中でわたしは、思いがけずかれの一面を知ることになった。少し前にわたしは、政治家のなかには、乱世に際会してはじめてその真価を発揮するものがいるように、思想家にもそうした人間がいるといって、モンテーニュをその例に挙げたが、それがそう間違いでなかったことをここまで書いて来て確かめることが出来たような気がする。かれが乱世に生まれ落ちていなかったら、人間の暗黒な面をここまで見通すことができたかどうかは、やはり疑ってみる余地があったのである。しかも、暗黒な面をえぐり出すだけで終わらずに、それがどれほど醜悪であっても、どうすることも出来ない人間の一面、それゆえ普遍的な一面であることを事実として認めざるを得ないところまで、かれの思索は進んで行く。

第三巻第一章の開巻早々、かれは人間の忌まわしい性状について、こういう言葉を記している。それを書きながら、人間の悪が内乱のなかで踊り狂う光景が、かれの心に浮かんでいなかったはずはないのである。

〔b〕われわれ人間が作る建物は、公のものも私的なものも、欠陥ばかりである。しかしながら、自然のなかには無用なものは一つもない。無用そのものでさえ無用ではないのである。この宇宙に呑み込まれたもので、そこに格好な場所を占めていないようなものは何一つない。われわれの存在は病的な性質で固められている。野心、嫉妬、羨望、復讐、迷信、絶望は、われわれのうちに、ごく自然な所有物として宿っているから、そのありさまは動物にも認められるほどなのだ。それどころか、残虐というあれほど自然に反する悪徳でさえそうなのだ。〔…〕もしもそういう性質の種子を人間から奪ってしまえば、われわれの生命の根本的な性状を破壊することになるだろう。（七九〇―七九一ページ）

ここまで人間の性状を見極めて、そこに人間から切り離すことができない悪徳の存在を見出したものは、モンテーニュのほかにいくらでも現れた。しかし、パスカルやドストエフスキー、あるいはボードレールやルオーが人間の悪を見つめるとき、かれらはいずれも悪との葛藤の果てに、神による救いを祈らずにはいられなかった。これがおおむね自他の悪に苦悩するさいに、ヨーロッパの人間が見せる心情であって、キリスト教の信仰による救済が、最後には人間の悲惨に一筋の光を投げかけている。

それに対して、モンテーニュは人間にひそむ悪を示すだけである。悪徳という暗黒の面が人間の性状の一部であれば、われわれが人間であるかぎり、そうした面もわれわれの根本的な部分として認めざるを得ない。引用の最後の一行は、かれの人間に対する認識の厳しさを示して、不気味なものがある。われわれがそういう存在であれば、内乱の惨状が示していたような人間の愚行と残虐、またそれゆえにわれわれが味わう苦しみは、人間の息の根が止まるまでわれわれに付いて廻ることになるだろう。こうした悪の認識はヨーロッパの文学にはあまり例がないものであるが、その数少ない例の一つにリア王が娘たちに裏切られて、嵐のなかで人間の悪徳を呪う狂乱した姿が頭に浮かぶ。

しかも、モンテーニュが描くこの人間の状況には、神による救いがまったく予定されていない。それに代わって、そこにあるのはもっとも高い意味での道徳である。これはキリスト教が根付いた中世以来のヨーロッパでは特異な例である。上にあげたパスカルたちの世界がキリスト教、それも旧約でなく、新約のキリスト教とその神に基づいているのに対して、モンテーニュの世界はそのキリスト教以前の古代ローマの異教的な世界である。かれがフランス語を覚える前にラテン語を習得することで古代ローマの文物に通暁し、それを精神的な糧にして成長したことはすでに述べたが、この著しい対照は考慮に値することであって、人間の悲惨を神への信仰によらずに、人間の力で堪えるすべを教えた古代ローマのセネカやキケロ、あるいはプルタルコスといった先人たちの知恵が、かれの現世的な精神を支えているのである。

こういう精神の姿勢がふたたびフランスに甦るのが、この場合も十八世紀であるのは偶然ではない。この世紀になって宗教が力を失い始めたからではなくて、その宗教も含めて、人間の生活と行動を律するようになるのが理性だったからである。その証拠の一つに、この時代の文人たちの多くが、古代ローマの文学や思想に親しんでいたことを挙げてもいい。そしてその身についた教養が、モンテーニュの場合と同じく、ただの知識であることを越えて、かれらの精神のなかに生きていたことは、かれらが書いたものが示している。

　こうして見て来ると、モンテーニュがこの内乱の嵐を生き抜いて、生活を守るためには「[b]自分自身に頼るのが一番確かなことなのだ」と書いたあとで、「もしも運命の恵みに冷たくされるようなことになれば、もっと強く自分の恵みに助けを求めて、自分から離れず、もっと近くから自分を見つめることだ。[c]何事につけても、人間は他人の支えのなかに飛び込んで、自分自身の支えを出し惜しみするものだが、その自分の支えで身を固めるすべを知れば、それこそがただ一つ確かで、ただ一つ強力な支えなのだ」（一〇四五ページ）といっているのも当然のことなのである。

　その内乱のなかで、かれの生き方がどういうものであったか、最後にそれについて触れなければならないが、その前に、話が少し前後するけれど、モンテーニュが両派の対立のなかで取った中立の態度について触れておきたい。そこにもかれの生き方の一端を窺うことができるからである。

3

この中立というのが、どちらの党派にも属さない、いわば鵺《ぬえ》のような態度を取ることでなかったのは断るまでもないだろう。かれ自身が『エセー』のなかで「自分の祖国が混乱に陥って、国が分裂しているなかで、心がふらついて、どちらの党派にも加わらずにいたり、感情を動かさずにどちらの側にも傾かないでいることは、立派なことでも正直なことでもないと私は思う」（七九三ページ）と書いて、そうした態度を否定しているからだ。前に引用した一節にあったように、かれははっきりと、自分は旧教徒であるといって旗色を鮮明にした上で、どちらの党派に対しても、中立公平な立場からいうべきことは腹蔵なくいう態度を取っていたのである。

ところが、内乱が泥沼の状態になって、本当のところ、だれが味方で、だれが敵なのかも判らない状況のなかで、そういう態度そのものが災いして、旧教徒からも新教徒からも、いわれのない疑惑を招くということが起きた。モンテーニュはそうした疑惑に悩まされたのである。

十二世紀以来、ドイツでは皇帝派のギベリーニ党と法王派のグエルフィー党が激しい政争を繰り返していたが、かれはその史実を借りて、両派から猜疑の目で見られてきた苦々しい経験をこう語っている。

［b］こうした衝撃以外にも、私はほかにさまざまな衝撃を受けた。こんな病んだ世の中に中庸でいることが招く迷惑を被ったのである。私は至るところで散々な目に会っ

た。ギベリーニ派からは、グエルフィー派だと言われ、グエルフィー派からは、ギベリーニ派だと言われた。わが国のある詩人が、これについてうまいことを言っていたが、どこでだったか覚えていない。わが家の位置と近隣の人々との交際〔かれが住んでいた地域には新教徒が多かった〕は私をある顔をした人間のように見せ、私の生活と行動は私を別の顔をした人間のように見せていた。非難がはっきりした形を取ることはけっしてなかった。私にはどこにも嚙み付くところがなかったからだ。一度だって私は法律に背いたことがない。そういう私を追及するものがいたとしたら、かれの方こそ疑わしいと思われたことだろう。それはいずれも密かに流れていた無言の疑惑であって、これほど混乱した世の中では、こういう疑惑の種には事欠かないし、嫉妬深い人間にも、愚劣な人間にも事欠くことはないのである。（一〇四四ページ）

これまではかれの内乱に対する批判ばかりを述べて来たが、その批判と裏腹にあるのが、この中立公平ということも含めて、内乱のなかでかれが見せた生き方であって、モンテーニュはこれについて『エセー』のなかでさまざまに語っている。そして、そこに共通して見られるのが良心に恥じない生き方であったから、ここでそのすべてに触れることはないだろう。ある一節で、かれは簡潔にこう言い切っている。

〔b〕だからこの〔国家の〕崩壊は、私の良心のおかげで、私を打ちのめしたというより、私を奮い立たせた。良心は平静なばかりでなく、毅然として身を持していた。私は自分に対して文句の付けようがなかった。（一〇四七ページ）

これは胸が透くような言葉であって、かれの自負が何の衒《てら》いもなく、読むものの心に伝わって来る。モンテーニュの強さは、悪の種子がどれほど人間のなかに撒かれていようと、人間への信頼を失わないでいたことにある。なぜなら人間には、良心という美徳があるからで、そういう美徳をもった信頼できる人間を、かれは悪徳が横行する現代にも古代にも見て来たのである。そして、その一人がかれ自身であったことはここに引いた言葉が示している。

われわれは他人に対して自分を偽ることはできても、自分に対して本心を偽ることはできない。これはわれわれに良心という極めて人間的な道徳意識があるからで、モンテーニュは行動するに当たっても、また取った行動を振り返るに当たっても、この良心を証人に立てていた。その良心を、セネカは神に由来するものと考えていたようであるが、そう考える理由がセネカにあったとしても、モンテーニュは天使でも馬でもない人間に由来する良心だけを相手にした。次の有名な一節に、それが誇りをもって語られている。

［b］これは何度もいうことだが、私はめったに後悔しない。［c］そして、私の良心はおのれに満足している。天使や馬の良心としてでなく、一人の人間の良心として、それ

に満足している。（八〇六ページ）

「良心」という言葉が、これほど率直に、自信を込めて使われた例はそう多くはないだろう。ここには良心というものの力が無垢のままに残されている。それに比べると、現代は良心や道徳が軽く見られて、なにか恥ずべきことのように、それを口にするものが少なくなったようである。ただ、もともと良心は、宗教心とともに個人の深い内面に秘められているものであって、外に向かって公言する筋のものではない。たとえば、十九世紀のキリスト教についてこういうことが考えられる。

ヨーロッパが十九世紀の後半に入ると、ニーチェはキリスト教的な道徳が人間を骨抜きにしたといって、これを呪詛し、ランボーはキリストを人間の「精力を奪う永遠の盗人」と呼んで、人間から「正しい情熱」を奪ったことをはげしい言葉で罵った。これは二千年にわたるキリスト教の支配が人間の本能と生命力を衰退させたことを、かれらが同時代の人間の生活のなかに見たからであった。そして、世紀末が近づくにつれて、宗教的権威への反抗や頽廃的な生活が、強者の証しであるかのように、デカダンを自称する一部の文学者や芸術家のなかに広まった。その一方で、良心と道徳の方は、精神の虚弱者に刻まれた刻印に変えられていった。こうした風潮は確かにこの時代の一つの相であって、その是非をいうべき筋のものではない。

しかし、時代の状況に立って、そのあたりのことをもう少し正確に見ると、ニーチェはキリスト教を人間の生命力を衰退させた元凶のように見なしているが、本当の原因はキリスト教そのものにあったのではない。問題は世間体を考えて信心家ぶって暮らしている当時のブルジョワたちの偽善にあって、それがキリスト教を歪めていたのである。詩人や芸術家のなかで、ボードレールのようにその偽善に気づいた者はかれらを徹底して嘲弄し、かれらはかれらで詩人たちを社会の落伍者と見なして軽蔑した。一体、キリスト教の信仰という点で、ボードレールとブルジョワのどちらが本物だったかは問題にするまでもないことである。

しかしこうした対立は社会的に見て意味があることであっても、宗教について重要なことは、もともと宗教はそれを信じる人間との関係で生きもすれば、死にもするということである。宗教は、それが社会的な制度であることは否定できなくても、最後には一個人の内面の問題に行き着く。その証拠にこの時代にもキリスト教は一部の人間のなかに甦ったのであって、上にあげた二人とほぼ同じ時代に、酔漢のヴェルレーヌが獄中でカトリックに回心して、やがてその獄中で書いた詩篇をふくむ詩集『叡知』（一八八一年）を完成させることで自分の魂を救い、キリスト教を生きたものにしたことを忘れてはならない。

良心もまた、それぞれの時代の宗教や道徳観にその根を持つことがあっても、良心は一個人の倫理的な判断の領分であって、もともと共有されることを目指すものではない。それは、自分の生活を平穏なものにするために、いわば銘々がこころのなかに持っている私的な法廷なのである。外国語では「生活」と「生命」が同じ言葉で表されることがあるが、その生命というのがまず静かなもので、健康なときはそれをそれとして感じることもない。われわれが生命を感じるのは、例えば病気になって、その生命を損なうものに生命が抵抗するときである。生活もそれと同じことで、そこに波風が立つことがあっても、生きることはその生命に即して静かなものである。若いランボーの生き方を見て、確かにそれを乱脈と言うこともできるが、その乱脈とも見える生活をもたらしたものは、生命に対するかれの「正しい情熱」であって、その点からいえば、かれの生活は乱脈だったのではなく、生命と詩に対して常人の域を越えてただひたむきだったのである。それに対して、乱脈な生き方というものが現実にあるとすれば、それは生きていることではなく、生きた心地もしないというのがその生き方の実態をなしている。

静かに生きるためには、世の中がどうであろうと、まず自分の心のなかが平穏でなければならない。モンテーニュはその当たり前のことを知っていて、自分のなかに良心を住まわせていたのである。かれが上に引いた言葉を書いたのが、戦乱で国が引き裂かれ、道義が地に落ちた時代だったことをもう一度思い出すことである。腐敗した時代に生まれ、その風潮に流されて自分の良心までが地に落ちれば、日々の生活がその内面も含めて、どういう事態に陥るかは想像するまでもない。それゆえモンテーニュは、決して強い人間とは思っていなかった自分も含めて、われわれにこう書き残している。

［b］われわれのような、自分にしか見えない私的な生活を送っているものはとりわけ、心のなかにお手本を据えておいて、それを試金石にして自分の行動を試し、それに

従ってときには自分を褒め、ときには自分を懲らしめなければならない。私は自分を判断するために、私の法律と私の法廷を持っていて、ほかよりもそこに訴えることが多い。たしかに他人の言うことに従って自分の行動を制限することはあるが、しかし、それを広げるには、自分に従ってでなければ、私は広げない。あなたが卑怯で残忍であるかどうか、忠実で敬虔であるかどうかを知っているのはあなたしかいないのだ。他人にはあなたが決して見えない。かれらは不確かな推測であなたを推し量る。かれらに見えるのはあなたの本性でなく、あなたの技巧なのだ。だから他人の判決に従ってはならない、あなた自身の判決に従うことだ。［c］「君は君自身の判決を用いるべきである」〔キケロ〕、「美徳と悪徳に対する良心そのものの重みはずっしりと重い。これを取り去れば、すべてが地に倒れてしまう」〔キケロ〕。（八〇七―八〇八ページ）

最後に、モンテーニュが戦乱のなかで明け暮れた半生を振り返って、その生活の実際が具体的にどういうものだったのかを語ったかれの内心の声を聞いてみよう。

［b］同様に、善行というもので、生まれつき性格が良い人を喜ばさないようなものはない。たしかに良いことをすると、何かしら満たされた気持ちになって、内心に喜びを感じるし、恥じる所のない良心に伴う高貴な誇りを覚えるものだ。猛々しく悪徳を行う魂は、いずれは平然とした気持ちでいられるようになるかも知れないが、しかしあの喜

びと満足だけは手にすることができない。私がこれほど堕落した時代の悪習に染まらずにいるのを感じて、心のなかで次のように言えるのは小さな喜びではないのである。「もしも私の心の底までも見通す人がいたら、その人は私が誰ひとり人を悲しませたり、破滅させたりせず、復讐心や嫉妬も抱かず、公然と国家の法に背くこともせず、改革や騒乱に走らず、約束に背いたこともなく、また時代の放埒な風潮が銘々になにを許し、なにを教えようと、フランス人の財産にも財布にも手を掛けたことがなく、戦時にも平時にも自分の財布だけで生きて来たし、金を払わずに人を仕事に使ったこともないのが判るだろう」と。こうした良心の証言はうれしいものだ。この自然な喜びほど、われわれにとって大きな恵みはないし、これは決して欠けることがない唯一の報酬なのだ。（八〇七ページ）

これが宗教戦争の混乱のなかで生きたかれの生活の姿であった。いわば、かれの人生の総決算と言っていいものである。そして、最晩年に加筆されたある箇所には、次のような言葉が記されている。

［c］十分正直に告白できるかどうか判らないが、私は、祖国の崩壊のなかにあって、自分の生活の平穏と静かさをほとんど乱されずに、半生以上を過ごして来た。（一〇四六ページ）

もしもこの言葉をもっと前に、モンテーニュが内乱のなかで苦しみ抜いていた姿を語ったときに紹介していたら、おそらく読者は、これは本当だろうかと疑ったかも知れない。あるいはこの告白を疑わないまでも、どう解釈したものか戸惑ったことだろうと思う。しかし、いまはどうだろうか。この良心の告白に偽りがなく、かれは十分正直に自分の気持ちを語っているとわたしには思えるのだ。内乱の嵐に翻弄された三十年の半生を振り返って、人生の最後にかれが得たその半生の印象は、結局、この二行に示された「平穏と静かさ」に要約されたのであって、モンテーニュの生活がそうなり得た理由はすでに述べたつもりである。

以上が、モンテーニュが生きた時代の状況である。これを前置きにして、ようやくわたしは『エセー』のなかに入ることができる。これは人間に関することなら語られていないことがないと言っていい本であるが、そのなかから主要な主題を選んで、かれがどんな経験と思索をたどって、生活を築いて行ったかを次に語ることにしよう。

第2部　モンテーニュはどう生きたか

V　ある転機について――「レーモン・スボンの弁護」をめぐって

1

『エセー』という本は、モンテーニュが生涯の最後のおよそ二十年にわたって、死を迎えるまで書き続けた本である。そのために著者が経験を重ね、思索を深めるにつれて、本の方も絶えることがない変化を続けることになった。その本がほかに類がない独自の世界を生み出すことになったのは、一つにはかれが取った、これも独自としか言いようがないその書き方のためだった。作家は一生のうちに何冊かの本を書く。そしてかれの思想に変化が生じれば、それはその何冊かの本のなかに現れる。しかし『エセー』は、これが書かれるのに二十年近くを要したのであっても、そうして出来上がったものはただ一冊の本であって、これを書きながらモンテーニュの思想は微妙に、またときには大きく変化した。われわれ読者はその変化の跡をその一冊のなかに、あるときは一ページのなかにも読み取ることができる。そういうことができるように作者がどんな工夫を凝らしたかは「序にかえて」の終わりに述べた通りであるが、その工夫がこの本を独自なものにして、生きて変化する人間と同じような姿をそれに取らせることになったのである。

第二巻の第十二章に「レーモン・スボンの弁護」と題された章があるが、そこにその変化の一つを読み取ることができる。ただそうは言ってみても、これはどこまでも一個の私見にすぎないのだが、ただわたしにはこの章が、モンテーニュが思索を重ねながらかれ自身の生き方を固める上で、思いもかけない転機をひきよせた運命的な一篇のように読めるのである。ヴィレーはこの章について「これはいわば内容についても形式についても、この本のなかで中心的な場所を占めていて、かれの哲学の曲がり角を示している」（四三七ページ）と書いていて、わたしの読み方がそう見当違いでないことを教えてくれたが、しかしこれだけではその曲がり角がどんな転機だったのかは判らない。まずその説明から話を始めたい。「弁護」は先人たちが残した思索の精髄をその都度思い起こしながら、なにかの主題につけて自分の考えを綴るという点では、ほかの多くの章と異なるところはない。しかしそれが最後の数ページに来て、モンテーニュが、人間というものの性状をはっきりと見定めた上で、人間がその空しい存在から抜け出すためにキリスト教の信仰に頼るべきかどうかを語るとき、なにか不思議な光景がそこに展開する。自分が切り開いた人間の認識と信仰に関する光景でありながら、その抜き差しならない展望を前にして、かれ自身があとへは引けない懸崖に立たされている、そんな印象を受けるのである。

「弁護」という章は、『自然神学』の著者であるレーモン・スボンが、その本で人間の理性によって信仰の正当性を論証しようとしたことを批判されたのに対して、モンテーニュがそのスボンの擁護のために書いた文章である。スボンに対する批判の一つは信仰を絶対と見る者たちからのもので、信仰の問題に理性を持ち込むのは不当であるというものである。いま一つは主に無神論者からのもので、スボンの理性による論証は十分説得的でないという批判である。こうした批判に対してモンテーニュの擁護がどこまで功を奏したかは差し当たってここでの関心事ではない。わたしが探って見たいのは、かれがこの章を書いたことによって、その後の生き方の上でどんな選択を迫られたかということである。

モンテーニュは章の最後のページに来て、神の恩寵がなければ、人間はその空しい存在から抜け出すことはできないと結んでいるから、スボンの立場を擁護するとともに、広い意味ではこれがキリスト教を護るために綴られたものであると見て差し支えない。またそれがもともとこの章に託された意図でもあった。しかし、もしもその方向で考えを進めて行けば、当然その言葉はモンテーニュ自身を拘束して、空しさから救われるために信仰の道に入るか、それとも空しさを受け容れて俗世に止まるかという岐路にかれを立たせる羽目になるだろう。最後のページはそんなふうに読めるのである。「[c] 私がこの本を作ったというよりも、むしろこの本が私を作ったのである」(六六五ページ)とは、モンテーニュ晩年の述懐であるが、事実、言葉はそれを書いた作者に跳ね返って、かれに取りつき、こうして本と作者は果てしない生成の運動をくりかえす。その予断を許さない生成の一つが「弁護」の最後に待ち構えていたように、わたしには読めるのである。なぜならその最後の数ページには、いまもいったように、その後のモンテーニュにある種の変化を迫るものがあったと読めるからだ。

実をいえばわたしは、『エセー』という本をこれまでずいぶん勝手な読み方で読んで来た。偶然開いたページや、章題の奇抜さに惹かれて開いたページを読むだけで十分面白かったから、前後の脈絡を考えずに、拾い読みで通して来た。「[b] 私はさ迷っている、しかし不注意からというより、自分から勝手にさ迷うのである。私の想念はたがいに続いている、しかし、ときには遠くから続いている」（九九四ページ）。すべてがそのように地続きに続いているのであれば、読者は安心して『エセー』という起伏に富む広大な土地をさ迷うことができるだろう。拾い読みも悪いはずはなく、ときには読み落とした落ち穂を拾わないとも限らない。いまでも半分はそう思っている。

ところで今度、わたし自身の興味から少しばかり丹念に全編を読む機会を持った。しかし、ここでもわたしは気まぐれを起こして、最終巻から巻を逆にたどって読んで見た。そして「レーモン・スボンの弁護」の最後を読み終えたとき、虚を突かれる思いで、いま引用したモンテーニュの「私の想念はたがいに続いている、しかし、ときには遠くから続いている」という一節を思い出した。しかも、この文の少しあとの方で、かれはこう言っていたではないか。「私の主題を見失うのは不注意な読者であって、私ではない」と。その不注意な読者であるわたしがこの言葉の意味を自分なりに了解したのは、これを書いているいまだと言っていい。「ときには遠くから」とかれは言う。たしかに『エセー』という本は、それぞれの部分が膨大なページのなかで、生きているもののように呼応し合っている本であって、そうした思索と思索が遠く響き合う実例の一つを、わたしは「弁護」を書き終えたモンテーニュと、それ以後のかれとの間に見出したように思った。熟した木の実が、枝の上で、遠い根から養分を吸い取って実っている、そんな命あるものの姿を『エセー』の実体として感じたとき、拾い読みでは判らなかったかれの思想の結実が、どんな経験と思索を経てもたらされたものなのか、その一端が見え始めたのである。まずそれを見定めておかなければ、先へ進むことができない。ただし、わたしがこの本で語りたいと思う主題は、「弁護」を書いたあとのモンテーニュの生き方にあるから、これから書くことはその主題に対して、いわば地固めの役目を果たすことになるだろう。

ここで「弁護」と『エセー』全体の執筆年代について、これから語る事柄に必要な範囲で簡単に整理しておきたい。

スペインの神学者で、医学者でもあったレーモン・スボンのラテン語による『自然神学』が世に出たのは一四八七年で、モンテーニュが父の勧めにしたがって、これを仏訳して上梓したのは一五六九年のことである。一方、『エセー』の執筆が始められたのは、ピエール・ヴィレーによれば、一五七一年末あるいは七二年初めとされている（前掲書、七ページの解題）。「弁護」が執筆された時期については確定的なことは判っていないが、これもヴィレーの考証によれば、若干の部分は一五七六年以前に書かれ、かなりの部分は一五七六年頃とされている。また「弁護」に引用されている文献のなかに、モンテーニュが読んだのが一五七七年あるいは七八年以前ではあり得ないものが存在すること、「弁護」で言及されているかれの腎臓結石の最初の発作が一五七八年であることから推して、ある部分に関しては一五七六年より後の執筆と考えられる。要するに、この章の執筆は一五七六年を中心に、かなり分散した時期にわたっているのである。

『エセー』の初版がボルドーのシモン・ミランジュ書店から出版されたのは一五八〇年である。初版は二巻本であって、「弁護」がその第二巻第十二章にあたることはいまも言った通りである。第二版は全体が一巻に合本されて、翌年の一五八一年に同じ書店から出版された。それから七年後の一五八八年に、初版とは大きく変わった新版がパリのアベル・ランジュリエ書店から出版された。この段階で『エセー』には多くの増補が加えられるとともに、あらたに第三巻が付け加えられたからである。第三巻の執筆は一五八五年末から八八年初頭とされている。以後、モンテーニュはこの版の『エセー』の余白に、千個所以上におよぶ重要な加筆をつづけて、一五九二年九月十三日、五十九歳六ヵ月の生涯を終えるのである。

2

「弁護」がスボンの本を擁護するために綴られたことはいまも言ったとおりであるが、具体的にそれがどんな内容の文章であるかをまず見ておかなければならない。

モンテーニュは『エセー』の初版を書いた段階で、人間について以下に示すような認識を持っていた。『エセー』の第一巻は「人は様々な方法で同じ結果に到達する」という章をもってはじまる。そのなかでかれはよく知られた次のような言葉を記している。

〔a〕たしかに人間というものは驚くほど空虚で、多様な、そして変わり易い対象である。人間についてつねに変わらない、一様な判断を立てることはむずかしい。（九ページ）

これは、モンテーニュの思想が生涯を通して変化を見せることがあっても、その根底にあって変わることがないかれの人間観である。この章は、それが本の巻頭を飾っているために、初めに書かれたような印象を与えるけれど、ヴィレーは、これが『エセー』の巻頭に置かれたのは、そこにモンテーニュの基本的な人間観が示されているためであって、それが書かれた時期のためではないという見解を取っている。『エセー』の執筆が始まるのは、いまもいった通り、一五七一年末か七二年始めのことである。確かにヴィレーの指摘に従えば、ここに引いた一文を含む、原文で七行あまりの個所は、一五七二年にジャック・アミヨによる仏訳が出たプルタルコスの『倫理論集』にある古代ローマの政治家の事蹟に拠って書かれているから、それが執筆されたのはこの年代以前には遡らない。つまりこの章は、巻頭に置かれてはいるが『エセー』のなかでまっさきに書かれたものではないのである。しかし、『エセー』二巻の全体から見れば、これが初期に属するものであって、章題そのものがすでに暗示しているその人間観は、かれが『エセー』を書くにあたってはじめから抱いていた根本の思想だったと見ることは許されるだろう。

以後、モンテーニュはこの人間観を「レーモン・スボンの弁護」にかぎらず、ほかの多くの章でもさまざまに展開して見せるのだが、「弁護」ではそれが一段と厳しい言葉になって人間の空しさを突くだけでなく、批判の矛先は人間の無知と傲慢に及んでいる。「[a]われわれの知恵が神の前では狂気でしかないこと、あらゆる空しさのなかでもっとも空しいのが人間であること、自分の知識を買いかぶる人間がいまだに知識が何であるかを知らずにいること、また取るに足りない人間が自分をひとかどのものと考えているとすれば、それはとんでもない思い違いであること」（四四九ページ）が、具体的な事例によって指摘される。それを語る言葉は、かれの肉声が聞こえて来るかのように痛切であり、語調にはきわめて厳しいものがある。

しかしモンテーニュは人間の無知や傲慢を暴くだけで満足するのではない。ここに引いた一節の少し先で、人間を動物に比較して、ときには人間を動物の水準に引き下げる。あるいはそれ以下に引き落とす。ルネサンスといえば、人間性の謳歌、人間中心主義といった旗印を誰もが思い起こすけれど、それが素朴にかれの思想に結び付くほど、かれが見た人間は単純なものではなかった。人間の無知や傲慢のほかにも、かれが身をもって経験した血なまぐさい政争や、宗教を口実にした内乱が、人間の悪徳と残虐な行動をかれに見せ付けたことはすでに述べた。

モンテーニュが摑んだ人間の像をもう少し鮮明にするために、一つの対比をしてみたい。

イタリアの哲学者ピーコ・デッラ・ミランドラ（一四六三―九四年）は、フィレンツェのプラトン・アカデミアの重鎮であり、かれの師匠格にあたるマルシリオ・フィチーノ（一四三三―九九年）とともに、イタリアだけでなく、当時のヨーロッパ全域の哲学界、宗教界に異彩を放った新プラトン主義の学者であった。かれの主著である『人間の尊厳について』（一四九六年）はルネサンスのもっとも重要な著作の一つとされているが、かれはそのなかで人間の卓越性を論じ、膨大な量の文献を使ってその論証に努めている。まず冒頭でピーコは、かれの人間理解について誇らしげにこう述べている。「私は、ついに、⑴なぜ人間が最も幸福な、したがって、あらゆる驚嘆に値する動物であるのか、そして、⑵人間が『万物の系列』の中で獲得した地位――獣のみならず、星辰にも、超世界的な精神（天使）にも羨ましがられるこの地位――がいったいどのようなものであるのかを理解したように思われます」（『人間の尊厳について』大出哲・阿部包・伊藤博明訳、国文社、一九八五年、一四ページ）。

しかし、こう述べる一方でピーコは、ヘルメス文書の『アスクレピオス』に語られている「偉大なる奇蹟」（同書、一三ページ）としての人間を定義するにあたって、カルディア人の言葉とされるのを引いて、つぎのように言うのである。「人間は、さまざまで、多様で、しかも定まらない本性を持つ動物である」（同書、二〇ページ）と。注意するまでもないが、これは、前に引用した、モンテーニュが人間を定義した言葉と不思議なほど似通っている。ヴィレーが作成したモンテーニュの蔵書目録のなかにピーコの本は載っていない。モンテーニュがピーコを読んでいたかどうか、今それを詮索することができない。もしも読んでいないとすれば、二つの言葉は偶然の暗合と見るしかない。いずれにせよ、ピーコは、モンテーニュと同じ人間についての認識を持ちながら、かれとはまったく対照的な思想に到達することによって、二人が見せた思想上の隔たりを鮮やかに示すことになるだろう。

　では、なぜピーコにとって、本性が不安定な人間が「偉大な奇蹟」と言えるのだろうか。かれによれば、「神の寛大な自由」と人間の「自由意志」が奇蹟を生む源なのである。ピーコは、神がアダムに語るという形式を借りて、人間が奇蹟である理由を説明する。しばらくそれを聞いてみよう。

　アダムよ、われわれは、おまえに定まった席も、固有な相貌も、特有な贈り物も与えなかったが、それは、いかなる席、いかなる相貌、いかなる贈り物をおまえ自身が望んだとしても、おまえの望み通りにおまえの考えに従って、おまえがそれを手に入れ所有するためである。他のものどもの限定された本性は、われわれが予め定めたもろもろの法の範囲内に制限されている。おまえは、いかなる束縛によっても制限されず、私がおまえをその手中に委ねたおまえの自由意志に従っておまえの本性を決定すべきである。私はおまえを世界の中心に置いたが、それは、世界の中に存在するいかなるものをも、おまえが中心からうまく見回しうるためである。われわれは、おまえを天上的なものとしても、地上的なものとしても、死すべきものとしても、不死なるものとしても造らなかったが、それは、おまえ自身のいわば「自由意志を備えた名誉ある造形者・形成者」として、おまえが選び取る形をおまえ自身が造り出すためである。おまえは、下位のものどもである獣へと退化することもできるだろうし、また上位のものどもである神的なものへと、おまえの決心によっては生まれ変わることもできるだろう。（同書、一六―一七ページ）

ピーコが神の口を借りて語ったこの言葉を読めば、人間の驚異とは、人間がその自由意志によって「神的なもの」に変わりうることのなかにある。ピーコはそう信じていた。これは人間の可能性に全幅の信頼を寄せている者の言葉である。それをかれ自身の別の言葉でいえば、次のようになる。

われわれは、凡庸なものに満足せずに至高なるものを熱心に求め、そして、（われわれは欲すればできるのですから）到達すべきあのもの（至高なるもの）へと全力を尽くして突き進むように、精神に「ある聖なる野心」を吹き込もうではありませんか。地上的なものを軽蔑し、天界的なもの（星辰）を軽視し、ついには世界に属するものはことごとく置き去りにして、卓絶する神性に最も近い超世界的な宮殿へとわれわれは飛んで行こうではありませんか。（同書、二一ページ）

ピーコの生涯は三十一歳という短いものだった。しかし、短い青春の命の燃焼と精神の高揚を伝えるこれらの言葉は、人間の可能性を謳歌するルネサンスの精神を生き生きと示している。そしてちょうど同じ頃、フィレンツェやミラノを舞台に、レオナルドやミケランジェロが活躍していたことを思い出すならば、なにか精神の熱気のようなものがかれらを駆り立てて、思想と芸術の分野で人間の能力を信じがたい高さにまで引き上げていたことが想像されるのである。

他方、世界に属するものはすべて置き去りにして、というピーコと違って、モンテーニュが見つめる対象は、地上に生きる人間の精神と肉体である。そして、ピーコと同じ人間の認識から出発して、人間の空しさという正反対の結論を引き出した。しかし、人間の空しさを語るかれの口調は決して厭世家のものではない。この結論は、かれが同時代の人間や、史書に描かれた歴史上の人物のなかに空しさの実体を見たことによって冷静に摑まれた結論であって、ことさら人間を蔑視するものではない。馬でもなく天使でもない人間をあるがままに観察して描き、それをわれわれに示すのがかれの態度である。そこには、古代から蓄積された学問の重圧に屈することなく、また衒学や神秘思想や迷信に惑わされることもなかったルネサンス人のもっとも覚醒した人間観があった。

同じ人間を描いて、奇蹟の動物から空しさの存在にいたる、対照的な像を得たところに、ルネサンス人が人間の理解に見せた振幅の広さが読み取れる。いずれが可、いずれが非というのではない。ピーコの死後およそ百年が経って、モンテーニュの死が訪れる。一世紀という時間が二人の思想を隔てていて、そのいずれの思想もルネサンスにおけるユマニスムの成果である。そして、ルネサンスの精神の活動が百年の知的な冒険を糧にして、一方の端に振り切れたところに、モンテーニュが見た人間が、つまりかれ自身がすべての人間的な性状をまとって立っている。

ところが、モンテーニュが描いた人間像に、つぎに来る十七世紀は反駁するのである。これは歴史のなかによく現れる現象であって、十七世紀の反駁は、隣り合った二つの時代の連続性よりもその対立を示すことで、モンテーニュの思想的な位置を明らかにしてくれる。かれに対する反駁の代表的な例として、パスカルの名前を挙げるのが思想史の通例であるが、パスカルはあとに廻して、わたしはここに説教家ジャック＝ベニーニュ・ボシュエ（一六二七—一七〇四年）が書いた「万聖節のための説教」から一節を引いてみたい。そのなかでモンテーニュが名指しで攻撃の矢面に立たされているからである。内容からいって、それが「弁護」を書いたモンテーニュであることはまず間違いない。

何をいうのだ。人間よ、お前は、自分のなかにあるすべては肉体と物質であると本気で考えることができるのか。すべては死んで、土に帰るというのか。棺に納まれば、お前は獣も同然になって、それを超えるものは何一つお前のなかにはないというのか。いかにも判った。お前の精神は、詩と散文でじつに雄弁に綴られた数々の見事な警句、モンテーニュとかいう男（名指しで言おう）、それが喋りまくった警句でのぼせ上がっているのだ。あの警句は人間よりも動物を好み、われわれの理性よりも動物の本能を好み、われわれの洗練と機知よりも動物の単純素朴な、むき出しのままの（と、そんなふうにあれはいっている）本性を好んでいる。言ってくれたまえ、狡智にたけた哲学者よ、あなたは、自分をひとかどの者と思い込んでいる人間を巧妙に嘲笑っているが、いまでもまだ神を知ることを物の数とも思わないつもりなのか。神を知り、その永遠性を讃美し、その全能に感嘆し、その叡智を称え、その摂理に身を委ね、その意志に従うこと、われわれを獣から区別するこうした行為はどうでもいいことなのか。今日というこの日に、われわれがその栄光ある名誉を称えているすべての聖人たちは、空しい望みを神に掛けたのか。人間の務めを正しく知ったものとは、獣のような享楽家と快楽主義者だけなのか。むしろお前は、われわれ自身の一部は感覚的な自然に属し、神を知り、神を愛する部分は〔…〕もっとも高い原理に必ずや依存しているとは思わないのか。

この一節を読んだだけでも、ボシュエの一途に謹厳な、それゆえ感動的といってもいい宗教的な真情が聞くものの胸に迫って来るのはたしかである。しかしここにはピーコのあの自信に溢れたおおらかな人間性への信頼はもう感じられない。モンテーニュの奔放で、飾ることを知らない気風も消えている。それにかわって雄弁が聞こえる。しかしこの雄弁はルネサンスの潑剌とした知的高揚や人間臭い直情を離れて、「文学」の領分に近づいている。そして、なによりもこうした推移を招いたものに、十七世紀に達成されるフランス語の散文の洗練があるのだが、それと同時に、その言葉の洗練ということもふくめて、時代の思想と、貴族や文人たちの生活の状況が変化したことを考えなければならない。その状況を知的な領域にかぎっていえば、ルイ十四世治下での古典主義の成立ということになるだろう。モンテーニュは、盛期ルネサンスとこの古典主義時代に挟まれた十六世紀の後半に、現世的な生を享楽しようとした点で、かなり特異な位置を占めている。その生き方についてはあとで語ることにするが、それにはまず、かれが「弁護」のなかで人間の空しさをいうとき、それが具体的にどんな人間の性状に基づいていたのか、そしてそのありさまを眺めた後で、人間の生き方についてどんな結論を引き出したのか、その点をはじめに見ておこう。

3

「レーモン・スボンの弁護」の一節に、古代ギリシアの哲学者で、小アジアのミレトスに生まれたタレスと、その同じ町に住む少女についての逸話が引かれている。タレスは哲学の創始者として名高いが、気象や天文にも通じていて、紀元前五八五年の日蝕の予知に成功したと伝えられる科学者でもあった。

あるとき少女は、タレスが始終空ばかり見上げているので、その足許にそっと物を置いた。かれがそれにつまずいて、転べばいいと思ったのだ。これは自分の足許にあるものに注意を払ってから、空の雲でもなんでも、好きなだけそれに興味を持つのが物事の順序であることを、この偉い哲学者に教えるためだった。「[a] この娘はたしかに、空よりもむしろ自分のことに注意を向けるようにタレスに忠告したのである」(五三八ページ)。モンテーニュは「己を知れ」という格言を、生涯かれの自戒の言葉にしていて、『エセー』という本もはじめの動機はどうであっても、結局はそのために書かれたとも言える。少女の振る舞いはそのモンテーニュのこころに適うものだった。かれがこの一節の冒頭で、「私はこのミレトスの娘に感謝する」と書き出しているのはそのためである。

だが、これでこの話は終わったのではない。かれの面目を窺わせるのは、これにつづく一節のなかで、なにかを知ろうとする人間の認識の能力を問うかれの執拗な追求であって、その追求は自分を知るという行為さえも危うくしかねない徹底したものだった。その一節というのは、「しかし」という逆接の言葉を介して、こう書かれている。「しかし、われわれ人間の性状からいって、われわれが手に握っているものの認識も、天体の認識と同じく、われわれから遠く離れていて、同じようにはるか雲の上にある」(五三八ページ)。タレスの逸話にあった雲という言葉が、比喩的な意味を巧みに引き寄せて、人間の知力の頼りなさを語っている。これと同じ内容の文はこのあたりにいくらでも散らばっていて、たとえばモンテーニュはもっと端的にこういっている。「[a] われわれは人間や自然にかんする事柄を認識するに当たって、いくらかでも多くの光明を持っているのだろうか」(五三六ページ)。

いったい、なぜわれわれの認識は空しいのか。その根本的な原因はわれわれ人間の性状のなかにある、というのがモンテーニュの答えである。しかも人間は自分の知力の空しさを自覚しないだけではない。その知力を鼻にかける驕慢も人間の性状の一つである。「［a］たしかに自然は、われわれの惨めで貧弱な状態を慰めるために、分け前として思い上がりを与えたように思われる。これはエピクテトスが言っていることだが、人間は自分の意見を用いること以外には、本来なに一つ自分のものを持っていない。われわれが持っているのは風と煙だけである」（四八九ページ）。自分の意見、すなわちモンテーニュが眼にし、耳にする人間たちの判断も認識も、所詮は風や煙に他ならないと断定するのである。

しかしモンテーニュは、先人の言葉を鵜呑みにして、われわれの知力を空しいものに思わせた人間の性状を無反省に受け容れているのではなかった。「弁護」の最後のあたりは、人間の性状を精細に分析して、人間のありさまを掌に示す達意の文である。その筆法はつぎの時代にデカルトが『省察』（一六四一年）で見せる緻密な論法を予告し、ジョン・ロック（一六三二―一七〇四年）が人間悟性の発達の経緯を一歩一歩着実にあとづける周到さを先取りするかのようである。

モンテーニュは、ロックと同じく、まず感覚について考える。人間は最小限の生を営むときでも、外界との交渉を絶つことはできない。強い光を眼に感じると、われわれは即座に瞼を閉じる。薔薇の香りが漂えば、思わず花のありかに向かって歩み寄る。いずれも感覚のすみやかな警告であり、誘惑である。この感覚がわれわれに世界を開き、仲介する。人間界も、物質界も、感覚という形を取ってはじめて現れる。知識も認識も、その第一歩は感覚のなかに始まる。モンテーニュはロックの経験論をまつまでもなく、古代ギリシアの賢者たちの本を漁り、また自分の知見によって、いわゆる生得観念を否定する。われわれの知識は、霊魂が肉体に宿る以前に知りえた知識をこの世でふたたび想起したものであるというプラトンの説を躊躇なく退けて、感覚を知識の基礎に据える。

［a］ところで、すべての認識は感覚を通ってわれわれのなかに入ってくる。感覚こそはわれわれの主人である。〔…〕知識は感覚に始まり、そこに帰する。結局、もしもわれわれが音、匂い、光、味、大きさ、重さ、柔らかさ、硬さ、ざらつき、色、光沢、幅、深さがあることを知らなければ、石のようになに一つ知ることができないだろう。これこそがわれわれの知識という建物全体の基礎であり、根本である。［c］ある人によれば、知識は感覚にほかならない。［a］誰でも私に感覚を否定させることができれば、その人は私の喉を絞めて、もうこれ以上後退できないところへ私を追い込むだろう。感覚は人間の知識の始まりであり、終わりなのだ。（五八七―五八八ページ）

これが最上の例とは言えないにしても、モンテーニュの文章には、われわれの感性に訴え、経験を呼び覚まして、われわれを巧妙に説得するところがある。その論法も窮屈な三段論法などに囚われることがなく、ときに反転し、ときに飛躍する。その上、かれの筆はその勢いに乗って、文法や文章構成の制約を逆に支配して、のちに確立される近代フランス語では味わえない自在な表現力を生み出した。これは余談になるけれど、デファン夫人といえば、サント＝ブーヴが「散文において、ヴォルテールとともにその時代でもっとも純粋な古典主義の作家である」と言って、その明晰で、透明な文体を絶讃された人だったが、その夫人が自分とはおよそ正反対のモンテーニュの文体に魅せられて、これほど力強い文体はないと言っている。そして夫人が、十八世紀フランスの哲学者《フィロゾーフ》たちを切りすてて、ただ一人「立派な哲学者」として認めたのがモンテーニュだったのである。

さて、感覚が知識の終わりであるというのは、そこに最終の知識があるように読めそうであるが、そうではなく、そこが感覚による知識の限界だというのがかれの狙いなのである。事実かれは、人間の感覚を、鉱物が持っている特性や動物が備えている感覚に比較して、さっそくその不備を取り上げる。たとえば、磁石にこもっている磁力をわれわれの手は感じるだろうか。蜜蜂が仲間の蜂に蜜のありかをダンスしながら教えている様子を見て、われわれは正確にその場所にたどり着けるだろうか。それが不可能なのは、われわれが蜜蜂の知識を欠いているからで、それは蜜蜂にあるらしい感覚がわれわれには欠けているからである。動物が知っている世界の顔を人間は必ずしも知らないのである。

［a］人類は、なにかの感覚を欠いているために、愚かなことをやっているのかも知れないし、その欠如のために大部分の事物の顔がわれわれに隠されているのかも知れない。われわれが数々の自然の仕業を理解しかねるのはそのせいかも知れない。またわれわれの能力を凌ぐ動物たちの様々な活動は、なにかわれわれに欠けている感覚の働きに

よるのかも知れない。そして動物によっては、そのためにわれわれの生活よりいっそう充実した、完全な生活を営んでいるのかも知れない。われわれはほとんどすべての感覚を使って林檎というものを把握していて、そこに赤み、艶、香り、甘さを見出している。そのほかにも林檎は、乾燥させたり、収縮させたりする力を持っているかも知れないが、われわれにはそれに応じる感覚がまったくない。鉄を引き付ける磁石のように、われわれが多くの物のなかに潜在すると呼んでいる特性、そうした特性を判断し、知覚する感覚の能力が自然のなかには存在するのに、われわれはそれを欠いていて、そのためにある事物の真の本質について無知でいるというのが真実らしいのではないのか。おそらく、なにか特別な感覚が、雄鶏に朝と真夜中の時刻を見分けさせて、時を告げさせるのだろうし、また〔…〕鹿に病気を治すある種の草を見分けさせるのだろう。大きな支配力を持たない感覚というものはないが、その手段によって無数の知識をもたらさない感覚もない。〔…〕それゆえ、こうした他の感覚の一つか二つか三つかがわれわれに欠けているとすれば、真理の認識にどれだけ重大な影響を与えるかが判るというものだ。われわれは五感の協議と協力によって一つの真理を作った。しかし、もしかすると、真理を確実にその本質において認めるためには、八つか十の感覚の一致とその貢献が必要だったかも知れないのである。（五八九―五九〇ページ）

これは感覚器官の欠如の問題である。ただその器官を十、二十と殖やしていっても、それで十分ということにはならない。そうなれば、われわれに大切なのは、われわれの感覚で捉えられる人間界、物質界がわれわれの世界であり、われわれに必要なのはその枠のなかでの真理であろう。それゆえ人間にできる重要なことは、人間に与えられた五感の働きに狂いはないのか、という問いでなければならない。また知識と真理の建物を、その感覚の上に築いて危なくはないのか、感覚はわれわれを欺くことはないか、これらの問いに答えるためにモンテーニュが用意した古典の引用、あるいは自分自身の経験は、『エセー』のなかでもとりわけ読み飽きない楽しさを持っている。それを読んでいると、かれが狙っている本来の意図を離れて、博物誌かなにかを読みながら、人間と動物、あるいは植物の世界を漫遊している気分にさせられる。それをいちいち引用していたら実際切りがないので、その実例は読者のために『エセー』のなかに残しておいて、そのなかから一つだけ、感覚の欺瞞について語ったものを引いてみたい。

［a］哲学者を、目が荒くて薄い金綱でできた籠のなかに入れて、それをパリのノートルダム寺院の塔のてっぺんに吊るしてごらんなさい。かれはそこから落ちる心配がないことを理性でははっきり判っていても、そんな途方もない高さから下を眺めたのでは(屋根ふきの仕事にでも慣れていなければ)、怖くて身が竦《すく》まずにはいられないだろう。なぜなら、鐘楼にある回廊がいくら石で出来ていても、それが透かし模様になっていたら、そこで安心しているのはなかなか難しいからだ。考えただけでもぞっとするという

者だっている。あの二つの塔のあいだに、その上を歩き廻れるだけの幅がある梁を渡してごらんなさい。どんなに堅固な哲学的な叡智があっても、われわれは、それが地上にあるときのように、その上を歩ける勇気を持てるものではないのだ。これは私が〔ピレネー山脈の〕こちら側の山のなかで度々経験したことなのだが（といっても、私はそうしたことをあまり怖がらない人間なのだが）、膝や腿ががくがく震えずに、あの無限の深さを覗き見ることができなかった。ところが、その縁までは私の身の丈ぐらいは十分にあって、わざと自分から危険に身を晒すのでなければ、落ちる心配などなかったのである。〔…〕これは視覚のあきらかな欺瞞である。あの立派な哲学者〔古代ギリシアの哲学者デモクリトスを指す〕は、魂が眼から受け取る乱れから魂を解放して、もっと自由に哲学をするために、両眼を抉り取った。（五九四―五九五ページ）

モンテーニュが言いたいことの要点を、もっと簡潔な言葉で示せば、こういうことになるだろう。「〔a〕感覚の働きの誤謬と不確かさについては、銘々が好きなだけ例を挙げることができる。それほど感覚がわれわれを誤らせ、欺くのは普通のことなのだ」（五九二ページ）。

実際、知識という建物の土台である感覚が揺らげば、われわれの認識は宙に舞うしかないのである。「〔a〕人間の認識を攻撃する諸学派は、おもにわれわれの感覚の不確かさと無力をあげて攻撃する。なぜなら、すべての認識が感覚の媒介と手段によってわれわれのなかに入ってくる以上、もしも感覚が伝える報告が間違っていたり、感覚が、自分で外部から運んでくるものを損なったり、変質させたり、感覚を通ってわれわれの魂に流れ込む光が途中で曇らされたりすれば、われわれはもう拠って立つところがないからである」（五九〇—五九一ページ）。

また感覚は自分から間違えるだけではない。精神の動揺と変調、喜怒哀楽という感情の波瀾によってたやすく掻き乱されることは、われわれが経験から知っていることで、モンテーニュはつぎにこの脆さを指摘して、どれだけ感覚が頼りないものかを語る。

〔a〕感覚がわれわれの判断力にもたらすあの同じ欺瞞に、今度は感覚がだまされる。われわれの精神はときどき同じ仕返しをするのである。〔c〕この二つは競い合って、嘘をつき、だまし合う。〔a〕われわれは、われわれが怒りに駆られたときに見たり聞いたりするものを、ありのままには見ていない。

太陽が二つに、テーバイが二重に見える。〔ウェルギリウス〕

われわれが愛するものは実際より美しく見える。〔…〕心に添わないものはいっそう醜く見える。心を痛め、悲嘆に暮れているものには、日の光も暗く、暗澹として見える。われわれの感覚は精神の情念によって変質するだけでなく、すっかり麻痺することもよくあることだ。精神がよそに気を取られているときには、ものを見ても、それと気付かないものがどんなに沢山あることだろう。〔…〕精神は感覚の力をうちに引き込んで、それをたぶらかすように思われる。こうして人間の外も内も、無力と虚偽に満ちている。（五九五—五九六ページ）

こういう文章を読んでいると、のちにパスカルが『パンセ』のなかで描いて見せた、神のいない人間の悲惨を思い出さずにはいられない。「弁護」の文章は、ときには逸脱してスボンの宗教的真情に矛盾するようなモンテーニュ自身の思想を語ることもあるのだが、しかし、もともと無神論に対する護教論の意図を持っているのだから、こうした人間の空しさをあばく厳しい言葉があるのはむしろ当然なのである。

以上が、モンテーニュが先賢の言葉と自分の経験を通して摑んだ人間の空しさのありさまである。粗略な要約ではあるが、作者の意図に背いてはいないつもりである。そして、人間についてこれだけのことを言ったあとで、いよいよ「弁護」は最後の数ページに入る。

4

そこには、二つの結論が読める。最初のは、これまで重ねて来た議論に特別新しい内容を加えていないから、むしろまとめというのが適当かも知れないが、同じことを言うのにも言い方はさまざまにある。つぎに引く文章は、長い考察の果てに精神が澄み切って、物事が鮮明に見えている人間の状態を伝えるもので、なにか巨匠のデッサンの迷いがない描線を見る思いがする。そのなかで人間の感覚、精神、判断力の、それぞれに特有な働きが、過不足がない言葉によって的確に記録されている。その的確さゆえに、われわれは一語一語に発見の驚きを味わい、あらためて人間と外界の関係が見えてくる。まず読んでみよう。

［a］われわれが事物から受け取る映像を判断するには、なにかそれを判断する道具が必要だろう。その道具の善し悪しを検査するには証明が必要だ。その証明を検査するには、また道具が要る。こうしてわれわれは堂々巡りをはじめる。感覚はそれ自身不確かなもので満ちていて、われわれの論争に決着を付けることができないから、それをやるのは理性でなければならないが、どんな理性でも、ほかにもう一つの理性がなければ確立されないだろう。こうしてわれわれは無限に後退を続けることになる。われわれの概念は外界の事物にぴったり照応しているわけではなく、感覚を介して心に宿るものだ。また、その感覚は外界の事物をそのまま摑むのではなくて、たんにそれ自身の印象を摑むにすぎない。したがって概念と映像は事物から来るのではなく、たんに感覚の印象から来るのであって、この印象と事物はそれぞれ別のものである。それゆえ映像によって判断する人は、事物とは別のものによって判断している。するとその人は、感覚の印象は外界の事物を類似によって精神に伝えるのだと言うかも知れないが、精神と判断力は、

外界の事物とは何の交渉も持たないのだから、どうしてその類似を保証することができるだろうか。ソクラテスを知らない人が、かれの肖像を見て、かれに似ていると言えないのとまったく同じことである。（六〇〇―六〇一ページ）

外界とそれを捉える感覚、そこに生まれる印象、またその印象から派生する映像と概念、これらの言葉を導く正確な思考の歩みと、それを伝える文章、そうしたものをたどっていると、デカルトや近代の哲学者たちの精密な文章を読んでいるような感じがして来る。事実、外界と感覚の関係を突き詰めていけば、モンテーニュが得た結論に到達しないわけにはいかない。感覚が外界の事物から摑むものは、もの自体ではなく、ものの印象にすぎない。あるいは概念にすぎない。かれが繰り返し言ったように、感覚はついに事物そのものに迫ることができないのである。「現実の存在は〔…〕その大半がわれわれの感覚によって知覚される。ということは、現実の存在はついにわれわれには不透明なままであって、われわれの感受性では持ち上げることができない死重を呈するのである」。そう書いたのは二十世紀の小説家マルセル・プルースト（一八七一―一九二二年）である。この小説家とモンテーニュを隔てる時間は三百数十年を超えているが、二人が得た認識はなかなかよく似ている。動物は自然のなかに包まれていて、自然を構成する生きものとして自然そのものと区別がない存在を享受する。人間の方は、意識のなかに事物の仮象である概念や印象を抱くだけで、自然のなかに迎えられず、どこまでもその意識は自然と対面したままでいる。ライナー・マリア・

リルケ（一八七五—一九二六年）の言葉を借りていえば、人間が世界のなかで生きる姿は次のようなものだ。

すべての眼で生きものたちは、
開かれた世界を見ている。われわれ人間の眼だけが
いわば反対の方向をさしている〔…〕
われわれはかつて一度も、一日も、
ひらきゆく花々を限りなくひろく迎え取る
純粋な空間に向きあったことはない。（『ドゥイノの悲歌』）

人間だけが、あらゆる存在のなかで、ひとり「開かれた世界」に対面して、孤立している。こうして人間の孤独な状況がわれわれ人間の宿命として現れる。

近代の芸術家、あるいは哲学者のなかには、この状況の切実な認識に立って、それぞれの仕事を開始した者たちがいた。いま名前をあげたプルーストは、この袋小路のなかで、ものが概念になる以前の、知性の分析を経ていない事物の印象を、言葉で表現することに文学的真実の可能性を賭けた。かれは芸術家の個々の世界しか信じなかった。そして、ほかの誰のものでもない純粋な「印象」を表現することによって、自らの魂の質を読者に伝えることに精神のすべてを集中した。確かにわたしはかれの文章にプルーストという作家の独自な質を

感じるけれど、しかし、ときにはそれを越えて、かれの言葉を通して物の実在に触れているという思いに打たれることがある。近寄って見れば、ただの絵具や画筆の跡にすぎないものが、ファン・エイクやフェルメールやシャルダンの絵では、物の実在に見えることがあるが、これはそれとほとんど同じ経験である。それが物の実在だと断定できるものはいないだろう。実在に見えたものも、じつは巧妙なだまし絵か、外見のまぼろしに過ぎないかも知れない。ただ、そのまぼろしが物そのものを垣間見せるときがある。そうとしか思えない瞬間がある。そうである以上、そのまぼろしが、どんなに儚いものであっても、それを信じるしかないのが近代の芸術家なのである。その意味でまぼろしは、プルーストにとって、かれが実在の世界から奪った聖なる捕囚だったのである。

モンテーニュは、「弁護」のなかで、一歩一歩見落としがないように思索を重ねて行って、気がつくと、外界に対する認識の道をすべて塞いでしまったようである。人間の空しさを論証するのが「弁護」の意図であるならば、それは見事に達せられたと言っていい。しかし、それは同時に窮地である。読者をそこへ追い込む以上に、かれはかれ自身をそのなかへ追い込んでしまったのではないか。プルーストは世界のなかで同じような窮地に立たされて、やむを得ず文学に活路を見出したのではない。むしろものの見方について共通の尺度を失った近代という時代の状況を文学の創造の条件と見て、人間と世界をかれ自身の眼で認識することに向かったのである。そこに近代人だったかれの文学の開拓があった。かれが、現実の事物はついにわれわれには不透明だという思いを抱かずにいられなかったのは、かれの認識が不備だったことを語るものではなく、かれの認識がそれほどまでに徹底していたことの証しだったのである。

では、モンテーニュはどうなのか。

しかしこの問いを問う前に、第二の結論を見ておかなければならない。

5

モンテーニュは感覚や精神の働きを考察して、人間の空しさを語ってきたが、最後にかれはその人間を時間のなかにおく。そしてそのなかで人間がどんな姿を見せるかを考える。考察は、一行目から断定的にこう始められる。

［a］結局、われわれの存在にも、対象の存在にも、なに一つ永続する実在はない。われわれも、われわれの判断も、死すべきすべてのものも、絶えず流転する。（六〇一ページ）

ここには「存在」という言葉が使われているが、それが人間と事物について一時の借用にすぎないことが示される。なぜならモンテーニュは、これらを真に存在するものとして語ることはできないと考えるからで、次につづく一節で、この言葉は人間と事物から剝ぎ取られる。

〔a〕われわれは存在とは何の交渉も持っていない。なぜなら、いっさいの人間の本性はつねに誕生と死の中間にあって、自分について漠然とした外見と影、不確かで貧弱な意見しか示さないからだ。そして、万一あなたが思考を凝らしてその存在を捕えようとしても、それは水を摑もうとするのと選ぶところはないだろう。なぜなら、その本性から いって、どこへでも流れ出すものを摑んで押さえつけようとすれば、それだけその摑み取ろうとしたものをますます失うことになるからだ。このように万物は一つの変化から他の変化へ移り行くことを免れ得ないから、理性はそこに真の存続を探そうとしても、一つとして恒常不変のものを摑むことができずに、失望する。なぜなら、すべては存在に入ったところであって、まだ十分に存在していないか、あるいは生まれる前から死に始めているか、そのどちらかであるからだ。〔…〕生まれかけたものは決して完全な存在にまで達することがない。なぜなら、この誕生は決して完了することがなく、究極に達したものとして止まることがないからである。（六〇一―六〇二ページ）

モンテーニュはこの引用を含む一節で、プラトン、ピュタゴラス、ヘラクレイトス、ストア派などの諸家の言葉を引いて、時間のなかに変転する人間と事物のありさまを自在に語っている。母胎に受精した精子が胎児になり、それが幼児、青年、成人、老人へ移り変る姿は、誰もが思い付く人間の変化の見取り図であるが、モンテーニュはその一つ一つの変化を死と受け取っていて、その言葉には、それを観念としてでなく、生身の自分に起きた現実として捉えて来た者にのみ許される真実がこもっている。ある人間を愛したものが、時が経って、その感情を失ったとき、そこにかつてと同じ自分を認めることができるだろうか。そうした自分の変化に驚きの眼を見張ったことがなくて、どうしてそれを自分の死と感じることができるだろうか。

〔a〕われわれは愚かなことにただ一種類の死を恐れているが、すでにわれわれはいくつもの死を通過したのであり、いまもまた他の多くの死を通過しているのである。なぜなら、ヘラクレイトスが言ったように、たんに火の死滅が空気の誕生であり、空気の死滅が水の誕生であるからというだけでなく、それよりもっと明白に、われわれはそれを自分自身のなかに見て取ることができるからだ。壮年の花が衰えて、過ぎ去ると、突如、老年がやって来る。また青春は、それが終わると壮年期の花になり、子供時代は青春のなかに、幼年時代は子供時代のなかに死ぬ。昨日という日は今日のなかに死んで、今日は明日のなかに死ぬだろう。なに一つ止まるものはなく、なに一つつねに同じであるものもない。〔…〕そして、もしもそれが同じでないならば、それはまた存在してもいないのである。（六〇二―六〇三ページ）

人間も含めて自然界にあるものはすべて流転していて、「生まれたか、生まれつつあるか、死につつあるか」（六〇三ページ）のいずれかであって、存在といえる段階に達することがない。それがモンテーニュの思索の到達点であれば、その考えに立って、護教論である「弁護」が存在について下す最後の結論がもはや一つしかないことは明らかである。真に存在するものとはなにか。最後の考察は、当然ここに絞られる。これについてモンテーニュはプルタルコスの言葉をもって答えている。

［a］それゆえ神だけが存在する。どんな時間の尺度によるのでもなく、不変にして不動の、時間によっては測られない、どんな変化も蒙らない永遠によって、存在する。その前にも、その後にも、なに一つとしてないだろう。それより新しく、それより近いものもない。しかし、ただ一つの今によって永遠の時を満たす、真に存在するもの。それ以外に真に存在するものはなに一つないのだ。それは、あったとも、あるだろうとも言えないもの、始まりも、終わりもないものである。（六〇三ページ）

「弁護」のほとんどすべての部分が、人間の性状に関する考察と自然界の事象の観察に費やされたあとで、最後のページに来て、ようやく神が正面切って語られる。どこか神を敬して遠ざけているような、モンテーニュらしいやり方だと思わないでもないが、そんな感想よりも、その結びの文を読んでみる。

［a］握りこぶしより大きく摑み、腕よりも大きく抱え込み、脚の幅よりも大きく跨ごうと望むこと、これは不可能で、自然に反することだ。人間が、自分と人間性よりも上へ登ることも同様である。なぜなら、人間は自分の眼でしか見えず、自分の手でしか摑むことができないからだ。神さまが例外的に手を貸して下されば、上へ登れるだろう。人間自身の手段を棄てて、これを諦め、純粋に天上の手段によって引き上げられ、持ち上げられれば、上へ登れるだろう。（六〇四ページ）

これが一五八〇年版の『エセー』に記された「弁護」の最後の言葉である。護教論にふさわしく、神の恩寵にすがり、「純粋に天上の手段」に頼って人間性を超えることが説かれている。

しかし、どこか語調が弱い。果たして、無神論者にキリスト教への回心を決意させるだけの力があるだろうか。モンテーニュ自身が、この自分の言葉にしたがって「人間自身の手段」を放棄しようとする気構えが感じられるだろうか。それに比べて、人間が人間を超え得ないことを断定した「不可能」と「自然に反する」の二語には、強い確信の響きが感じられる。

わたしはこの章の冒頭で、モンテーニュが「弁護」を書き終えたとき、自分が危ない懸崖に立っているのを発見したのではなかったか、そんな印象を拭い切れないと書いた。神の手に身を委ねるために、その懸崖を蹴って、信仰の道に入るのも一つの道である。護教論の立場からいえば、むしろそれしか道がないというのが本当だろう。しかし、ここまで書いて来て、それがかれにとって偽装といっては語弊があれば、表面だけのことだったように思われてならない。ジッドは『エセー』に見られるこの類いの文が、この本を教会からの弾圧や禁書処分から護るための「避雷針」だったと述べている。そして、サント゠ブーヴの言葉を引いて、モンテーニュの宗教上の態度をこう説明している。「かれは少しもキリスト教徒ではなかったのであるが、はなはだ善良なカトリック教徒のように見えたのだ」と。もしそうであれば、最後の文を書きながら、語気が弱まるのは当然だったかも知れない。かれはここで、自分が一種の自己韜晦をやらざるを得ないことを、ひそかに、しかし明確に意識していたのではあるまいか。いずれにせよ、この道が、かれが選んだ道でなかったことをわれわれは知っている。

ところで、神の存在に関する一節に続いて、モンテーニュは、今度はセネカを引いて、

［a］人間というものは、もしも人間性を超えることがなければ、なんと卑しい、見下げ果てたものだろう！（六〇四ページ）

と書いていた。ヴィレーの脚注によると、生前の『エセー』の諸版では、このセネカの言葉について、次のようなかれの注釈が付け加えられていたそうである。

かれの学派であるストア派全体のなかで、この言葉ほど真実な言葉はない。（六〇四ページ、脚注）

これは、ストア的な禁欲によって人間が人間性を超えることを高く評価した発言である。それが、晩年に書き加えられたテクスト［c］ではこうなっている。

これは立派な言葉である。有益な願望である。しかし、やはり馬鹿げている。（六〇四ページ）

すべてを切って棄てるように書き付けられた、この「馬鹿げている absurde」の一語は、一五八〇年の初版にあった、人間が人間を超えることを否定した「不可能」と「自然に反する」の二つの言葉に遠く照応しながら、その不自然な、非人間的な態度をかたくなに拒む、ほとんど感情的な反撥を表している。同じ否定であっても、その表現の微妙な違いに、「弁護」以後の、もう少し正確にいえば、一五八八年版の『エセー』を出した後のモンテーニュに起きた生き方の変化が読み取れるのである。

さらに、テクスト［c］は、「弁護」の最後の最後に、つぎの二行を加筆している。それは神の助けと信仰による人間の変身を語る言葉である。

この神聖な、奇蹟的な変身は、われわれのキリスト教の信仰がなしうることであって、あのストア派の徳行がなしうるところではない。（六〇四ページ）

この荘重な二行は、信仰と徳行の次元の違いをはっきりと示して、「弁護」が目指したキリスト教の擁護という体裁をいっそう整えたかのように見える。ジッドのような人間ならそこに、この本を宗教的な検閲から護る意図を見たかも知れない。しかしながら「奇蹟的な」の一語を読み落とすわけには行かない。「変身」が神の手による以上は、「奇蹟的な」という言葉は動かすことができない。その一方で、二行の内容は、この言葉を含むことによって少なくとも信仰を持たない人間のこころからは遠ざかる。信仰がなければ、誰が奇蹟など期待するだろうか。わたしには、この言葉と前にあった「馬鹿げている」という言葉とが、神による「奇蹟的な」変身に対してモンテーニュが抱いた認識と拒否の態度を示す、ほとんど同じ意味の言葉のように読めるのである。二つの言葉はいずれも晩年の加筆であった。異端審問が厳しかったあの時代に、そういう言葉が当局の眼に触れることをかれが恐れていたかどうかは判らないが、かれが審問の存在に決して無頓着でなかったことは確かである。しかし、明らかにその加筆は、晩年のある日、かれが「弁護」を読み返して、前に自分が下した結論を打ち消したことを示すもの以外の何物でもなかった。

「弁護」は人間の空しさを余すところなく語っているが、その認識が最後にたどり着いた神聖な変身への道を、モンテーニュは選ばなかった。懸崖の上でかれが選んだのは、間違いなく来た道を戻ることだった。それは人間の空しさをいやというほどかれに見せ付けたのと同じ道である。しかし戻って行くかれは、少なくとも来たときのかれとそっくり同じではないだろう。この転進は、奇蹟的な変身とは別の次元でなされる人間的な変身をもたらすはずである。いわば、かれ自身への意図された変身である。ふたたびその眼に映る光景は来たときと同じ変化と動揺をくりかえす世界であろう。その感覚的な世界は、人間と同じ変化の相を、人間に劣らず身に纏っている。そうした世界へモンテーニュは分け入って行く。変化はもう人間と世界を否定するものではないからだ。それが人間と世界の本来の姿であることを、かれはあらためて確認する。人間と世界が以前と同じ顔を見せていても、それと向き合うかれの意識が変われば、すべての光景は一変するだろう。その刻一刻の変化を惜しむように、自分と外界を好奇の眼で眺め、与えられた人生の瞬間を生き、それを精一杯享受することに力を注ぐだろう。

少し先廻りをして、第三巻第十三章「経験について」の最後、つまり『エセー』全巻の最後にあたる部分から数行を引いてみる。それが「弁護」の結末に対してどれほど大きな隔たりを持っているか、それを読み取るものにはモンテーニュの変化の深さが理解されるに違いないからである。

［b］自分の存在を誠実に享受することを知るのは、ほとんど神のような、絶対の完成

である。〔…〕もっとも美しい生活とは、私の考えでは、普通の、〔c〕人間的で、秩序だった、〔b〕模範に適合した、しかし奇蹟も、自然に反することもない生活である。

（一一一五―一一一六ページ）

モンテーニュの転進がこの「美しい生活」を目指したものだったことは断るまでもない。そこには「奇蹟」も「自然に反すること」もあってはならない。それは普通の、人間的な生活である。そして、「自分の存在を誠実に享受すること」を目指すのがその生活の実際になることも容易に想像がつく。しかし、かれにとって自分の生活を享受するというのは、現実にはどういうことなのか。それがこの本で語りたい主題であることは前にもたびたび言ってきたが、生活が営まれる場所は、その人間が生きている世界のほかにはありえない。その世界について人間は古代から様々な観念を作り出して来た。モンテーニュはルネサンスという時代にあって、その古代からの様々な思想に影響を受けながら、それについて独自の考えを持っていた。

話の順序としてわたしは、かれがその世界についてどんな像を抱いていたのか、また人間がその世界とどんな関係を持っていると考えたか、それを次に語らなければならない。

VI　世界、この私を映す鏡

1

われわれはこの地上に生まれて、やがて老いて、死ぬ。これは人間だけでなく、生きものすべてを支配する掟として動かすことができない。動物のなかには、死に先立って姿を隠すものがいるようだが、それが死を予知した行動なのか、無意識の本能が命じた行動なのか、われわれ人間には探ることができない。しかし人間は生きながらに自分の死を意識することができるから、その不安から死について考えるのは人間の習性とも言える。モンテーニュもこの死というものに強い関心を示していて、『エセー』のなかでも重要な主題の一つはこの死である。これについては別に章を設けることにして、なぜここで死を話題にするかといえば、モンテーニュがルネサンスという時代を背景にして、われわれが住むこの世界をどう捉えていたのか、その世界のなかに人間はどんな位置を占め、それとどんな関係を持っていると考えたのか、それを知る手掛かりの一つが死をめぐるかれの思索のなかに見出せるからである。

例えば、こんな文章がある。モンテーニュはそこで、人間が避けられない死に怯えるのを慰めるために、その人間に向かって母である自然にこんなふうに語らせている。これは『エセー』のなかでも初期に書かれた「哲学をするのは死ぬことを学ぶこと」という章の一節である。

〔a〕お前たちがこの世界に入って来たように、この世界から出て行くがいい。お前たちが死から生へと、苦しみも恐怖もなく渡ってきた同じ通路を、生から死へもう一度渡るがいい。お前たちの死は宇宙の秩序の一片であり、世界の生命の一片なのだ。

〔b〕死すべき人間たちは互いに次々と命を渡して行く、
走者が松明《たいまつ》を手渡して行くように。〔ルクレティウス〕

〔a〕私がお前たちのために、この美しい事物の組織を変えるようなことがあるだろうか。死はお前たちの創造の条件であり、お前たちの一部なのだ。お前たちは自分自身を避けようとしている。いまお前たちが喜んで手にしているそのお前たちの存在は死と生にひとしく属しているのだ。お前たちの誕生の第一日はお前たちを生へ導くと同時に、死へ導くものなのだ。（九二―九三ページ）

なかに挿入された二行の詩句はルクレティウスの『事物の本性について』（第二巻七六、七九行）からの引用である。この引用からも判ることだが、これはきわめて異教的な死生観である。ここに引いたのは、この二行を除いて、一五八〇年版の『エセー』からの引用であるが、同じ趣旨のものは一五八八年の『エセー』にも見出すことができる。例えば、『エセー』の最後から二番目の第三巻第十二章「人相について」のなかに次のような一節がある。

［b］死は、生命に劣らず、われわれの存在の本質的な部分である。どうして自然がわれわれに死の嫌悪や恐怖を生み出したりしただろうか。なぜなら死は、自然の営みの継続と変遷を養うために、非常に有益な地位を自然のなかに占めていて、この宇宙のなかで、消滅や破滅より誕生と増殖にいっそう役立っているからだ。（一〇五五ページ）

従って、こうした死の受け止め方がモンテーニュの基本的な死生観だったと一応は考えていい。しかしヨーロッパでは、古代ローマがキリスト教を国教に定めて以来、キリスト教が浸透するにつれて、人々が時間について抱いた意識は、時間が、地上での生の終わりである最後の審判にむかって直線的に過ぎて行く意識であった。これは人間の生活が、その目的とも終末とも取れるものを目指して流れる時間のなかでの生活であって、そうした時間の意識がキリスト教徒だった当時の人間の生活感情を支配していた。十六世紀のフランスも、むろんその例外ではない。

ところが、モンテーニュの死生観は、そうした直線的な時間の意識のなかにはない。それは万物の生と死が永遠に循環すると見る思想である。人間は「美しい事物の組織」に組み込まれ、宇宙の生きた織物の織り目の一つになって、ほかのすべての糸と織り合わされている。一人の人間の生命は、一瞬ごとに無数の細胞の消滅と誕生によって維持されているが、それに似た交代が宇宙のなかでも行われている。人間という一個の細胞の死は、ほかのあらゆる生きものの死とともに、世界の生命の維持にとって必然であり、不可欠なのだ。人間の生死を宇宙との有機的な繋がりのなかに包み込んで、死の恐怖から人間を救い出そうというのが、異教的な死生観にたくしたモンテーニュの意図だったのである。

そのルネサンスで興味深いのは、キリスト教の死生観が、それを教会で司祭が説くのを聞いたり、天国と地獄の絵で見たりする民衆のこころを捉えていた一方で、モンテーニュのようなユマニストの場合には、そこに古代ギリシア・ローマの異教の死生観が入り込み、むしろそれがキリスト教の教えよりもかれの思想を強く支えていたことである。そういう人間の一人に詩人のロンサールがいて、かれは初版の『エセー』の刊行より二十五年早い一五五五年に、「死の讃歌」のなかで死を称えて、こう書いていた。

お前の力は（ああ死よ）なんと偉大で、驚くべきものか！
この世界にはお前ゆえに永遠だと思っているものは一つもない、
波が小川の川下で、あとにつづく別の波の

迫って来る流れから逃れるように、
そのように時は流れて、現在は、きびすを接して迫って来る
うるさい未来に場所を譲る。
かつてあったものは作り直され、すべては水のように流れて、
空の下に新しいものは何一つ見当たらない、
形が別の新たな形に変わるのであって、
この変化は、この世では「生きる」と呼ばれ、
形が別の形になって過ぎ去るとき、それは「死ぬ」と呼ばれる。
　こうして、物質はあとに残るから、
「自然」は「愛の女神」と力を合わせ、長い多様な変化によって、
お前が食らうすべてのものを甦らせることができるのだ。（三一九―三三二行）

これは余談になるけれど、流れる水には、昔も今も時間の推移や世界の変化を連想させるものがあるらしく、この一節を訳しながら、流れる水に想いを託した先人たちの詩文が思い出された。「すべては水のように流れて」と歌ったロンサールの思想の背後には、古代ギリシアのヘラクレイトスがいた。かれは、川の水は流れて止まないから、われわれは二度と同じ水が流れる川に入ることはできないといって、万物流転の思想を説いた。

　また、『論語』には、

子、川のほとりに在りて曰わく、逝《ゆ》く者はかくの如きか、昼夜を舎《す》てず

という有名な言葉がある。吉川幸次郎は「人間の生命も、歴史も、この川のように、過ぎ去り、うつろってゆく。以上のように悲観の言葉として解するのが、一つの説である」としたうえで、宋の儒学の立場では、これを人間が時代の推移とともに行う「不断の努力、不断の進歩」と読む説をあげている。解釈が悲観と楽観に分かれているとはいっても、流水が人の世の変遷と結ばれている点では同じである。ただ孔子が川のほとりに立って想うのはわが身の運命であり、人間の社会の変化であって、ロンサールのように宇宙の原理や実相をそこに観想しないところに、現実主義者らしいかれの面目がうかがえる。

しかし中国では、流れる水、結ぼれる水、解ける水といった、水の絶えることがない変容に、人間を含めた天地自然の縮図を眺めた詩人や哲学者が輩出していたというのが、むしろ実際だったようである。入矢義高の「生と死——水と氷の喩えをめぐって」（『求道と悦楽——中国の禅と詩』岩波現代文庫、二〇一二年所収）は、この主題を論じた興味つきない美しい文章であるが、その冒頭に寒山子の詩が引かれている。

生と死の譬えを識らんと欲せば
しばらく氷と水をもって比《たと》えん

水結ぼるれば即ち氷となり
氷消《と》くれば返って水と成る
已に死すれば必ずまさに生まるべく
出で生まるればはたまた死す
氷と水とは相そこなわず
生と死と還《ま》た双《ふた》つながら美《よ》し

ロンサールも、寒山も、一方は流れる水を、他方は水と氷を比喩に使っていて、それぞれの映像に違いはあるけれど、生と死を一つに見る同じ思想を水の比喩に託したところが面白い。寒山の水は、水から氷へ、氷から水へと循環するのに対して、ロンサールの水は流れ去って、ふたたび帰らないかに見える。しかしかれは水の循環に関する古代人の考えにならって、水は海に流れ出たあとで、雨になって大地に染み込み、ふたたび泉になって地上に湧き出すと考えていたから、かれの水もまた還流していたのである。それも美しく還流していたと見たい。寒山がいう「生死還双美」はエピキュリアンだったロンサールが歌うべき主題でもあったからである。

この二人に対して対照的なのは、「ゆく河の流れは絶えずして、しかももとの水にあらず」と『方丈記』を書き起こしている鴨長明であって、かれは流れて帰らない水の流れに世の無常を感じていた。そして、水はこの一段の後半で「朝顔の露」に変わって、命のはかなさの比喩になる。「知らず、生れ死ぬる人、いづかたより来たりて、いづかたへか去る。又知らず、仮の宿り、誰が為にか心を悩まし、何によりてか目を喜ばしむる。その主とすみかと、無常を争ふさま、いはば朝顔の露に異ならず」。水は人の生命と生活に欠かせない、もつとも親しい存在であるだけに、それが取るさまざまな姿が、時代や人の境遇につれて、その意味合いを多様に変えるのは当然のことかも知れない。

ところで、ロンサールが「死の讃歌」で語ったかれの思想の背景には、ヘラクレイトスのほかに、もう一人の哲学者アリストテレスの自然観があったことがうかがえる。ロンサールの詩に出て来た「物質」はおそらくアリストテレスがいう可能態であり、「形」は現実態であろう。ロンサールは『総合作品集』（一五八四年刊）の「エレジー」二十四番のなかで、もっと端的にこう歌っている。

ああ神々よ、こんなふうに語る哲学はなんと真実であることか、
万物は、ついには滅びるだろう、
そして形を変えて、別の形を纏うだろうと。〔…〕
物質は止まり、形は失われる。

物質は不壊のものとして永続し、形状だけが変化する。あらゆる存在は存在の相を変えながら、たがいに入れ替わり、組み替わって、宇宙のかぎりない生成に参加するのである。こ

の時代のこうした世界観を、ジョルジュ・プーレ（一九〇二―九一年）はつぎのように要約している。「世界はもはや一個の果てしない組織体であり、相互の交換と影響の巨大な組織網にほかならなかった。そして、この組織体に生命を吹き込んで、その円環的な発展のなかで、これを内側から導くものは、どこにあっても同一で、たえず多様化する一つの力であって、いわば一様に『神』とも、『自然』とも、『世界の魂』とも、『愛』とも呼ばれた力であった」（『人間的時間の研究』）。

また、ロンサールは「死の讃歌」のなかで、古代ギリシアの唯物的な死生観に立って、死を再生の根源的な力として称えたあとで、いかにも十六世紀のユマニストにふさわしく、プラトンの霊魂不滅がキリスト教的な永生と混ざり合った魂の不死を歌うことを忘れなかった。

> しかしわれわれの不滅の魂はつねにただ一つの場所にいる、
> 変化を免れて、「神」の御許に坐っている、
> これほど長くこの肉体のなかで憧れて来た
> 上天の都に住む永遠の民になって。（三三三―三三六行）

キリスト教にプラトニスムを融合させた、いわゆる新プラトン主義は、プロティノスを経て、十五世紀にフィレンツェの土地で、フィチーノとその弟子ピーコ・デッラ・ミランドラ

の手によって再興され、ミケランジェロをはじめとするイタリア・ルネサンスの芸術家たちの世界観に深い影響を及ぼした。他方、フランスを見ると、新プラトン主義を吸収して、それを自分の作品に浸透させた人間の一人がロンサールだったことは、いまの引用が示すとおりである。

このロンサールの傍らに九歳年下のモンテーニュを並べてみるとき、かれの思想の特質がはっきり浮かんで来る。神秘思想としてのプラトニスムも、キリスト教と同じく、かれの思想の本質的な部分を形成したとは思われない。前にも言ったように、かれは幼いときに父の命令で、フランス語を覚えるより先にラテン語を覚えて、それをほとんど母語にしたが、そのかれが第一に身に付けたのは、ラテン語の本で知った古代ローマ人の教養と倫理観だったのであろう。他方、ギリシアに眼を向けると、中年になって、かれがアミヨのフランス語訳でプルタルコスの『倫理論集』（一五七二年刊）をとりわけ愛読し、そのモラリストとしての人間観察に強くこころを惹かれたことをわれわれは『エセー』を通して知っている。そのあたりの詳しい事情は、ピエール・ヴィレーが行った分析（Pierre Villey, *Les sources et l'évolution des Essais de Montaigne*, tome I, New York: Burt Franklin, 1968, p. 198sq.）やプルタルコスの翻訳者である柳沼重剛の考証によって知ることができる（『似て非なる友について 他三篇』岩波文庫、一九八八年、「解説」）。またギリシアの哲学者のなかで、かれがもっとも心酔したのがソクラテスだったことは『エセー』自体が熱をいれて語っている。

しかし、その師のなかの師とまで仰いだソクラテスが、ときおり神懸かった様子を見せることについて、「[c] かれの生涯のなかで、恍惚状態や神霊ダイモンに取り憑かれたということくらい、私に呑み込みがたいものはない」（一一一五ページ）と、遠慮なく言い切っている。神秘的であることは、迷信とともに、かれの理性がもっとも承服できないことだったのである。

2

そういうモンテーニュであれば、神秘宗教のような思想をけっして受け入れようとしなかったことは言うまでもない。民衆はまだ迷信を信じていたし、時代は魔女と呼ばれる女もいた時代であって、捕らえられた魔女に、かれが好奇心からわざわざ会いに行った話も『エセー』のなかに出て来る。しかしかれは、したたかな現実主義者として、また享受者として、あるいはかれの独特な用語でいえば、「自然主義者」（一〇五六ページ）として、その眼を彼岸の世界へでなく、かれが生きている現世と、その現世における人間の精神と肉体に注いでいた。こうした現実的な態度が当たり前のことになって、一般に受け入れられるようになるのはフランスでは十八世紀のことで、その中心にいたのがヴォルテールと百科全書派の哲学者たちだった。それを思うだけでもモンテーニュの存在がどれだけ独自だったかが判る。『エセー』にこういう言葉がある。

［a］精神の力と働きが考慮されなければならないのは、現世での、われわれのもとであって、ほかの所であってはならない。精神が見せるそれ以外の完全さなどは、どれも精神にとっては空しく、無用なものである。魂の永遠不滅は現在の状態によってこそ報いられ、認められるのでなければならない。そして精神が責任を持つのはただ人間の生に対してだけなのである。（五四九ページ）

すでに引用したいくつかの文章から見て、モンテーニュが、ルクレティウスのような思想家に影響を受けたルネサンス期の死生観を、ほかの作家たちと共有していたことは事実と見ていいだろう。しかし、そのあたりをもう少し精細に見ると、その点でのかれの思想は微妙かつ独自であって、一口に異教的な死生観とか世界観ということで片付けることはできない。そうするにはかれの見方はあまりに現実的なのである。たとえば、宇宙の広大な尺度から見た人間の一生について語ったものに、つぎのような一節がある。

［b］どうしてわれわれは、永遠の夜の果てしない流れのなかの一閃光に過ぎない、こんな一瞬のようなもの〔人間の一生を指す〕から、存在という資格を摑むことができるだろうか。その一瞬というのはわれわれの永続的で、自然な状態のじつに短い中断に過ぎないのだ。［c］死がこの瞬間の前と後のすべてを占めている。この瞬間の大部分をさえ占めている。（五二六ページ）

「永続的で、自然な状態」というのは「永遠の夜の果てしない流れ」と同じことで、宇宙全体の動きを指していて、人間の一生はそれをほんの一瞬さえぎる閃光に過ぎないとモンテーニュは考えた。こうした考えのなかに、またとりわけ加筆された［C］の個所のなかに、魂の不滅を期待するような気持ちを認めることはできない。人間の一生などは宇宙の暗黒にきらめく一瞬に過ぎないのであれば、その人間が「美しい事物の組織」や「相互の交換と影響の巨大な組織網」のなかに確かな位置を占めることができると、仮にもかれは考えただろうか。なるほど頭では、どんなに微小な生物も宇宙を構成する一片だとは言えるだろう。しかし、今のわれわれにしても、それを現代の科学の進歩が証明したとして、われわれの五感がそれを現実のこととして認めることができるだろうか。われわれ人間は生きものの宿命として、われわれが遠い昔に発生したときの地球上での諸条件に縛られた存在なのであり、感覚も、思考も、想像力も、いわばニュートンの力学が有効な地上の尺度で作られている。現代の人間の知能は宇宙空間の新しい力学を解明し、あるいは反対に極微の世界の構造を分析しつつあるが、それがまったく新しい世界像を提供したとしても、人間の精神と肉体がこの地上の尺度を超えて、それに応答することは許されていない。はじめて宇宙飛行士が宇宙の空間に放たれたとき、この世のものでない光景に驚嘆するとともに、ときには錯乱に近い感情に襲われたのはなぜか。地上に帰還したかれの精神に、ときに神が宿るのはなぜなのか。人間は、パスカルがいう無限大と無限小のあいだにいる中間者であることを免れることはできない。中間者であるから、人間に禁じられている無限の先端に触れて、精神に異常を来したのではないのか。あるいは精神が理性の限界を超えたところに連れ出されたために、そこに本能的に神を感じて、神に身を委ねようとしたのではないのか。

たしかにモンテーニュは、人間は宇宙の「美しい組織」のなかの小片であるといって、これを正面切って否定はしなかった。しかし、少なくともそうした見方にかれの関心が薄れていることを、わたしは引用した一節を訳しながら感じるのである。中間者であるしかないかれの脚は地上の土を踏み締めていて、そこから離れようとしない。そして、最下位の動物から最上位の神に至る「存在の大いなる連鎖」（アーサー・ラヴジョイ）や、宇宙と人間の相互連関という美しい観念より、宇宙の暗黒の深さ、その果てしなさに対して、地上を這う人間の存在がどれほど小さなものであるか、そうした現実の確認の方へかれの思索が引き付けられて行くのを、わたしはこの一節の行間に読むのである。

また、晩年に書かれた次のような短い指摘があるが、そこには人間の生死について、少しの迷いも感じられない。

［c］われわれの誕生が、われわれにあらゆる事物の誕生をもたらしたように、われわれの死もまた、あらゆる事物の死をもたらすだろう。（九二ページ）

世界はわれわれにとって、われわれ一人一人の誕生とともに存在し始め、その死とともにわれわれの意識と感覚から消える。そうであるしかないのであるが、そう言われて見て、はじめてわれわれはその事実に気付かされる。

一つ前に引いた引用のなかで、モンテーニュが人間の存在を宇宙のなかの一閃光と見て、その前後を無明の闇が満たしていると言ったのは、宇宙の尺度から捉えた人間の一生であった。かれの想像的な感性はまず人間をそう捉えた。

しかし、今ここに引いた二行は、今度は人間の立場から人間と世界の関係を捉えていて、それだけにこの現実の直視は人間の生死の実体を生々しく喚起する。モンテーニュは、人間性を謳歌したルネサンス盛時の若々しい思想、たとえば前に引いたピーコ・デッラ・ミランドラはもとより、ロンサールからも遠く離れた地点に立っている。かれは人間を等身大に引き戻す。われわれがそこに見出すのは、ルクレティウスが『事物の本性について』の根底に置いていた唯物的な現実認識に近い人間の認識だと見ていいだろう。［c］という符号が示すように、この二行は、人間を「美しい組織」のなかに組み入れ、その死を「世界の生命の一片」であるとしたあの文章の前に、かれが最晩年になって加筆したものである。二つの文のあいだには、人間に対する認識の深まりが、なにか深淵のように口をあけている。『エセー』という本は、ときにはよほどゆっくりと読まなければ、こうした深淵を知らずに渡ってしまって、一見平坦に見える文章のあいだに隠された、途方もない思想の落差を読み落とすことがある。いまのがその一例である。われわれが死ねば、いっさいの事物もまた死ぬ。この醒めた認識のまえでは、存在の連鎖も、魂の永生も、肉体の復活も、議論の余地を失うのである。

しかし、この二行についてはまだ言うべきことが残っている。わたしはそこからいっそう厳粛な光景を想像せずにいられない。それはこの文が表立っては言っていないこと、いわば語られたことが指し示す彼方にある。世界のいっさいの事物は、われわれの死とともに死ぬとモンテーニュは言った。だが、そう言えるのは死んで行く人間にとってであって、あとに残る事物や他の人間にとってではない。われわれが眼を閉じたその瞬間に、すべての存在が消える。しかしわれわれの死後にも、世界は存続しているだろう。わたしはここで、プルーストが人間の死を語った一節を思い出す。かれはこう言っている。

一人の人間を呑み込んだあとで、その人間が排除された現実はふたたび平らになって、かれを呑み込んだ場所に、渦一つ立てずに広がって行く。そこにはもうかれのどんな意志も、どんな認識も存在しないのであって、そうした現実から、かつてその人間が生きていたという考えに遡ることはむずかしい。（『逃げ去る女』）

モンテーニュの文がわたしに思い描かせる光景はこうした非情の風景なのである。この二つの文は、まるでプルーストがモンテーニュの文を引き継いで、そこに含まれていた思想を展開させたかのように、わたしの頭のなかで呼応し合って、完結した一つの思想を表現する。すべての事物は、死んだ人間とはもう何の関わりも持たない。一人の人間が死んでも、世界はなに一つ変化することがなく、宇宙の闇は果てしなく広がっている。おそらく遠い未来にすべての人間が死に絶えたあとでも、海は朝に夕に潮の干満をくりかえし、かつて町があった地上では、一日が夜明けと夕暮れを重ねるだろう。モンテーニュの文は、かれの眼がそうした光景にまで届いていたかも知れないことを、わたしに想像させるのである。

繰り返していえば、死をこのように摑んだ人間に、魂の不滅、肉体の復活、万物の流転といった哲学や宗教の慰めが入り込む余地があったとは思えない。人間の生死とは没交渉に、世界は生成し、存続している。これが現実であって、ただそう考えないのがわれわれ人間の性《さが》であることをモンテーニュは見抜いている。ときにはそういう人間たちの眼に、「[a]万物はわれわれの消滅を少しばかり苦にして、われわれの状態に同情を寄せているように思われる」（六〇五ページ）ということがあるかも知れない。しかしそう思うのは自分を過大に評価した人間の思い上がりであって、その傲慢をかれは繰り返し取り上げる。

たとえば、カエサルの死に際して、太陽が一年にわたって、「その輝く額を喪の黒い布で覆った」（ウェルギリウス）と信じる民衆の思い込みを、かれは「妄想」の一語で一蹴する。そして、プリニウスの『博物誌』の一節を引いて、人間の迷いを覚ます。

[b]これに似た妄想は無数にあって、世間のものはやすやすとそれに騙されて、われわれの損失が天を変えると思い込み、[c]無限の天がわれわれの取るに足りない差異に激しくこころを寄せていると思っている。《われわれの死に際して、星々の輝きが消え

るほど、天空とわれわれの結びつきは大きくないのである》〔プリニウス〕。（六〇六ページ）

符号から判るように、この一節は一五八八年のテクストとそれ以降の晩年に加筆されたものから成っている。人間が宇宙と親しい関係を結んでいると思うのがわれわれの妄想であることを、モンテーニュは地上に生きる人間としてますます確信して行くのが見て取れる。

3

こうしてかれの現実の認識は、人間をあるがままの姿に描き出す。するとそこに、人間と世界の関係についてまったく新しい光景が現れて来る。それは人間が世界のなかに孤立する光景である。『エセー』はこの時代の本には珍しく、パスカルに先立って世界における人間の実存的な孤独をわれわれに予感させるのである。これは人間がもつ自我意識の変化のなかで一つの重要な段階を告げるものであって、わたしには、近代の人間がやがて直面する人間の孤独の意識がモンテーニュのなかに予感されるように思われてならない。ジョルジュ・プーレは、人間が自分の存在について持つ意識が、十六世紀から十七世紀にかけて変化するありさまを指摘して、こう書いている。

十七世紀は、個の存在が自分の孤独を発見する時代である。被造物のあらゆる形態が永続的な関係という体系のなかに配置されていた、世界の中世的な構築はもう存在しない。あらゆる個々の活動は、宇宙の生成のなかで、自発的に、互いに関連し合っているといった感情は、ルネサンスの末期とともに消えたのである。(前掲書、XIVページ)

この感情の喪失を、いち早く十六世紀の末に経験したのがモンテーニュではなかったのかという思いがする。それまでは宇宙的な相互関連の意識が、人間の存在を世界の秩序のなかに支えていた。しかしその意識が消えたとき、あとに出て来るのは孤立の意識である。なるほどかれは、近代人のようにその意識をじかに思索の対象にはしていない。しかし、わたしが『エセー』を読んでいて感じるもっとも内密な、もっとも微妙なものは、この意識の予兆なのである。

人間が自分を世界のなかに孤立している存在だと自覚することは、自分が世界と対立していることを鮮明に意識させる。そして、孤独な自我は、自分が包まれていた自然の胎内を抜け出して、その自然と対面し、それを思考の対象に据えるだろう。そうした対象化から人間の思考によって自然の謎を解明し、その支配と所有が始まるのは、もう時間の問題である。つまり近代の夜明けは目の前に迫っている。

しかし、自然を支配し、所有しようとする意識はモンテーニュのなかに芽生えていない。それどころか、かれの意識は自我と外界のあいだにあって、なにか不安定な状況に置かれている。意識はそのどちらにも完全には与《くみ》することができない。物の世界に溶け込んで、それに完全に与するのは、リルケがいったように、意識という邪魔なものを棄てないかぎり人間に許されることではない。人間に残るのは自我に与して世界に対面し、それを知的な認識によって解き明かす道であるが、そのためには意識がデカルト的な悟性の高さにまで純化されることが要求される。そうなると、モンテーニュの意識は、人間の意識がデカルト以前にあって、自我と世界のいずれにも与し得ない不安定な状況に立たされたものだったことが見えて来る。モーリス・メルロ゠ポンティ（一九〇八—六一年）はその点に注目した。そして、こんなふうに書いている。

かれは意識をもった存在の矛盾を経験して飽きることがなかった。われわれは絶えず、恋愛や政治生活、あるいは知覚という沈黙した生のなかで、なにかに密着して、それを自分のものにする。しかし、そうしておいて、われわれはそこから身を引き離して、それと距離を置く。そうしなければ、われわれは対象についてなに一つ知ることがないだろう。デカルトはやがてこの矛盾を克服して、意識を精神にまで持って行くだろう。〔…〕モンテーニュの意識は一挙に精神にはならない。自由であると同時に拘束されている。そして、ある一度の曖昧な行為のなかで、意識は外部の事物にむかって開かれるが、また同時に自分がそれらと無縁でいることも感じている。かれは、やがてデカルト的な悟性になるはずのあの安らぎの場所、あの自己掌握というものを知らない。世界はかれにとって、かれが世界についての観念を自己のものとして持っている事物の体系ではなく、自我は自我で、かれにとって知的な意識の純粋さではない。かれから見れば――これはのちのパスカルの場合と同じであるが――われわれ人間は、われわれにはそれを開く鍵がない世界に係わっていて、われわれは自分自身のなかにも、事物のなかにも等しく止まることができずに、事物から自分へ、自分から事物へと投げ返されているのである。(『シーニュ』ガリマール社、一九六〇年、二五一ページ)

しかしまた、それが不安定な状況であったために、モンテーニュは、世界のなかで疎外される感情、リルケがいう近代人に特有の悲哀の感情を持たなかった。それはロンサールも同じことで、そのロンサールとともに、かれはなかば事物の世界に棲んでいて、世界と自分の対立という余計な問題に悩まされずに、親しく外界と交渉しながら生きることができた、おそらく最後の人間だったであろう。ただし、孤立した人間の意識が外界との交渉を言葉という観念で記すとき、モンテーニュの意識がどうであろうと、言葉でもあり理性でもあるロゴスが世界を探究し、哲学と科学がその世界を開く鍵を握る方向に向かって活動を始めるのも事実である。しかし問題はまだデカルトではなく、十六世紀のモンテーニュである。

そのかれの孤立というのがどんな性格のものだったかといえば、それはまず、世界のなかに孤立する空間的な孤独を意味していた。そして次に、かれがキリスト教の終末論的な時間を生きなかったのと同じく、古代ギリシアの循環する時間も結局のところかれのものでなかった以上、それは過去と未来から切り離された、時間のなかの孤独でもあった。つまり、ことといまとが、かれに残された、というよりかれが自分から選び取った生きる領分になる。それは空間的、時間的にきわめて限られた領分、すなわち、かれの私である。およそ半世紀後に、デカルトとパスカルは、思考というただ一つ人間的な手段をもって、この同じ孤独な自我のなかで、神と人間と世界について考え抜き、それぞれ独自に哲学と宗教の分野にめざましい里程を記すだろう。デカルトは自我の意識をコギトに純化し、その力で神の存在を証明し、世界の認識と諸科学の基礎固めに向かうだろう。パスカルは思考する人間の偉大と神のいない人間の悲惨を見極めたあとで、人間の救済を、信仰を通して神の手に委ねるだろう。

それに対して、モンテーニュは精神と肉体を駆使して、ひたすら一個の私を思索の対象にし、その私を生きる。生きるということがそのもっとも充実した形で試みられるだろう。

[c] 私の仕事と私の技術、それは生きることだ。（三七九ページ）

ここといまとからなる自我の現在のなかで、モンテーニュはかれがいう「もっとも美しい生活」を築くことに向かうだろう。その生活は、まえに引いた言葉を踏まえていえば、「自分の存在を誠実に享受する」ことにあると言っていい。そして、この存在を享受する試みのなかでは、もはや宇宙も、超越的な彼岸も係わって来ない。それらの極大の世界に比べれば、微小としか言えない場所、私という小さな世界があるだけである。

そうなれば理屈の上では、外部の世界が、かれが生きる私的な場所から遠ざけられるのは避けられない。かれはこう書いていなかったか。「〔c〕ここ数年来、私は私だけを思索の対象にし、私だけを検査し、研究している」（一〇七二ページ）と。また「〔b〕私はほかの主題より私をいっそう研究する。これが私の形而上学であり、自然学である」（一〇七二ページ）と。たしかに、これらの文は一五八八年以降のものである。そして、初期の『エセー』は必ずしもこうした明確な意図のもとに綴られてはいなかった。しかし、読者への序文（一五八〇年三月）では、「私が描くのは私である。〔…〕読者よ、私自身が私の本の材料なのだ」（三ページ）と明言されている以上、たとえこの着想が『エセー』を執筆する過程で得られたものであったとしても、その後にモンテーニュが払った努力は、「私を研究する」という この着想の実現に注がれたと見なければならない。いうまでもないが、このおのれを知るという研究は単なる机上の仕事ではなくて、かれ自身がよく生きるために不可欠の、生活と一体になった仕事なのである。こうして、私でない他の対象がすべて主題として排除されることになれば、私以外の外部の世界が『エセー』から締め出されることになるのは避けがたいはずである。

ところが、われわれは『エセー』をあるがままに読むかぎり、そうした窮屈な印象を受けないのである。自分だけを研究の対象に据えたという一五八八年以降の文章の場合でも、そうである。いったい、この矛盾した事態はどうして起きたのだろうか。実は、この矛盾のなかに、私を描くという着想を実現する方法の謎が隠されていたのではあるまいか。またそこに『エセー』という私的な本が驚くほどの豊かさを誇っている秘密もあるのではないだろうか。

この方法の謎について考えていたとき、同じように豊かなロンサールの詩の世界が、モンテーニュのそれとは根本的に異なる自我の意識の上に成り立っていることに気が付いた。

これはロンサールの詩を読んで感じることであるが、かれの自我の意識は、かれ以外の存在や外界のなかに散乱していて、はっきりと限られた自我の領域を持っていない。かれの自我は、自我の外にあるものと明確な境界をもたず、その透明な意識のなかに外部のすべてが遍在しているような印象を受ける。中世の大聖堂を飾る彫像やステンドグラスのような芸術作品が職人の自我意識のそとで制作されたように、ロンサールの詩に、論説詩や最晩年の十四行詩数篇を除いて、明らかにかれ個人のものといえる存在や感情を見出すことはむずかしい。われわれがそこで確かにかれ自身のものとわかる個性に出会うとすれば、それは詩的天分による韻律、あの音楽的な豊かさである。また恋愛詩においてさえ、かれの抒情は普遍の抒情である。例えば、カッサンドルへの恋愛詩に、絶唱といっていい次のような十四行詩がある。

ここは森、私の清らかな天使が
春、その歌声で命を吹き入れるところ。

これは花、あの人がひとり想いに耽って、
気晴らしに足で踏んで行くところ。

さあ、ここはうす緑の牧場、
花盗人のあの人が一足一足
若草の美しい七宝を探すとき、
触れるその手から牧場は命を甦らせる。

ここで歌い、むこうで泣いて、ここで微笑む
あの人を私は見た、とその場で私は魅せられた、
私の命を奪うあの人の美しい眼に。

ここに坐り、むこうで踊るあの人を私は見た。
さまよう想いの機織りの上で
愛の女神は私の命の糸を織る。

春の野原も、恋人の姿も、無垢なまま、かれの詩的想像のなかへ直接に入って来る。目の前に広がる春の景色に、失った恋人のまぼろしを見て心が乱れる詩人の想いにしても、それ

がロンサールのものでなければならないという感じがしない。それに比べれば、近代のボードレールやヴェルレーヌの恋愛詩では、確かにそこにほかの誰でもない一人の詩人がいて、その人間に固有の感情が伝わって来る。

　またロンサールの世界には、草木が茂り、動物が棲み、恋人が花を摘む自然がある一方で、天界までがその詩の世界に属していて、神々をはじめ、天使も、妖精も、ダイモンも、それぞれ住むべき場所を与えられていた。天と地が文字どおり、かれの感覚と想像力を介して、詩の舞台をなし、また天と地そのものが詩の主役になって、万物と万象が詩のなかに生動する。一例として、「夏の頌歌」というロンサールの数多い傑作のなかでも、ひときわ見事な詩の冒頭二節を引いてみる。

早くも大きな灼熱が動く、
そして水が涸れた川は
鱗が落ちた魚を蔽うことができない。
早くも平野は天の巨大な松明《たいまつ》で
変質し、渇きで裂けて、
干割れるのが見える。

輝く天狼星は

燃え盛り、焼けつき、煮えたぎって、焦げて、
天の高みからわれわれに火を投げ付ける、
そして太陽は蟹座の腕を
廻って、猛暑に焼かれた
炎熱の日々を連れ戻す。

これは一例にすぎない。しかし、かれの頌歌集や讃歌集を読めば、ロンサールが、天界と自然界と人間界が時空を共有して生きているルネサンス的な宇宙を描くことで、壮大な相互関連の世界を詩のなかに出現させることに成功しているのが感じられる。それが可能だったのは、かれの自我がその限られた個人の枠を持たないか、あるいは極端にいって不在であるためであって、こうした自我のありさまは、近代人の個人主義の立場からはほとんど想像を超えるものがある。

モンテーニュでさえも、そのロンサールを読んで、そこに自分との意識の隔たりを感じていなかっただろうか。かれはロンサールをジョアシャン・デュ・ベレーとともに高く評価していて、これは前にも言ったことだが、その詩の達成を「古代の完璧さからそれほど遠いとは思われない」（六六一ページ）とまで言って、称えていた。しかしまたその非人称的な、豊饒な詩の世界に憧れることもなかった。かれの『エセー』はロンサールの詩とは別の豊かさを持っている。そしてそれは、いまも触れたように、対象にたいする自我の意識の相違に

かかわっていたと見ていい。かれの方法の謎とは何だろうか。「私を描く、それも私だけを描く」という意図を実現するなかで、外部の世界はどのように私の世界に関係して来るのだろうか。

4

モンテーニュが自分だけを描くというときに思い出される言葉がある。かれが自戒の言葉にした「汝自身を知れ」というあの有名な格言である。伝承によると、これはアポロンを祭るデルポイの神殿に刻まれた神託の一つである。かれは『エセー』のなかで、少なくとも三度この神託について語っているが、その語り方は、かれの生活の根本を語るかのように、断定的である。たとえば、第三巻第十三章「経験について」のなかで、かれはこう書いている。

［b］銘々におのれを知れと告げる忠告は、重大な効果を持っているにちがいない。なぜならこの学問と光の神はこの忠告を、われわれに忠告すべきいっさいを含むものとして、神殿の正面に刻ませたからである。［c］プラトンもまた、叡智はこの命令の実行にほかならないと言い、ソクラテスはクセノポンのなかでそのことを証明している。（一〇七五ページ）

モンテーニュはこの神託について、神がわれわれに忠告すべきすべてを含むもの、つまりもっとも重視すべき神託として下されたと言っている。それは、かれがここに人間にとって究極の叡智の源を見ていたからである。晩年になって、第一巻第三章に加筆された文章には、こう書かれている。

［c］汝のなすべきことをなせ、そして汝自身を知れ、というこの偉大な掟は、しばしばプラトンのなかに援用されている。この掟の二つの項はどちらも広くわれわれの義務のすべてを含み、それぞれが他の項を同じように含んでいる。自分のことをなさなければならない者は、まず自分が何者であって、何が自分に固有のものであるかを知ることが第一の務めであることを知るだろう。（一五ページ）

これはほとんど同工異曲の文であり、どれほどモンテーニュがこの神託を重く見ていたかを示しているが、この忠告で注意していいのは、それが、まず前提として、知ることの対象を二分していることである。対象は汝と汝でない外部とに分割される。そして掟が命じているのは、もっぱら前者についての認識である。ところが、モンテーニュが見るかぎり、この自分についての認識を徹底して行った人間は、昔からきわめて僅かなのが現実であり、反対に外界や他人の方に眼を向けるのが人間一般の避けがたい性癖なのである。それは、モラリストとしてのかれが見た人間の動かしがたい事実であって、やがてそれはパスカルの鋭利な人間観察のなかに引き継がれて、『パンセ』のなかで人間の空しさを描く一連の断章を生む契機になるだろう。

なぜ人間は自分から眼をそむけるのか。モンテーニュは「汝自身を知れ」という掟を自分に課すにあたって、まずその原因を、自分を見詰めることで突き止めようとする。

〔b〕運命は私に風も同然の、名誉だけの、名目だけの、実質がない恩恵をいくらか与えてくれた。じつをいえば、私に授けたのではなくて、差し出したまでである。神さまはご存じだが、この私というのはまったく物質的な人間で、実体にしか、それも十分中身が詰まっている実体にしか満足しないのだ。そしてあえて白状すれば、吝嗇をほとんど野心と同じく許すべきもの、苦痛を恥辱と同じく避けるべきもの、健康を学問と同じく好ましいもの、富を高貴な身分と同じく好ましいものと思いかねない人間なのだ。〔…〕もしもほかの者たちが、私と同様に、注意深く自分を見詰めれば、自分が空しさと愚かしさに満たされていることに気が付くだろう。（九九九―一〇〇〇ページ）

これが自分の姿であれば、誰がそんな空しさと愚かしさの憂鬱な光景を好んで眺めたりするだろうか。自分から外へ眼を転じるのは、精神の衛生のためにも自然な振る舞いだというのがモンテーニュの考察の第一段である。これではまるで「汝自身を知れ」という掟に背きかねない方向へわれわれを導くことになるかも知れない。事実、この一節はその方向へ進むのである。

［b］われわれが自分とは別のところを見詰めるというこの一般的な考えと習慣は大いにわれわれの役に立った。人間は不満でいっぱいのものである。われわれはそこに悲惨と空しさしか見ない。そのわれわれを失望させないために、自然はじつに賢明に、われわれの見るという働きを外へ向けてくれたのだ。〔…〕誰もがこう言っている。「天空の運行を見よ、大衆を見よ、あの男の喧嘩を見よ、この男の脈を見よ、あの男の遺言を見よ。要するに、お前の上か下を、脇を、前か後を見よ」と。（一〇〇〇—一〇〇一ページ）

自分をあえて見逃すのも、ときには自然が与えてくれた妙薬であり、だからわれわれの眼は外へ向けられたまま、容易に自分へは戻らない。もしもこれと反対の行動がもう一つの知恵になるのであれば、それはモンテーニュが言うとおり、人間の性癖にさからった逆説的な知恵になることは避けられない。そしてそれがデルポイの神託が与えた教えだったのである。

［b］その昔、あのデルポイの神がわれわれに下されたのは逆説的な命令だった。自分

のなかを見詰めよ、自分を知れ、自分にかじりつけ。ほかのところで消費されるお前の精神と意志を、自分のなかに引き戻せ。お前は自分を流失させ、撒き散らす。自分を締め直し、自分に堪えよ。人はお前を裏切り、お前を浪費し、お前をお前から盗み取る。お前には判らないのか、万物が自分の眼を内側に集中させて、自分を凝視するために眼を見開いていることが。お前にとっては、内も外もつねに空しい。しかし、空しさの広がりが狭ければ、それだけ空しさも少ない。人間よ、とその神は言った。お前以外のすべてのものは第一に自分を研究する。そして自分の必要に従って、自分の仕事と欲望に限界を定める。お前は宇宙を抱え込んでいるが、そのお前ほど、空虚で、貧しいものはただの一つもないのだ。（二〇〇一ページ）

神託を下すのは神の仕事である。それを実践するのは人間の務めである。モンテーニュは神託の伝達を命じられた神官のように、自分を知ることがどれだけ重要であるかを訴える。そして、それに優るとも劣らない力を込めて、それがどれほど困難な務めであるかを語るのを忘れない。

しかし不思議なことに、これほど周到なかれがその掟をわれわれに忠告するに当たって、自分を知る方法について語らないのはどうしたことなのか。われわれはどのようにして自分を知るのだろうか。いや、モンテーニュ自身はどのようにして自分を知ったのだろうか。なぜかれはその方法を語らないのか。じつは、『エセー』全体を通して語っているのかも知れない。この本は暗黙のうちに、その方法を実践する試み essai でもあったのではないだろうか。

われわれはこの本を読んで、モンテーニュという人間の外見はもとより、性格やものの好き嫌い、行動や思想といったさまざまな面を実際に知ることができる。だが、そうしたモンテーニュの実体は、何の媒介もなしにかれの意識に映ったのではない。それはあり得ることではない。そのことをこの本は語らずして語っているのではないのか。第一それはあり得ない方法の秘密もじつはそこにあるのではないのか。これは前にも引用した言葉であるが、著者自身が語ら確かにかれはこう言っていた。

［c］私はあえて自分について語るが、それだけでなく、私についてだけ語る。（九四二ページ）

これは掛け値なしにかれの真意であろう。

しかし、早まってはならない。われわれは自分を知ろうとして、自分の内面を覗き込む。だが、内面というものは暗い空洞のようなもので、そこを覗けば、隠されていた自我が発見されるというものではない。自我は直接には見出し得ないものである。身体的な能力とい う、一見あきらかに自覚できると思われるものにしても、それがある現実を相手に発揮されないかぎり、眠ったままの能力に止まっている。森のなかで馬に乗って鹿を追うにしても、実地にそれを試してみなければ、自分にどれだけ狩の能力があるかは判らない。それが外的なものであっても、内的なものであっても、自分というものが形成され、自覚されるためには、自分でない外部との交渉が欠かせない条件なのである。汝自身の実体をなすものは、その人間の感覚、想像力、知性によって濾過されて内面に移された外界であると言ってもいい。

それゆえモンテーニュが自分について知り得たかぎりの知識を『エセー』のなかに描いたとしても、それが純粋に自分についての探求の結果に限られていたら、『エセー』はこれほど豊かな世界を築くことはできなかったはずである。いったい「私」を語ろうと企てるとき、「私」でない外界や他者を排除してその記述が可能だろうか。「私」は私のなかに住むとともに、世界のなかにも住んでいる。だから、この本に描かれているのはモンテーニュの「私」であるとともに、モンテーニュという一個の存在と接触して現れた世界であるとも言える。あるいはまた、かれの自我が世界や他者と接触して、それにどのように応答したか、その自他の交渉の記録であると言ってもいい。『エセー』がそういうものであれば、これは静止した自画像などではない。モンテーニュの「私」が、かれを取り巻くいっさいのものに応接するその一瞬一瞬に、かれの精神と肉体がそれにどう反応したかの記録でなければならない。

少し前にわたしは、モンテーニュは自我の孤立を予感させるということを言った。しかしその自我は、どれほど内省的であり得ても、決して閉ざされた自我ではあり得ない。それは外部と対立する自閉した近代の自我ではなく、可能なかぎり自分でない外部に接して、その接触を貪欲に楽しむ開かれた自我である。かれがイタリアへの旅で異国の風物を見て廻りながら、どれほどその毎日を潑剌として生きていたかは『旅日記』を読めば判る。四十七歳のかれが、好奇心にまかせて名所旧跡を歩き廻り、見落とした所があると平気で来た道を引き返すので、同行した若者たちが辟易したことがその日記に記されている。かれは自分でないものに触れて、その接触を糧にすることで、その自我を養い、育成させる。そうすることで、かれ自身の輪郭が定まって行く。メルロ＝ポンティは、モンテーニュの意識が自分から事物へ、事物から自分へと絶えず送り返されていて、まだデカルトの認識する思惟に達していないと言って、そこにかれの不安定な意識が近代以前にあったことを指摘した。しかし、その状態を不安定だと指摘するのは後世の判断であって、現にかれが置かれていたその状態が、近代人には想像も付かないほど親密に事物の世界に棲むことをかれに許したのである。これは今風にいえば世界との共生ということになるかも知れないが、そんな思想が生まれる前からあった、人間として当然の生き方だったのであり、またそれが『エセー』という本をどれだけ豊かなものにしたかを忘れてはならない。

話が少し飛ぶけれど、芸術家の自我、あるいは個性といったものが作品のなかにどのようにして現れるかを考えるとき、いまいった自我の確定ということがいっそうよく理解される。芸術家がその個性やヴィジョンを表現しようと望むとき、その個性やヴィジョンについて、かれは初めのうちはほとんど知ることがない。それがどうにか現れ始めるのは、事物から受ける感覚を、色彩や形、あるいは言葉を使って表現する行為を通してであって、確実にそれがかれの個性だと言えるものは、直接にはかれ自身を表していないその色彩や形や言葉のなかに宿る。だから、芸術家がそれを成し遂げるまでは、かれがその表現をめざして近づこうとするもっとも深い自我は、プルーストの言葉を借りていえば、芸術家にとって「われわれが空虚とも虚無とも見なしている、われわれの魂のうかがい知れない、絶望的な、あの大いなる夜」(『スワンの恋』)のなかにあるほかはないのである。芸術家で、この大いなる魂の闇を不安な思いで手探りしなかったものはいないはずなのだ。

〔c〕われわれの精神がさ迷い歩くその足取りを追って、その内面の襞の不透明な深みに分け入り、立ち騒いでいる精神のあんなにもたくさんの細かな姿を選び出して定着させることは、骨が折れる企てである。それも思ったよりずっと骨が折れる。そのくせこの企てというのは、これまでにない、並はずれた楽しみであって、われわれを世間一般の仕事から、いやもっとも褒められる仕事からも引き離すものなのだ。(三七八ページ)

この言葉は、一瞬プルーストのものかと錯覚しそうになるが、モンテーニュが晩年に書き入れたものである。ここには近代になって作家たちが表現というものに自覚的になったその前触れのようなものさえ窺える。おそらくこの告白は、かれが自分の内面にあるものを表現しようとして、それが思いのほか困難な仕事であることを知ったときの驚き、またその仕事を成し遂げたときの喜びの言葉なのだろう。そのように苦心して表現された内容は、なるほどかれのものである。しかし対象が言葉によってかれのものになる以前には、それはかれが見た現実の世界であって、それがかれの感覚を通して内面に移されたものが、かれの精神の深みで立ち騒ぐ形象や観念なのである。

だが、現実の世界との関係という点からいえば、自分を知ることを求め続けたこの天成の独学者にとって、世界を経験することの方が、表現に対する自覚などよりはるかに重要な意味があったはずである。なぜならその経験は自分を正しく認識するのに欠かせない契機になるからであって、自分を知るためには、その自分の姿を世界という鏡に映して見ることが一番なのだ。そうすることがかれには、本を読むことと並んで、大切な学習だったのである。

〔a〕この大きな世界は〔…〕われわれが自分を正しく知るために、自分を映して見なければならない鏡なのだ。要するに私は、世界が私の教科書であってほしいと思っている。そこにはあれほど多くの気質や、学派や、判断や、意見や、法律や、習慣があって、それがわれわれ自身の気質その他を健全に判断することを教えてくれるし、またわれわれの判断に対して、それが不完全で、生まれつき弱々しいものだと認めることを教えてくれる。これは軽々しい学習ではないのである。（一五七―一五八ページ）

世界は私にとって鏡であり、教科書であるという認識は、自分だけを研究し、自分だけを描くといったモンテーニュの意図に反するどころか、そのための前提であり、かれの方法そのものでもあった。

ここまで来て、モンテーニュが自戒の言葉にしたもう一つの格言が思い出される。すなわち「私はなにを知っているか」（五二七ページ）というあの言葉である。これは一般には「レーモン・スボンの弁護」に示されたかれの懐疑の姿勢を要約するものとされているが、しかし、そうした解釈は、かれにとっては言葉の消極的な面を示すに過ぎないだろう。人間は本当になにを知っているのか。現実にはなに一つ確かなことを知らない。人間は頭のなかに「宇宙を抱え込んで」いながら、「知識がない詮索者」（一〇〇一ページ）だとかれは言う。だから、モンテーニュは、「［b］私は自分の経験から、人間の無知を告発する。そしてそれが、私の考えでは、世の人々を教育する学校のもっとも確実な方法なのだ」（一〇七五―一〇七六ページ）と考えた。世の人々はともかく、自分を懐疑の状態に止めておくのでなく、ソクラテス的な意味での無知の自覚へ導くことが、この自戒の言葉が目指しているものである。のちにデカルトは真理の探究に先立って、懐疑を徹底させることでそれまでに得た一切の知識を白紙に還元することから、哲学者としての仕事を始めた。モンテーニュがいう無知の自覚には、そのデカルトの果敢な積極性に匹敵するだけのものがあったはずである。そして、それだけの自覚に立って、ふたたび「私はなにを知っているか」が問われるとき、そのときはじめてこの自問自答は懐疑へでなく、世界を知るための努力へ向かうだろう。そして、世界は自分を映し出す鏡なのだから、この努力は、同時に「汝自身を知れ」という自己の認識を具体化する行為になるだろう。そうなれば、二つの認識の努力は同時でなければならず、モンテーニュの意識のなかで一つに結ばれていなければならない。最晩年になって、かれが自分の無知を語るとき、同時に世界についても自分が無知であることを語らざるを得なかった理由が、そこに認められる。

〔c〕私は自分の無知以上に、ほかのすべての事柄についても無知のまま、この世を去るだろう。（五三六ページ）

したがって、モンテーニュが「私」を探究するというとき、その探究は世界を排除するどころか、「私」による世界の経験を前提にしているのである。ジャン・スタロバンスキーはこの間の事情に触れて、こう書いている。

モンテーニュ流の試みにあっては、内的な省察の実践は外的な現実の視察と切り離すことができない。大きな倫理的な諸問題に取り組み、古典作家の格言に耳を傾け、引き裂かれた眼前の世界と向き合ったのちに、はじめてかれは、自分の思索を伝えようと努めながら、自分の本と同質同体の自分を発見して、自分自身について間接的な表現を示すのである。(*Pour un temps: Jean Starobinski*, Paris: Centre Georges Pompidou, 1985, pp. 191-192)

そうであるに違いないのである。自我はその本人にとって、もっとも近い存在でありながら、その至近の距離は本人から遠く隔てられている。自我はなにかの対象に出会って、はじめて現れる。他人や世界という自分でないものを介さなければ、自我に接近することは許されない。しかも、どれだけ接近したつもりでいても、自我そのものは直接には摑みえないものである。だから、自我の認識は「間接的な表現」にならざるを得ない。いいかえれば、自我は外界の知覚や他者との交渉のなかから、陰画のように現れて来るだろう。

自分を知るためには、自分と自分でないものとがそのように不可分の関係に置かれなければならず、自我の認識がそのように遠廻りな方法を必要とする以上、わたしはここで、モンテーニュの「私」を知るために、かれが人間の世界や外界をどのように認識したのか、そしてなによりもそれらをどのように生きたのかという、この本の当初からの主題に送り返されることになる。

Ⅶ　変化の相のもとに

1　習慣について

われわれがどこか初めての土地に行ったとする。そして、少しの間でもそこで暮らすことになれば、誰もがそこで普通にやっている日常の事柄を習い覚えてそれに親しむことは、その土地で暮らして行くのに必要な基本である。これは、そこが初めて行った土地でなくて自分が生まれた国であっても同じことで、例えば、子供が自然に覚える言葉というものを考えるだけでもすぐに判ることである。そして、その日常の事柄は言葉に限らずおよそ生活のすべてに及んでいるから、それが、ひとことでいえば、その土地での習慣というものである。

もともと習慣は、ある土地の人間たちが、長い間そうやって生きる上で慣れ親しんで来た事柄が次第に固まって、やがてそれがその土地で無形の形を取ったものである。だからそれは食事の仕方や人との付き合い方から始まって、物の考え方といった抽象的なことにまで広がっている。そしてその習慣がいったん身に付いてしまうと、食事の仕方も、物の考え方も、それが当たり前なことに思われて、やがてその習慣がわれわれの生活そのものになり、習慣が生活を蔽っていることにもほとんど気が付かなくなる。そうなると、われわれは自分たちの習慣の世界をこの世でただ一つの世界と見なすようになって、勢い、習慣というものが土地と時代の特徴に応じて変化し、元来、多様なものであることを忘れるようになる。

習慣についてのこうした指摘は、いまさら言い立てるほどのことではないかも知れないが、モンテーニュはこの周知の事柄に、ほかのどんな作家よりも強い関心を寄せていた。なぜかれの関心がそれほど強かったのかといえば、そこに人間の現実の姿を探るのに格好の手掛かりがあったからで、何でもないように見える習慣がじつはわれわれの意識に深く入り込んで日々の生活や判断を左右しているという事実が、モラリストとしてのかれの関心を惹かずにはおかなかった。

モンテーニュはその習慣を、いつでも脱げる衣装ではなく、われわれにとって第二の自然であると考えた。そして、その習慣をただ肯定するだけでなく、習慣になった生活を万一捨てなければならない時が来れば、それは自分の命の一部を捨てるに等しいことだとまで言い切って、習慣が毎日の生活に欠かせないものであることを強調するのである。

〔b〕自然が、われわれの生存を保つために、正確に、また本来われわれにどれほど僅かなものしか要求しないとしても〔…〕、われわれはもう少しなにかをわれわれに許そうではないか。われわれ銘々の習慣と性状も自然と呼ぼうではないか。その尺度でわれわれを査定し、われわれを取り扱って、そこまでわれわれに付属するものの勘定を伸ばそうではないか。たしかにそこまでなら、なんとか言い訳が立つように思えるからだ。習慣は第二の自然であって、自然に劣らず強力である。［c］私の習慣に欠けているものは私に欠けている、と私は言おう。［b］生活を縮められ、これほど長いあいだ暮らして来た境遇から、私がはるか遠くへ引き離されるようなことにでもなったら、いっそ命を奪ってもらった方がいいくらいだ。（一〇〇九―一〇一〇ページ）

だから、たとえば、住み慣れた家というのはいいものなのである。住み慣れるうちに家は古くなるが、それは家がその家になることであり、それだけそこに住むものが家に馴染むことになるから、初めての宿に泊まるのとは違って住むという感じがたしかにして来る。よその家がどんなに立派に見えても所詮は他人の家であって、そこではのんびり昼寝一つできるものではない。モンテーニュは家ばかりでなく、長く暮らして来たいまの自分の境遇に満足していて、それが一番いいと思っている。そして、習慣は第二の自然になって、もともと人間が生きるために与えられた第一の自然と同じように、その自然に従って暮らすことが生きることだと考えた。

ただそうなると、かれのそうした生活の態度から、モンテーニュは、私生活の面だけでなく、政治や宗教といった社会的な面においても保守的だったという余計な印象を与えることになった。しかし、かれのこの態度で一番に問題にすべきことは精神の保守性ということではない。どの時代、どの国を取ってみても、生活というものがほとんどすべて習慣から成り立っているのは、いまも言ったように、それが現実であるだけでなく、そうでなければならない人間の生活の常態だからである。生活は、それが習慣になっているから生活と呼べるのであり、そうした生活をわざわざ保守的だとか、退嬰的だとかと言うものがいるとすれば、その人間が生活というものを一度でも真面目に考えたことがないだけの話である。どこかの土地に生きるということがすでに、その土地の気候風土が決定した様々な習慣に従うことであって、それを無視すれば、その人間は生きにくいだけでなく、風土によっては死を招く。その風土に人間の風俗習慣を加えれば、そこでの生活が決まる。それを第二の自然と受け取って生きる精神の健全な対応が、ここで第一に問題にすべきことなのである。モンテーニュは習慣をそのように理解して、その日々を生きた。

また、モンテーニュが考えている習慣というものが、決して私的な習慣だけを指していたのではなく、広く国や社会の習慣にまで及んでいたことは断るまでもない。だからその習慣を捨てるとなれば、それは自国の文化や伝統までも捨てることになるのである。もしも習慣を捨てよと命じるものがいれば、それは故国を捨てよ、自分がそれに従って生きてきた伝統を捨てよと命じることであって、これは習慣の是非をいう前に、われわれ人間の生活と生命にじかに関わることになる。他民族に征服され、自国の伝統を抹殺されて生きて行く運命を背負わされた民族の例は、古代以来の歴史のなかにいくらでもあった。現代の例を挙げれば、東西ドイツの統合が歴史的な快挙として祝われていたかげで、東ドイツの人間が嘗めた精神的な苦痛は、もっとも身近なその一例である。それを考えれば、「これほど長いあいだ暮らして来た境遇から、私がはるか遠くへ引き離されるようなことにでもなったら、いっそ命を奪ってもらった方がいいくらいだ」といったモンテーニュの言葉の意味は、言いようもなく重い。「命を奪ってもらった方が」と言っているのは誇張ではないのである。

そして、この一見単調に見える習慣的な生活が維持されて、はじめてその習慣を破る精神の飛躍も期待できるのであって、それを言い添えることは蛇足ではないはずである。モンテーニュに精神の闊達を許したのは、まずかれが自分および自分の国と時代の習慣を、それが必ずしも良い習慣でない場合でも、「その根拠がじつに薄弱なことがわかった」（一一六―一一七ページ）場合でも、それを受け入れて生きた人間だったからである。これを逆説と思ってはならない。それが精神の生理であり、こういう生活の態度が精神の創意や飛躍を生み出す土壌になるのである。

しかし、ここですぐに言っておかなければならないのは、モンテーニュが習慣というものを無反省に認めていたわけではなかったことだ。習慣に従おうとする態度は、他方で、習慣に対する批判によって周到に裏打ちされていたのである。それを二つの例によって見ることにしよう。一つは習慣に縛られて、その枠から抜け出せない頑迷な精神に対する批判であって、モンテーニュはそれを言うために、まずこんな思い出話を披露する。

［b］私は以前、ある子供たちを乞食の生活から救い出して、使ってやったことがあった。その後まもなく、かれらはただ元の生活に戻りたい一心から、私のところの食事と

お仕着せを捨てて、出て行った。その後、子供の一人がごみ捨て場のなかで、食事のためにムール貝を拾っているのに出会ったが、いくら頼んでも、脅しても、かれが貧困のなかに見出している味わいと心地よさからその子を引き出すことができなかった。乞食も、金持ちと同じように、かれらなりの豪奢と快楽を持っている。話に聞くと、社会的な身分と階級まで持っているのだそうだ。これは習慣の結果である。習慣はわれわれを気に入った生活様式に慣らすだけでなくて（だから、賢者が言うように、最良の生活の仕方に就かなければならないわけだ、すぐさま習慣がそれを容易にしてくれるのだから）、変化や変動にも慣らすことができる。これが習慣の教えのなかで一番高貴で、有益なところである。（一〇八二―一〇八三ページ）

こう言っておいてモンテーニュは、今度は話を自分のことに持って来て、巧みに話題を変える。そして、習慣をただ後生大事に守っている人間の無気力を指摘して、ときにはその習慣を破るくらいの精神の果断が必要であると説く。

［b］私の肉体的な性質でもっとも良いところは、柔軟で、あまり頑固でないことである。私はほかの人より独特で、つねに変わらない、心地よい気性を持っているが、しかし、ほとんど努力をしないでそこから離れて、それとは反対の行き方へわけなく移って行ける。若者は自分の気力を目覚めさせて、それを黴させたり、腰抜けにさせたりしな

いように、ときには自分の規則を乱してみることだ。規定や規律に引き廻されている生活ほど愚かで、軟弱なものはない。〔…〕若者は、私が言うことを信じるならば、一度といわず何度でも極端に走ってみることだ。さもないと、ちょっとした放蕩がかれを破滅させ、人付き合いのなかで、扱いにくい不愉快な人間にしてしまう。紳士にもっともふさわしくない生き方は、気むずかしいことだ。また、なにか特別な生き方に縛られていることだ。（一〇八三ページ）

小気味いい言葉である。昔はこういうことを言ってくれる人間がいたものだ。いまでもきっといるに違いないし、いてくれなくては困るのである。次に、もう一つの批判は、習慣のために眼が見えなくなっている人間に向けられる。

人間が世界をありのままに摑もうとするとき、感覚の能力がどれだけ頼りにならないかということは、すでに「レーモン・スボンの弁護」に関する章で見たが、習慣にも、われわれの眼から「事物の真の顔を蔽いかくす」（一一一六ページ）一面があって、それが人間を探究するモンテーニュの好奇心を惹き付ける。

われわれが物事の真実に容易に到達できないのは、人間の感覚と認識の能力に限界があるためだということを「弁護」は克明に論じていた。それと同じく、習慣もまた対象とわれわれのあいだに立ちはだかって、対象の「真の顔」を蔽いかくす。その上、習慣は、それが身に付いてしまえば、われわれにとって違和感を感じない第二の自然になって、ことさら意識に上らないだけに、いっそう始末がわるい。われわれは習慣を眼に見えない衣服のように身に纏っているから、どこへ行こうと習慣の衣に包まれていて、それを容易に脱ぐことができない。あるいはその逆にわれわれが、馴染みがうすい初めての世界へ出たとき、それが透明な皮膜になって、われわれを守ってくれる。いずれにせよモンテーニュは、好奇と探究の眼を自分に向けてみると、その自分がこの透明な膜に包まれていることに気が付いて、習慣という枠の抵抗を感じずにいられなかった。

〔a〕私はどこへ向かおうと思っても、習慣という柵を破らなければならない。それほど習慣は、われわれのありとあらゆる道を念入りに閉ざしてしまっている。（二二五ページ）

これは余談になるが、プルーストは作家としての使命感から、習慣によって蔽われた現実を前にして、同じような感情を抱いた。かれはモンテーニュより芸術家としての意識が強い作家だったから、ちょうど画家たちがやるように、既成の物の見方によって隠された現実をかれ自身の眼で見直すことが、作家としての使命であると考えた。晩年の大作に取り掛かる直前のある時期に、かれは自分がこれからする仕事の性格を簡潔にこう書いている。

われわれが行うことは、生命の源に遡ることだ。現実というものの表面にはすぐに習慣と理知的な推論の氷が張ってしまうから、われわれは決して現実を見ることがない。だから、そうした氷を全力で打ち砕くことだ。氷が溶けた海をふたたび発見することだ。

それにしても、なぜ習慣はそこまでわれわれを拘束するのだろうか。モンテーニュの考えによれば、そのわけはこうである。

［a］その〔習慣の〕力の主要な働きは、われわれをがっちりと捕らえて、鷲づかみにすることである。だから摑まれた爪から自分を取り戻して立ち直り、習慣が命じることを分別をもって論じたり、考えたりすることができない。本当にわれわれは、生まれたときに飲む乳と一緒にその命令を啜り、世界の顔がそういう状態で真っ先にわれわれの眼に映るのだから、どうやらわれわれには、生まれながらに世の習わしのあとに付いて行くという条件が付いているようだ。そして、自分のまわりで信じられていて、父親の種子によって魂のなかに注ぎ込まれた共通の考え方が、一般的で自然なものに思えるらしい。［c］それゆえ、習慣の枠の外にあるものは、理性の枠の外にあるなどと信じるようなことが起きるのだ。（一一五―一一六ページ）

うまい言い廻しである。当世風にいえば、これは一種の制度論であって、ある社会での制度が世代から世代へ受け継がれて行く心理的なからくりを、かれの言葉で嚙み砕いていえば、こうした文になる。他の人はどうか知らないが、わたしはモンテーニュの文章にいわゆる名文というものを感じない。あるいは、名文の概念にそれがうまく収まらないと言ってもいい。たとえば、フランス語による散文が一つの頂点を築いた十八世紀では、明快さがそのまま典雅そのものであるようなモンテスキューの文章や、ヴォルテールの書簡に見られる博識、洞察、辛辣、軽妙、あるいは優しさにあふれた文章とか、同じヴォルテールの『哲学書簡』の犀利と諧謔の文章に、真似ができない名文の妙味を味わわされる。モンテーニュの場合には、力強い、柔軟な思考と直接の感情が、ほとんど生のままに響いて来て、名文だと思う暇を与えない。誤解を恐れずにいえば、これは思想家のというより、生活者の文章である。かれは観念で考えずに、その時々に浮かぶ日常的な映像で考えているのである。だから、かれの文体の特徴は、修辞的にいえば、隠喩にあるのだが、しかしそれは修辞的にすでに出来上がっている常套的な隠喩でなく、その都度かれが発見する隠喩であるために、その新鮮な表現力がわれわれを打って、世界の素顔をあらためてそこに見るような思いに誘うのである。

習慣の問題に戻ろう。

われわれがこの世に生まれ落ちるとき、世界は衣食住にかかわる生活の物質的な領域から、政治、経済、文化、宗教、倫理といった社会的、精神的な領域にいたるまで、大きな習慣といっていい既存の制度や体系に蔽われている。子供は、はじめてその眼に映るそういう世界の姿が真実の姿であることを何の躊躇もなく受け入れ、世間の習わしを、日々の糧のように摂って、成長する。そのようにして育った人間が、第二の自然である習慣を人工の虚構とみなして、それに批判の眼を向けることがどれだけ困難なことであるかは、銘々が自分の日常を振り返ってみるだけで明らかである。生まれたときから、それが普遍的なものだと信じて来た自国の制度や習慣に、批判の眼を向けるという困難な作業を、モンテーニュがどのようにしてなし得たのか、この問いはさしあたってここでの問題ではない。おそらく生来の好奇心や、古典文学の素養や、個人的な経験がそれぞれに役立っただろうということが想像されるだけである。

それよりもここで注目していいのは、かれが身につけた精神の驚くような柔軟さである。かれは自分自身であることを止めずに、他者の立場に立つことができる。幼いときからかれ自身を形作って来た暮らし方や感性や思考のすべて、つまりかれ自身と区別が付かなくなった習慣のすべてを身に付けたまま、それを他者の眼で見ることができる。言い換えれば、自分や自国での物の価値や物の見方を、ほかの人間の眼で相対化することができるということだ。そのときの他者は、隣国の他者とは限らない。これは前に述べたことであるが、あの時代にあらたに発見されたアメリカ新大陸の人食い人種のなかにさえ、自分を滑り込ませることができる。モンテーニュは未開人の立場に立って、自国の習慣や制度に由来する見方を批判すると同時に、かれらの風俗習慣をも冷静に判断することができた。だからかれは野蛮国だといわれた新大陸について、躊躇なく、こう言い切れるのである、「[a]あの新大陸には、つねに完璧な宗教と完璧な政治形態があり、あらゆる事柄について申し分なく完成された習慣がある」（二〇五ページ）と。

この相対的な物の見方には、十八世紀のフランスのいわゆる哲学者たちのそれを思わせるものがあって、フランス・ルネサンスの相対化の精神が十八世紀になってふたたび甦る、というより今度はそれが当然のこととして行き渡る一例をそこに見ることができる。モンテスキューは十八世紀のパリに、突如一人のペルシア人を出現させて、当時のフランスの生活習慣や、絶対王政や、キリスト教の実態をつぶさに観察させる。そして、異国の人間の眼から見れば異様としか見えない町の光景や不条理な社会制度に唖然とさせる。いうまでもないが、ペルシア人はモンテスキューの分身なのである。パリ中の注目と人気を一身に集めたそのペルシア人を見て、一人の女は羨望のあまり、無邪気にも、「いったいどうすれば、ペルシア人になれるのかしら」と問う。どうすれば自国にあって、異国の他者になれるのか。モンテスキューが『ペルシア人の手紙』（一七二一年）のなかで見せた痛烈な批判精神は、ヴァレリーがいったように、この何気ない言葉のなかに隠されていた。そのモンテスキューに先駆けること一世紀半にして、モンテーニュがペルシア人はおろか、人食い人種の立場にさえ自分を置くことができたのは、見えない習慣の拘束のなかにあって、精神の柔軟を保ちえたからにほかならない。

しかし、この精神の自由が、次のような反省に支えられていたことも忘れてはならない。

［a］本当にわれわれは、自分が住んでいる国の意見と習慣の実例のほかには、真実と理性の照準を持っていないように思われる。（二〇五ページ）

われわれが持っている照準は、ある特定の国だけに通用する照準であって、普遍の照準ではない。その特殊な照準をわれわれは普遍のそれと思っている。それゆえ物事の真実に迫るには、特殊な照準である習慣の衣をいったんは脱ぐ必要があるだろう。世界の素地に触れるには、習慣の「雲」を少しでも払わなければならないだろう。しかし、モンテーニュがそれに易々と成功したなどと思ってはならない。もしもそう思うものがいたら、それがどれほど早計なことかは次の自戒の言葉がよく示している。

［a］われわれに本当らしく思われないものを偽りだとして、軽蔑したり、非難したりするのは、愚かな思い上がりであって、これは普通の人よりもなにか優れた判断力を持っていると思っている人にありがちな欠点である。昔は私もそんなふうだった。［…］もしもわれわれが、自分の理性が到達できないものを不自然な化け物だとか奇蹟だとか呼ぶとするなら、そういうものがどんなにたくさん、次々にわれわれの眼の前に現れて来ることだろう。われわれがいま手にしている事柄の大部分の認識も、どれだけの雲を払って、どんなふうに暗中に模索して得られたものであるかをじっくりと考えて見るがいい。（一七八―一七九ページ）

こういう言葉を読むと、かれが人間と世界について残していった認識の数々が、先人の努力の跡をたどりながら、かれの精神が暗中に模索して得られた結果だったことがいやでも確認される。そして「昔は私もそんなふうだった」というのは、いかにも往時を回想した述懐のように読めるけれど、じつは晩年に及んでも、つねにこころに秘めていた自己検証の呟きだったのである。模索する精神の「試み（エセー）」に終わりはない。それが終わるのは『エセー』の執筆が、かれの死とともに中断するときである。

〔b〕もしも私の魂がしっかりと大地を踏んで動かなければ、私は自分をあれこれ試しはしないだろう。私の考えも固まるだろう。しかし、私の魂はつねに修業と試練のなかにある。（八〇五ページ）

この自覚は、最後までかれの真実の気持であった。

さて、幾重にも世界を蔽う雲を払いのけながら、かれの眼に世界はどんなふうに映って来ただろうか。

＊

わたしは前に「レーモン・スボンの弁護」の最後にある数ページのなかから、次の一節を引いておいた。それは「弁護」が語った結論の一部である。

〔a〕われわれは存在とは何の交渉も持っていない。なぜなら、いっさいの人間の本性はつねに誕生と死の中間にあって、自分について漠然とした外見と影、不確かで貧弱な意見しか示さないからだ。そして、万一あなたが思考を凝らしてその存在を捕えようとしても、それは水を摑もうとするのと選ぶところはないだろう。なぜなら、その本性からいって、どこへでも流れ出すものを摑んで押さえつけようとすれば、それだけその摑み取ろうとしたものをますます失うことになるからだ。このように万物は一つの変化から他の変化へ移り行くことを免れ得ないから、理性はそこに真の存続を探そうとしても、一つとして恒常不変のものを摑むことができずに、失望する。（六〇一ページ）

これが「弁護」を書いた時点でモンテーニュが持った人間と世界についての認識である。人間も世界も変化を続けて定まるところがないという考えに、東洋的な無常観を見るのもいいし、あるいは前にも言ったように、万物は水のように流転すると見たところに、ヘラクレイトスなどの古代ギリシアの思想に浴した、たとえば同時代のロンサールにも通じる世界観を見てもいい。モンテーニュがこう書いている以上、それがかれの考えだったことを否定することはできないからだ。しかし、かれは万物に流転の相を見極めて、諦念を得ようとしたわけでも、この思想を肯定して進んでそこに身を置こうとしたわけでもない。こうした異教的な思想を認めたのでは、キリスト教を擁護する「弁護」の面目が立たないだろう。神の力を頼って、この状況から救われるしか人間には道がないというのが、当然モンテーニュが示さなければならない結論だった。

しかし、これも前に言ったことであるが、このあたりの言葉は、ことの成り行きでやむを得ず綴られたのかと思われるくらい、かれにしては力がない説得なのだ。たしかに「弁護」という文章は、全体としては読み応えがある雄篇である。古典に関する博覧強記はいつものことであるが、キリスト教を弁護するという本来の枠を逸脱しかねない力強い思考とその表現は、フランスの散文のなかでも、めったに例を見ないものである。ところが、それが最後の最後に来て、なにか調子が変わる。「弁護」を読み終えて残る印象は、自分のペンで描いておきながら、その救いがたい人間と世界の流転を前にして、憮然としているかれの姿である。

これがおよそ一五七六年前後におけるモンテーニュの思想の一端である。それをここにおさらいしたのは、それと比較して、かれの考えがその後どんな変化を見せるかを探るためである。そこで問題になるのが、かれが生涯に一度だけ企てたヨーロッパ旅行であって、それについてここで触れておかなければならない。

一五八〇年三月、モンテーニュは、『エセー』の初版を出版すると、その年の六月二十二日、四人の連れを伴って、外国を遍歴するための長い旅に出た。

旅の目的は二年前からかれを悩ませていた尿砂、すなわち腎臓結石を各地の湯治場で治療することにあった。しかし『エセー』のなかには、「〔b〕新しい未知の事柄に飢えるこの貪欲な気質は、私のこころに旅への欲望を育《はぐく》むのに大いに役立っている」（九四八ページ）という言葉があって、結石の治療というのを、表向きの、しかし嘘ではない口実にして、実際には未知の異郷にめずらしい風物や人間の暮らしぶりを見てまわる旅だったのかも知れない。旅の記録から見ると、そのどちらでもあったようだ。また宗教戦争の混乱で人の心がすさみ切っていた国情に嫌気が差して、旅に出たというかれの告白のことは前に紹介した。

まずパリのルーヴル宮で、『エセー』を献上してあった国王アンリ三世に拝謁してから、フランス、スイス、ドイツ、イタリアの各地の歴訪に向かった。そして、長旅を終えて、故郷の城館に戻ったのは一五八一年十一月三十日のことであった。

一年五ヵ月あまりの旅程と各地での見聞は、十八世紀に発見されたかれの『旅日記』（一七七四年刊）に詳しい。衣食住に関する見慣れない風俗習慣がかれの好奇心をどれだけ刺激したかは、『旅日記』の詳細な記録があざやかに物語っている。この見聞録は十六世紀の中央ヨーロッパの各都市における生活を知る上で貴重な資料になるようであるが、われわれには、旅の経験がモンテーニュの思想にどんな変化を与えたか、もう少し正確にいえば、初版以降の『エセー』の内容にどんな影響を与えたか、それを探るために逸することができない本なのである。

ピエール・ヴィレーが旅の意義について要約しているところをまず聞いてみよう。

結局、かれの心を虜にするのは、あらゆる面から見た人間なのである。人間の器用さによる様々な仕事が得々として描かれている。異なる民族の食事や、就寝や、衣服の習慣が、大抵は生活のあらゆる細部にわたって記述されているが、単調をおそれて詳細を省く気配はまるでない。なによりかれを惹き付けるのは宗教上の信念や、儀式や、道徳的な習慣や、政治上の特色である。〔…〕われわれは『旅日記』を読むとき、モンテーニュが『エセー』のなかで、歴史のあらゆる世紀を通して、世界のあらゆる国々のなかで、かれの二つ折判のあらゆるページで、人間を研究することをいずれは自分の務めにする運命にあったことを理解するのである。またこの同じ『旅日記』のなかで、かれがどれほど精密に自分の病気を研究し、その進展の経緯をつぶさに追って、症状を記述しているかを確認するとき、つねに思考を自分自身の上に注いだまま、ついにかれの「自我」を研究の主題にしたこと、また自分自身の描写を本の素材にしたことが理解されるのである。(前掲書、p. xxvii)

勘所をたくみに押さえた指摘であって、旅の意義を大づかみに記すとなれば、これ以上要を得た記述は望めない。しかし、大づかみであるから指摘から漏れるのは仕方がないとしても、わたしとしては、旅の経験が『エセー』の生成にどう反映されているかを探ってみたいのである。そこでまず、『エセー』の次の一節を読んでみる。

［c］私がフランス以外の土地へ行ったとき、私に礼を尽くそうとして、フランス風に食事がしたいかと聞かれたとき、私はそれに耳も貸さずに、いつでも一番外国人が大勢いる食卓に飛んでいったものである。

［b］私は、わが国の人間たちが、自分たちの習慣に反する習慣に出会うと、怖じ気をふるって逃げ出すあの愚かな気性に有頂天になっているのを見て、恥ずかしくなる。かれらは自分の村を出ると、住むべき世界の外に出た気でいるらしい。どこへ行こうと、かれらは自分たちの流儀にしがみ付いていて、外国の流儀を忌み嫌う。ハンガリーで同国人の一人に出会おうものなら、その偶然に祝杯をあげて、早速かれらは寄り集い、一緒に力を合わせて、目撃した野蛮な風習の数々を槍玉にあげる。あれはフランス風ではないから、どうして野蛮でないことがあろうか、というわけだ。これはまだ、その風習に気が付いて悪口をいうのだから、一番知的な方であって、大方は戻って来るために出かけて行くようなものである。かれらは旅をしながら、口も心も閉ざした用心深さで身をがっちりと固めて、未知の空気に染まらないように自分を守っている。（九八五—九八六ページ）

これはしかし、その当時のフランス人に限ったことでなく、いまでも、どこの国の人間でもやりそうな光景である。それに対して、モンテーニュが異国の人間が群がって食べている食卓の方へ飛んで行ったのは、かれの好奇心は別にして、なぜ旅をするかを心得ていたからである。そのなぜを語っている一節をつぎにあげる。

〔b〕旅は有益な訓練であるように思われる。魂はそこで、未知の、目新しい事柄に気が付いて、不断の訓練を受ける。また、これはたびたび言ったことであるが、生活を作るためには、魂に、ほかの多くの生活がそれぞれ種々さまざまであることや、〔c〕人々の意見や習慣を〔b〕つねに見せて、われわれ人間の本性がじつに絶え間なく、多様に形を変えるのを味わわせること以上に良い学校はないと思っている。旅にあれば、肉体は暇でもなく、疲れもしない。そして、適度な動揺は肉体を活気づかせる。私は結石持ちであるが、八時間でも十時間でも、馬に乗ったまま下りなくても、苦痛ではない、

老年の体力と状況が許す以上に。〔ウェルギリウス〕

どんな季節も私はいとわないが、焼けつくような太陽の炎暑だけはごめんである。なぜならイタリア人が古代ローマ以来使っている日傘は、頭を軽くしてくれる以上に、腕にずっしりと重いからだ。〔…〕私は家鴨のように雨と泥が好きだ。空気と風土の変化は少しも応えない。どこの気候も私には同じである。（九七三―九七四ページ）

これが、かれにとっての旅の効用である。

じつをいえば、ここで必要だったのは引用の前半だけだったのである。しかし、これを訳して行くうちに、イタリアを旅するモンテーニュの姿が眼に浮かんで来て、思わず予定を越えて引用することになってしまった。それにしても、このあたりの文章は『旅日記』の余韻がまだ残っているような一節であって、その上、編纂者のヴィレーがこの個所に注記して、「日傘の重さはほぼ二キロあった。傘の使用がフランスに広まるのは十七世紀末のことにすぎない」と書いているのを読むと、はじめて傘というものを見たモンテーニュの興味深そうな顔が想像されて、余計なところまで訳してしまったのである。

さて、例の「弁護」を書いていた頃、モンテーニュは人間性が恒常不変でないことに失望を感じている様子だったのが、ここではそれとまったく違った見方をしているのに気が付く。なるほど旅は生活を作る上で精神を鍛えるのに最良の訓練になるだろう。しかし、この一節が語っている肝腎なことは、それがどうしてなのかという点にある。異郷の土地を遍歴しながら、行く先々で人間の生活が姿を変えていくのを眺めることは、モンテーニュが人間の本性の定めなさを単に再確認する時間だっただけでなく、それを積極的に肯定しようとする機縁になったことを、わたしは感じるのである。それも、知的に肯定するというのではない。まずなにより、かれの精神と肉体が日ごとの変化を楽しみ、それに満足している様子が文面から伝わって来る。モンテーニュの思想の変化とそれに伴う『エセー』第三巻の執筆、またそれまで書いたものに施される晩年の加筆に、旅が与えた影響はこのあたりにあったのではあるまいか。かれの精神と肉体を満足させるものが変化であり、多様性であることを、旅は、実際の経験を通してかれに自覚させたに違いないのである。

第三巻の「空しさについて」のなかに、こういう文章がある。そのなかでかれはふたたび旅の意義に触れて、その旅の経験から、自分がどんな傾向を持った人間なのか、それをはっきり自覚したことが見て取れる。

〔b〕この旅をする楽しみは、それを文字通りにとれば、動揺と定めなさの証言であることは私もよく承知している。だからこの動揺と定めなさが、われわれの主要な、そして支配的な性質なのである。そうだ、正直にいうけれど、私がかじり付いていられるものは、夢や願望のなかにさえ一つも見当たらない。多様な変化だけが私を満足させる。少なくとも何かが私を満足させるとすれば、それは多様さを享受することである。旅をしながら、どこに脚を止めても損がなく、旅の道筋から逸れても快適でいられる場所があるというそのことが、私を元気にしてくれるのである。（九八八ページ）

この言葉は、かれの心的な傾向を示すとともに、もともと世界は変化と多様性に満ちていて、自分が生きる場所はそういう世界より他にないことをかれが自覚したことを示している。旅をしたあとで見えて来る世界が、旅に出る前に見たのと別の世界になるということはあり得ない。それは『エセー』の初版を書いていたときに見えていたのと少しも変わらない世界のはずである。人間と人間が住む世界は、帰国してからも前と同じように変化を続けている。しかし、かれが変化することに事物の本質を見て、そこに生きる喜びの唯一つの源を発見したとき、世界はそれまでの様相を少しも変えずに、一変するだろう。自分が住むべき場所がここととは別のどこかにあると思っている間は、世界はわれわれにとってひどく疎遠なものである。しかし眼の前にある世界のほかに、自分が生きる場所はないということを知ったとき、世界は、大病を乗り越えて、はじめての朝を迎えた人の眼に映るように、言いようもなく新鮮な姿を見せるにちがいない。そうなってはじめてわれわれは、自分が住む世界の生地に触れて、それとの触れ合いを楽しむことができるようになる。

人はいつまでも旅をしていられるものではない。われわれの生活は日常のなかにある。旅から帰って、その普段の平凡な生活に戻っても、われわれが生きる世界は、一日が夜明けから日没まで絶え間なく日の色を変えるように、刻々に変化する。そのどの一刻も同じでなく、そして等価である。それゆえここで推移というものが意味を持つ。推移することが人間と世界の生命の姿であり、その推移は激変とは違って、日の色の変化と同じように多様であり、微妙なものである。それは、いいかえれば、生命というものがどこまでも陰影に富むということであって、われわれと世界の変化はその陰影のなかにある。城館のなかでその日その日を暮らしながら、モンテーニュがそのことに思い及ばずに、例えば、次に引く一節を書き得たはずはないのである。

＊

ここまで書いて来て、ようやくわたしは『エセー』のなかでもっとも心を惹かれる文章の一つを引くことができる。それは、第三巻第二章の「後悔することについて」のなかにある、こういう一節である。

［b］世界は、永遠の動揺にほかならない。そこではすべてのものが絶えず動いている。大地も、コーカサスの岩山も、エジプトのピラミッドも、全体の動揺とそれ自身の動揺で動いている。恒常でさえも、より緩慢な動揺にすぎない。私は自分の対象〔かれ自身を指す〕を固定することができない。それは生まれながらに酩酊していて、朦朧と、千鳥足で歩む。私はいま、この地点で、自分という対象を相手にしている瞬間に、それをあるがままに捉える。私は存在を描かない。推移を描く。それも一年ごとの推移でも、民衆がいう七年ごとの推移でもなく、一日ごとの、一分ごとの推移を描く。（八〇四―八〇五ページ）

わたしがモンテーニュについて書き始めた理由の一端は、この一節にあったと言っていいかも知れない。それほどこの文章は、読むたびに想像力を掻き立て、説明がつかない言葉の力でわたしを魅了する。その秘密を解きたいと思うのだが、どう説明して見ても、魅力の秘密を摑むことができない。

盤石であるはずのコーカサスの岩山が、それ自体の動揺と世界全体の動揺によって動いているという発想は雄大な上に、思い掛けないものであるが、しかし不思議にひとを説得するものがある。不動の岩山が動くというのであれば、人間のようなひ弱な存在が日々に変化するのは言うまでもないことで、そう読むかぎりコーカサスの岩山やピラミッドへの言及は、人間がたえず変貌を繰り返している現実を引き出すための修辞である。たしかキケロは「スキピオの夢」で、空から見れば人間が住む世界がどれほど小さいかを教えるために、まだ誰ひとりローマ人で、空からでもはっきり見えるあのコーカサスの山を越えた者もいなければ、ガンジス河を渡った者もいないと言っていた。それだけ大きな山が動くというのであれば、なるほど修辞としての効果は大きいだろう。

しかしわたしには、これがただの修辞とは思えない。むしろ、こうした映像はモンテーニュが培《つちか》った想像的な視覚がとらえた世界の相であり、世界についての思想なのではあるまいか。思想といっても、すでにそれは万物流転という前に述べた詠嘆的な思想ではない。すべてがこの相乗された動揺のなかで変転するという、直観的な現実の認識である。こうした認識を得るためには、モンテーニュのなかに、百年の推移を一瞬のうちに見て取る想像的な透視力のようなものがあったのではないか、という感じさえする。かれが空想や夢想を嫌う種類の人間だったことはまえに述べたが、現実を観察する肉体の眼に、いま一つ精神の眼が備わっていた。かれは自分を自然主義者と呼んで、自然の姿をありのままに見ようと努めた人間だったが、その一方で、精神の眼は対象の見えない内部にまで届いて、対象を変化の相のもとに直観していたと考えていい。ここにいう直観は、アンリ・ベルクソン（一八五九―一九四一年）が簡明に定義した意味での直観であって、ベルクソンはこれについて、次のように書いている。

　私がここで直観と呼ぶのは、対象の内部に身を移すための同感のことで、それによってわれわれはその物の独特な、したがって表現のできないところと一致するのである。ところが、分析というはたらきは、対象を既知の、すなわちその対象とほかの物とに共通な要素に帰するものである。してみると、分析とは一つの物をその物でないものと照らし合わせて表現することになる。つまり分析は翻訳、記号による説明、次々にとった視点からする表現であって、それらの視点から今研究している新しい対象とすでに知っているつもりのほかの対象との接触を記述するのである。分析がそのまわりを回っているほか仕方がない対象を抱きしめようとして永遠に満たされない欲求をもちながら、いつまでも不十分な表現を十分にするために限りなく視点の数をふやし、いつまでも不完全な翻訳を完全にするためにさまざまな記号を使っていく。そこで分析は無限に続く。しかし直観は、もしも可能だとすれば、単純な行為である。（『思想と動くもの』河野与一訳、岩波文庫、一九九八年、二五三ページ）

　その直観が捉えるものは、対象の変化あるいは推移であって、これは分析では摑めない。というより、はじめから分析が切り捨ててしまっている対象の相である。ベルクソンの周到な考察はそのもっとも肝腎なところにまで及んでいる。

直観にとって本質的なものは変化であり、悟性が意味しているような事物は生成のさなかにほどこした切り口で、それをわれわれの精神が全体の代用物に仕上げたものである。思考は通常新しいものを前から実在している要素の新しい並べ方として表象する。思考にとっては何もなくならず、何も創り出されない。直観は持続すなわち成長に注がれるので、そこに予見のできない新しいものの途切れない連続を認める。（同書、五〇ページ）

モンテーニュの視力は、この直観の視力である。前に引いた一節は、かれにそうした視力があって、初めて捉えることができた自分と世界の姿を語るものである。「一分ごとの推移」と仮にかれが言ったものは、この変化、またはこの持続のことである。

少し飛躍した連想になるかも知れないが、この持続、すなわち成長を捉える直観の力を可能なかぎり鍛えたところに、井筒俊彦が荘子の渾沌や老子の無の意味をふまえて説く、流動する世界を置いてみたい気がする。それは仏教や禅の観想者の眼に映る世界であるが、かれはそれをこんなふうに語っている。

観想体験に関係のない日常的生を生きている人が、「事物」として知覚しているものは、観想体験を経た人の目から見ると、一つ一つが存在的「出来事」、言い換えればプロセスなのです。固体として存続する無数の物から出来ている世界として、普通、認識されているフィジカルな世界は、この見地からすれば、ただ現象的幻影にすぎません。いわゆる「物質」も、前観想的意識のレベルにおいてのみ物質なのであって、意識のより深いレベルでは、当然、それは姿を変えて現われてくる。前に述べた存在の「渾沌」的相互浸透の故に、いわゆる物質といわゆる意識との間にも本当に不可侵的な区別はないからです。物質だけではありません。全体的に見れば、この世界に存在すると考えられる事物は、すべて「無」すなわち絶対無分節者が、様々な形で自己分節していく「出来事」の多重多層的拡がりにすぎません。しかも、ひとつひとつの「出来事」は文字通り瞬間的な出来事です。〔…〕存在世界は、かくて、一つの無限の動的プロセス、宇宙的流動なのであり、この世界のすべての物は、根柢から、こういう意味での存在論的流動性によって特徴づけられるのです。（『井筒俊彦著作集』第九巻「東洋哲学」中央公論社、一九九二年、三八―三九ページ）

また、井筒俊彦は同じ思想を伝えるために、ある禅僧の「青山常運歩」という一句に眼を止めた道元が、それを自分の言葉に置き換えたのを紹介して、それをまたやさしく言い換えて、「山が歩く。山が流れる。すべてのものが流動し、遊動する」と言っている。わたしはモンテーニュに東洋的な思想があることが言いたくて、こんな寄り道をしているのではない。第一、こういう比較はまったく上辺だけのことで、仏教の専門家から見れば笑うべきことかも知れない。ただわたしが言いたいのは、モンテーニュがコーカサスの岩山が動くと言ったのは修辞でなく、事実かれがそう感じ、そう思ったから言ったのだ、というただそれだけのことである。いまものべたように、わたしはそこに、変化についてのかれの思想を見た。それを考えているうちに、ごく自然にベルクソンがいう直観の定義が頭に浮かんで来て、これ以上にモンテーニュの物の捉え方を的確に表現するものはないと思った。そして、その直観がもっとも深められたものとして、禅僧の観想というものに連想が飛んだのである。

しかし、連想は上辺だけのことにしても、数千年を経た不動のピラミッドと、朝夕に消える儚い人間とを、同じ変化という相におさめて眺めることができる自在な視力にかかれば、物として動かずにいるものはない。不動や恒常も少しだけ緩慢な変化に過ぎないと言っているのは、決してただの修辞でも、誇張でもないだろう。それゆえ、こういう視力をもった人間を楽しませるものは、不変の存在をただひとり誇る神でもなく、ストア派の不感無覚の生活でもない。不変や無感動は存在の死である。そうではなく、世界が刻々に移り変わるその推移のありさまでなければならない。かれにとって、旅への憧れは新奇なものに飢えた心の衝動だったが、しかし、旅は所詮、日常の外にある時間であって、人が腰をすえて生きなければならないのは日常の生活である。習慣的な日常が変化に乏しいと思うのは性急な人間が言うことであって、モンテーニュの眼が、その日常のなかで「予見のできない新しいもの」

に事欠くようなことはなかったはずである。それどころか、「一日ごとの、一分ごとの」、つまり流れて止まない現在という時間は、新しいものの「途切れない連続」になるだろう。そして、新しいものを生み出す源は生命の変化のほかにはなく、その変化の一つ一つは予見されない新しいものであるから、「出来事」と言ってもいいのだが、世間でいう出来事はそこには何もない。その何も起こらない出来事の時間が、かれが生きた現在という時間なのである。

こうして、いまとここが、モンテーニュが生きる本来の領分だったことが再び確認される。そして、この私的な、しかし豊饒な領分を生きることを、かれは自分のもっとも大切な仕事にするだろう。「ほとんど神のような、絶対の完成」とかれが形容した「自分の存在を誠実に享受する」ことに努めるだろう。その享受は実際にはどういうものだったのか。かれが送った折々の生活のなかで、その実際に触れてみたいというのが、考えてみると、この本を書くに当たってわたしが抱いたもともとの素朴な願いだった。その願いがどこまで果たせるか判らないが、『エセー』に綴られた言葉を頼りに、それをこれから果たしてみることにしよう。

2　時間について

われわれは時間について語るとき、そこに過去、現在、未来という区別を立てて考える。

これはそうすることが時間についてわれわれが持っている常識だからであるが、現実にはそうした区別は存在しない。アウグスティヌスが『告白』で語っているように、実際の経験に即していえば、われわれが生きているのは現在という時間に限られていて、過去を回想するにも、未来に思いを馳せるにも、その心の働きはわれわれの現在の意識を離れてはありえない。「すなわち未来も過去も存在せず、また三つの時間すなわち、過去、現在、未来が存在するということもまた正しくない。それよりはむしろ、三つの時間、すなわち過去のものの現在、現在のものの現在、未来のものの現在が存在するというほうがおそらく正しいであろう。じっさい、これらのものは心のうちにいわば三つのものとして存在し、心以外にわたしはそれらのものを認めないのである。すなわち過去のものの現在は記憶であり、現在のものの現在は直覚であり、未来のものの現在は期待である」（『告白』服部英次郎訳、岩波文庫、一九七六年、第十一巻第二十章）。

過去と未来が、どこか現在から遠いところにあると思うのも常識の理解であって、われわれがこの二つの時間を意識するときは、いずれも現在のなかでの経験なのである。言い換えれば、われわれが意識し、また生きる時間は現在にしかないということである。モンテーニュはそれがどんな対象であっても、全身をそこに投げ込んで生きる型の人間であって、「[b] 私はいつでも自分がすることを体全体でやり、歩くにも一塊りになって歩く」（八一二ページ）と言っているが、時間の要である現在を生きるのに、かれがどれほど精神を傾けていたかは『エセー』の端々に窺うことができる。

その一例として、普通は「時間を潰す、時間を過ごす」と訳せる“passer le temps”というフランス語の表現について、かれが独特の使い方と解釈を示した一節を引いてみたい。

［b］私はまったく自分だけの辞書を持っている。私は時が悪くて不愉快なときには、時を通り抜けるje passe le temps。時が良いときには、それを通り抜けようとは思わない。何度もそれに手で触れて、味わい、それにしがみつく。悪い時はそれを駆け抜け、良い時はそこに立ち止まらなければならない。暇つぶしとか、時間を潰すとかいうこの通常の表現は、あの賢明な方々の生き方を表している。かれらは一生を流し、逃れ、通り抜け、潰し、巧みにかわし、また人生が辛くて軽蔑すべきものであるかのように、できるかぎりそれを無視して避けることほど、うまい生き方はないと考えている。しかし私は、人生がそういうものでないことを承知しているし、いま私がそれを摑んでいる最後の老境のときにあってさえ、価値がある、快適なものだと思っている。［…］人生を楽しむには、その切り盛りの仕方というものがあって、私は人の二倍は楽しんでいる。なぜなら楽しみの程度はそれにどれくらい身を入れるかに掛かっているからだ。とりわけ自分の人生の時間がこんなに短いことに気づいているいまは、それを重みの点で引き伸ばしたいと思っている。人生が逃げ去る素早さを、私がそれを摑む素早さで引き止め、人生の流れ去る慌ただしさを、人生を生きるたくましさで補いたいと思っている。生命の所有がますます短くなるにつれて、それだけ私はその所有をいっそう深い、

いっそう充実したものにしなければならないのだ。（二一二一―二一二ページ）

これは『エセー』第三巻第十三章、つまりこの本の最終章「経験について」の終わり近くにある一節であるが、モンテーニュが晩年の日々をどんな思いで過ごしていたかを語って余すところがない。

はじめに、「時間を過ごす passer le temps」というフランス語の表現について簡単な説明を加えておこう。

この表現はそれ自体では時間に対する好悪の感情を含んでいない。たとえば「読書をして時間を過ごす」というように、感情的には何の意味も含んでいないが、それが単独で使われて、“pour passer le temps”になると、持て余した「時間を潰すために、時間を経たせるために」といった感情的な含みを帯びてくる。そして、この表現が名詞化されて出来たのが“le passe-temps”という合成語であって、意味は一義的に「暇つぶし、気晴らし」になる。時間に対するわれわれの感情が気晴らし程度ではすまなくなって、嫌悪や倦怠といった実存的な不安や苦悶にまで深まってくると、ボードレールのように時間を「宿敵」とも「怪物」とも見て、“tuer le temps”という文字どおり「時間を殺す」と訳すことができる強い表現が生まれる。

モンテーニュはそうしたことを十分心得た上で、“passer le temps”という表現を通常の「時間を過ごす」という意味でなく、「時間を駆け抜ける」という独自の意味で使ってみせたのである。そのことは、かれがこのすぐあとで「悪い時を駆け抜けるcourir le mauvais (temps)」という表現を用いていることからも推測されるのだが、この表現自体がすでに人の意表を突く言い廻しなのである。本来ならこの動詞のあとには、たとえば「野原を駆け廻る、駆け抜けるcourir la campagne」といったような、場所や空間を表す言葉が来ていいはずなのだ。ところが、それに代わって、かれは「悪い時」という言葉を持って来た。「悪い時」といっただけでは、なにが悪いのか意味が曖昧なところへ、それが「駆け抜ける」という動詞と一つになることで、全体が時空の広がりを帯びて来て、表現が具体的になる。また"le temps"には時間のほかに天気や天候の意味があるから、この言い廻しのなかから、天気が悪い日には、雨のなかを駆け抜けるという人間の生活の匂いがする情景も連想されてくる。昔の人の句に「幾人か時雨かけぬく瀬田の橋」(丈草)というのがあったが、例えばそんな情景である。十六世紀はまだフランス語の語法や文法が十分確定されず、個人の発想や感性がフランス語を鍛える余地があった時代であって、ここに挙げたものはささいな例かも知れないが、そうした時代を背景にしてモンテーニュが「自分だけの辞書」を使って書いた言葉の妙味を味わわせる一例になっている。

文意については説明を加える必要を感じない。内容は一読すれば明らかであって、ことに最後の数行は、晩年に臨んでかれが日常の日々を生きるのにどれだけ力を注いでいたかを如実に伝えている。モンテーニュに「あの賢明な方々」と皮肉られた人間たちの生き方が、時間を潰しながら、生きるのを避けるような生き方だったのに対して、かれはまるで好物の料理をじっくり味わうように、残された短い命を人の二倍楽しんでいると言っていて、そのたくましさには、なにかわれわれ常人の域を越えるものがある。

しかし、だからといってかれが短くなった命に執着していたのでないことは、例えばこういう文に窺える。「[b]私は人生を辛い、煩わしいものとしてでなく、もともと失われるものとして、未練を感じずにそれを失う練習をしている」（一一一ページ）。執着する心というのは、その対象にどれだけ価値があっても、平常の心を逸脱した感情である。この一節に限ったことではないが、モンテーニュの文章にはものへの執着を感じさせるところがない。あるのは生命に対する天性の意志であって、これは強調しておく必要があることである。この意志は、すべての人間が生きものの本能として備えているはずのものであるが、それが屈折することなく働いた例は、ルネサンス期のラブレー、ロンサール、モンテーニュ、あるいは十八世紀のモンテスキュー、ヴォルテール、ディドロなどを除くと、フランスの歴史に必ずしも多いとは言えないからだ。それは、ニーチェが『偶像の黄昏』の章で指摘したように、反自然的な道徳やキリスト教の倫理観が、十数世紀にもわたって人間の本能を抑圧し、衰弱させたからだろうか。かれはこう言っていた。「反自然的道徳、言いかえれば、これまで教えられ、崇まわれ、説かれてきたほとんどあらゆる道徳は、逆にまさしく生の本能にそむいている、――それは、この本能を、あるいはひそかに、あるいは声高に厚かましく断罪している。それは、『神は心に眼をそそぎたまう』と言うことによって、生の最低至高の欲求へと否と断言し、神を生の敵とみなしている……神のよろこぶ聖者は、理想的な去勢者である……『神の国』の始まるところで、生は終わる」（『ニーチェ全集』第十四巻、原佑訳、ちくま学芸文庫、一九九四年、五二―五三ページ。傍点と中断符はニーチェによる）。

しかし、宗教や倫理を生命の敵と見たこのニーチェの判断は、十九世紀が半ばを過ぎるあたりから、ヨーロッパで人間の精神が頽廃的な状況に陥って行く原因を説明するものではあっても、モンテーニュの場合を説明するには柔軟さに欠ける。かれは、あれほど生きることを楽しみながら、神を生の敵だとは少しも考えていなかったからだ。たしかにかれは、カトリックを伝統とするフランスにあって、神の国をめざして生きるのとは反対に、どこまでも現世に踏み止まった人間であって、それはすでに「弁護」を書いてキリスト教を擁護したときのかれにさえ感じられた印象である。その「弁護」には古代ギリシア・ローマの哲学、文学、歴史などから数百にのぼる引用があるのに対して、聖書からの引用は二十に満たないという事実がこの印象を裏付けている。

ただ、それが事実であっても、その一方で、宗教戦争の混乱にあれほど翻弄されながら、それでも精神と肉体が静かな生活を享受できたことを、かれは神の恵みと思って感謝せずにはいられなかった。例えばこういう言葉がある。

［b］私の精神は、それが良心にも、体内のほかの情念にも煩わされず、肉体も自然な状態にあって、快適な働きをきちんと、正しく楽しんでいるのが、どれほど神さまのおかげであるかを見定めている〔…〕、そしてまた精神がどこを見渡しても、空は自分の

周りで穏やかで、空気を乱すどんな欲望も、どんな恐怖も、どんな疑念もなく、想像が頭を痛めずには越えられない〔c〕過去、現在、未来の〔b〕困難が、なに一つないような所に住んでいられるのが、どれだけありがたいことかということも見定めている。

（一一一二ページ）

これを当時の人間が読めば、神さまというのをキリスト教の神と取ることはまず間違いないことで、ジッドが言ったように、それが異端を糾問する教会の眼をくらます「避雷針」だったということも十分に考えられるが、しかしわたしには神という言葉が、運命とも、自然とも読める。おそらくモンテーニュにしても、かれが神という言葉を使ったのは、それが必ずしもキリスト教の神を指すためでなく、なにか自分をはるかに越えた大きなものがそこに働いているのを感じずにいられなかった、ということが言いたいためではなかっただろうか。なぜなら、人間が何かを目指してする努力には、それが必ず報われるという保証はなく、それが報われるとすれば、自分でない何か、神でも、運命でも、あるいは偶然でもが働いたおかげだと考える、思い上がりとは反対の感情がモンテーニュにはあるからだ。

さてモンテーニュは「時間を潰す」というフランス語の言い廻しを巧みに操って、自分の生き方を披露したあとで、今度は生きて享受するためにあるはずの現在から目を逸らして生きている人間の姿を、次のように描いている。

［b］そこで私は、運命や自分自身の誤りによって押し流され、嵐のように翻弄されている人々や、自分の幸運を無気力に、無関心に受け取っている、もっと私の身近にいる人々のことを、さまざまに思い描いてみる。かれらこそは本当に自分の時間を通り抜ける者たちなのだ。かれらは現在と、現にいま所有しているものを飛び越えて、希望の奴隷になり、想像が眼の前にちらつかせる影や空しい幻影を追っている。（一一一二ページ）

この一節は、後世の作家たちの眼に止まって、人間について同じような考察を綴らせる発想の源になったことでも知られている。そして、その一人がパスカルだった。かれはこの一節と、第一巻第三章の冒頭に加筆された文を踏まえて、『パンセ』のある断章を着想した。加筆されたモンテーニュの文はこういうものである。「［b］人間がいつも口をぽかんとあけて未来のことばかり追いかけているのを非難して、過ぎ去ったことは言うまでもなく、これから来ることもそれ以上に掴むことはできないのだから、現在の幸福を掴んで、そこに安住するようにと教える者たちは、人間の過ちのなかでもっとも一般的な過ちに触れている」（一五ページ）。

パスカルの方はこれらを踏まえて、時間に対する人間の過ちをどう考えただろうか。モンテーニュとの違いを知るために、それについて少しだけ余談をしてみたい。『パンセ』のなかに、こういう一節がある。

われわれは決して現在の時に身を置かない。われわれは未来が来るのが遅すぎるので、その流れを速めようとするかのように未来を先取りする。あるいは過去を、それがあまりに素早く過ぎ去るので、それを引き止めようとするかのように呼び戻す。われわれは軽率な上にも軽率にできているから、自分のものでもない時間のなかをさ迷って、自分のものである唯一の時間のことを決して考えない。またわれわれはじつに空しいものであるから、なにものでもない時間のことばかり考えて、存在する唯一の時間をよく考えもしないで取り逃がす。なぜかといえば、普通は現在という時間がわれわれを傷つけるからだ。われわれが現在を自分の眼から隠すのは、現在がわれわれを悩ますからだ。現在が楽しければ、それを取り逃がすのを見て残念がる。われわれは未来によって現在を支えようと努め、来るか来ないかまるで確信が持てない時間のために、われわれの力が及ばない物事を案配しようと考える。

銘々自分の思いのうちを探ってみるがいい。そうすれば、そのすべてが過去と未来によって占められているのが判るだろう。〔…〕こうしてわれわれは決して生きてはいないで、生きよう生きようと望んでいる。そして、いつまでも幸福になるための準備ばかりしているから、決して幸福になれないのは避けようがないことなのだ。（ブランシュヴィック版、断章一七二）

これが、モンテーニュを典拠にして、パスカルが見た時間のなかに生きる人間の状況である。モンテーニュと違って、人間は、その空しい本性からいって現世で幸福になれる望みはないという悲観的な断定が、パスカルの判断である。これは、かれが見た人間性の一端に過ぎないが、こうした状況のすべてを指して、かれはそれを神がいない人間の悲惨と呼んだ。人間はこの悲惨な状況から独力では抜け出すことができない。信仰を深めて、神の恩寵にすべてを委ねる以外に、人間を神なき悲惨から救う道はない。これがパスカルのキリスト教弁護論が展開される方向である。かれがモラリストとして見せた人間性の分析の数々は、その文章とともに、鋭利という点でほとんど類例を見ないものであるが、それが『パンセ』の前半を構成して、世の無神論者を信仰へ導くための周到な布石になるのである。

しかし、人間は現在の時間から目を逸らして生きているというパスカルの指摘には、もう一つ、これも余談として触れておきたいことが残っている。

それは、かれがこの人間の性状を単に他人のなかに観察して、指摘したのではなかったということである。信仰のなかに生きていても、人間は同じように現在という時間にこころが集中せず、過去や未来に気が散って、信仰を深めることができない。そのことの方がパスカルにとっていっそう重大な問題だったはずである。その現在を取り逃がすという人間の過ちを、パスカルはほかでもない自分の欠点として意識していたのである。厳しい信仰者というパスカル像がそんなことで崩れることは少しもないが、かれがわれわれと同じ人間だったという、われわれが気付こうとしないかれの人間的な一面が、それによって見えて来る。

その一面を伝えてくれるのは、パスカルが残した一通の手紙である。『パンセ』の校訂者ルイ・ラフュマは、いま引用した断章一七二（ラフュマ版では四七）と深い繋がりがある一通の手紙を指摘しているが、それがその手紙であって、一六五六年十二月に、パスカルが友人ロアネーズ公爵の妹シャルロットに宛てたものである。かれがこの手紙を書くことになった背景には、次のような事情があった。

シャルロットは深い信仰を持った娘だった。その当時、修道院に入って信仰に生きるところまで決心を固めていたかどうかは明らかでないが、この年の八月四日、母と兄の公爵に付き添われて、パリのポール＝ロワイヤル教会を訪れた。この教会では、同じ年の三月二十四日に一つの奇蹟が起きていた。パスカルの姪にマルグリット・ペリエという人がいて、長く涙嚢炎を患っていたが、それがこの教会の聖荊に触れると、眼病がただちに治癒したのである。そして、それが奇蹟と判定された。一方シャルロットは、その日教会に入ると、奇蹟を起こしたその聖荊に接吻した。すると、激しい感動に襲われて、即座に修道生活に入る決心を固めた。

同じ頃、ダリュイ侯爵という人物から、シャルロットに結婚の申し込みがあった。そこで兄の公爵は、妹の突然の決心が本物かどうかを確かめるために、妹を連れてポワトゥーにある領地へ赴き、そこに滞在して、妹のこころを試すことにした。こうして結局、二人はその地に七ヵ月とどまることになるのだが、パスカルがロアネーズ兄妹に何通かの手紙を寄せたのはそのときのことである。手紙の意図は、すでに修道生活の決意が固いシャルロットの信仰を指導することにあった。問題の手紙はそのなかの一通であって、パスカルの真摯な感情を伝えるなかなかいい手紙である。長いものなので、必要な部分だけを次に抄訳する。この娘が修道生活に入るに当たって、どんな悩みを抱えていたかについて確かなことは判らないが、パスカルの手紙から推して、修道者としての将来の生活に不安を感じていたのではなかったろうか。かれはその娘に自分の欠点を率直に語ることで、娘の信仰を導こうとした。欠点というのは、いまもいったように過去と未来に心が散って、現在に集中できない人間の性状のことである。

過去が私たちを困惑させるようなことは、ゆめゆめあってはなりません。なぜかといえば、私たちはただ自分の過ちを悔いさえすればいいのですから。しかし、それにもまして未来が私たちを苦しめるものであってはなりません。なぜなら未来は私たちにはまったく存在しないのですし、おそらく私たちがそこへ到達するということもまったくないでしょうから。現在だけが真に私たちのものである唯一の時間であって、それを私たちは神に従って用いなければなりません。私たちの様々な考えは、とりわけそのなかでこそ考慮されるべきなのです。そうはいっても、この世は不安に満ちていますから、人は現在の考えや自分が生きている瞬間のことを決してと言っていいほど考えず、考えるのはこれから生きる瞬間のことなのです。それゆえ、人はつねに未来に生きる状態にいて、決して今を生きる状態にはいないのです。主は、そういう私たちの予想が、いま私たちがいる今日という日より遠くへ伸びることをお望みにはならなかった。それが、私たちが守らなければならない限界であって、それを守ることは私たちの救いのためであり、私たち自身の安息のためなのです。なぜなら本当にキリスト教の戒律はこの上なく慰めに満ちているからです。世俗の格言よりも遥かにそうだと申しましょう。

この私にも数々の苦しみがあることを、その方〔ロアネーズ嬢を指す〕のためにも、他の人々のためにも、私のためにも予想はします。しかしながら、私はそうした予測のなかに自分が入り込んでいるのを感じると、私を自分の限界のなかに閉じ込めて下さるように神に祈るのです。私は自分自身に注意を集中します。すると未来の空しい考えのなかで気が散っているために、いま現にしなければならない数々のことを私が怠っているのに気が付きます。そうした空しい考えは、注意を向けるべきものではなく、反対に私が決してそこへ注意を向けてはならないものなのです。人が判ったような顔をして未来を検討するのは、現在をよく認識し、検討することを知らないからに他なりません。ここで申したことは私のためであって、その方のためではありません。間違いなくその方は、私などより遥かに美徳と瞑想を持っておいでです。ただその方に私の欠点を指摘したのは、そうした欠点に落ち込まないで頂きたいからなのです。ときには善のお手本よりも悪を見ることで、よりよく身を改めることがあるものです。それに、悪を利用することに親しむのもいいことです、なぜなら善はめったにありませんが、悪と来たら、どこにでも転がっているのですから。

相手は二十三歳の若い娘である。尼僧になる決意がどれだけ固くても、というより決意が固ければ固いほど、それだけ将来のことが気懸かりになるのはむしろ当然のことである。そういう娘に向かってパスカルは、未来の不安が信仰を乱さないように、いまという時間に集中すべきであることを、自分の経験を語りながら切々と説いている。先々の不安を考えて、いまなすべきことを疎かにする人間の性状を戒めて、現在に生きることの大切さに眼を開かせるのがパスカルの強い願いだったことを、われわれはこの手紙から知ることができる。

かれが、現在を生きよというとき、それは空しい過去や未来への思いを断ち切って、現在の信仰に生きることを意味した。前田陽一は断章一七二を考察して、現在に意識を集中することがパスカルにとって本質的な意義を持っていたことを、次のように結論している。「我々が現在を忘れて生きていることは、いかなる時代、いかなる文化圏においても指摘されてきたことである。ただパスカルの場合には、『ロアネーズ嬢への手紙』で同人自身が記しているように、神の前においても現在に集中すべきであることを考えていたので、この断章は単に人間的次元のみならず、パスカルにとっての究極の次元においても真実であったことに注目する必要がある」(『パスカル『パンセ』注解第二』岩波書店、一九八五年、一六八―一六九ページ)。

モンテーニュにとって時間を潰しながら生きること、あるいは「希望の幻影」を追って現在を「飛び越える」ことは、生きることの回避を意味した。ここまでなら、おそらくパスカルも同意するだろう。しかし現世を生きるといっても、パスカルはそれを「神に従って」生きることを説いたのに対して、モンテーニュはどこまでも地上の「人間的次元」において現在の生活を享受することに努めた。二人のあいだには、どうにも埋めようがない溝があって、その中間の道というものは存在しないのである。

モンテーニュはためらうことなく現世の世界に生きることを選択した。もっと正確に『エセー』から受ける印象に即していえば、かれの本能がその方向を指し示し、古代ギリシア・ローマの古典に関するユマニストとしての教養がそれを支え、理性がそれに同意したのである。信仰の道を選んだパスカルも、はじめは理性的な判断に従って選んだのであっても、最後には理性よりも「繊細の精神」、いいかえれば心情によって聖書の教えを受け入れた。これに対してモンテーニュは「優しい案内者」である自然に従って、この地上でよく生きようとする本能に、精神と肉体を委ねた。それゆえ、現在の自分を享受せずに、かえって自分の「［b］存在を軽蔑することは、われわれの病気のなかでもっとも野蛮な病気である」（一一一〇ページ）という厳しい判断が下される。生命の本能に反することは自然に反することであり、自然に反したすべての教えは、どんな宗教や哲学の権威に支えられていても、かれの眼から見れば病気なのである。かれは、現在にこころを集中して生きる自分の生き方を簡明な言葉でこう表現する。

［b］私の哲学と行為は、自然な、［c］現在の［b］実践のなかにある。想像のなかには

ほとんどない。（八四二ページ）

「自然な」と形容したかれの意図はもう説明するまでもない。そしてなにより、晩年のある日に加筆された「現在の」という一語は、この短い文の画竜点睛というにふさわしいもので、老いを迎えたモンテーニュが、いまという時を生きることに気持を集中していたことをもの語っている。

そして、こうした生き方の表明を抽象的な言葉だけに終わらせていないのが、『エセー』という本の強みであり、魅力なのである。

それはこれまでの様々な引用が示していたことであるが、実際、モンテーニュは抽象より具象を、論証より実例を偏愛する人間であって、その精神がこの本をどれだけ豊かなものにしているか判らない。われわれにしても、例えばかれが現在という時間をどう生きたのか、それを具体的に語った言葉の方に興味を惹かれるのは、そこにこの本の魅力があるからに違いない。しかしまた、それはこの本に簡潔な抽象化や巧みな論証がないということではなくて、それは現にいくらでもある。そしてその抽象が生きているのは、かれの個人的な経験や史実が具体的に語られた上で、今度は精神が事実の羅列をきらって、抽象という別の形で働くからで、その自在な精神の動きがこの本にもう一つの魅力を添えている。

ただし、どういう形を取るにしても、かれの精神が動き出すのは、経験でも、史実でも、あるいは一行の詩句でも、それが確かな手応えをもった一個の具体物として現れて、かれの精神を刺激するときである。読者はそうしたかれの精神の発動をページごとに感じるから、『エセー』が書かれる現場にじかに立ち会っているような印象さえ受けることになる。

生活のなかで繰り返される日常的な行為の一つ一つは、その具体物のもっとも身近な例であるが、同時にそれがかれにとってもっとも大切な営みでもあった。だからそのなかでモンテーニュの精神が目覚めないということはないはずだ。

話を先へ進める前に、ここでもう一度道草を食って、その生活のなかから卑近な例を二、三取り上げて見ることにする。一つは食事、つぎに病気、そして、最後は眠りである。

3　道　草――食卓のモンテーニュ、その他

『エセー』の最終章は、何と言ってもこの本の白眉であって、モンテーニュの人生と思索の総決算といった趣きがある。しかしまた、そこにはかれの食事の仕方や、食べ物の好き嫌いというごく身近な事柄も語られていて、読んでいると、食卓に就いているときのかれの姿が眼に浮かんで来て、その日常を垣間見ることができる。時代はまだ十六世紀であるから、王侯や貴族でも、食事のときに肉を切るナイフぐらいは使っていただろうが、スプーンやフォークの類いはほとんど使わなかったようである。まして地方の一領主に過ぎないモンテーニュについては言うまでもないことで、かれが「私は急いで食べるから、よく舌を噛む。ときには指を噛む」（一一〇五ページ）と言っているのはその証拠と見ていい。だからナプキン

がないと大いに困るのだとも言っている。

そのかれの食事がどんな具合だったのか、かれは食事というものをどんなふうに考えていたのか、その辺を覗いてみるために、まず次の一節を引くが、ここにはまだ食事のことは何も語られていない。出てくるのは食事とは関係がない死や医者のことであって、読者は不審に思われるかも知れない。しかし話が逸れているように見えても、かれの頭のなかでは立派に道筋が付いているから、われわれは安心してかれの話に付いていけばいい。

〔b〕死は、至るところでわれわれの生に混ざり合い、溶け込んでいる。つまり衰えが、死の時に先立ってやって来て、われわれが先へ先へと進んでいく流れに合流して来るわけだ。私は二十五と三十五のときの肖像画を持っているが、その二枚をいまの私と比べてみると、それはもう何倍も私ではない！　いまの私の姿は、死ぬときの姿よりも、あの若いときの姿からなんと懸け離れていることだろう。自然をこんなに遠くまで引っ張って来たために、自然はわれわれに付いて来るのにうんざりして、仕方なくわれわれと手を切り、われわれの指導を投げ捨て、どこの馬の骨とも判らないものを呼んできて、われわれの眼も、歯も、脚も、残りの部分もその助けのなすがままに任せて、われわれを医学の手に引き渡さなければならないというのは、あまりにも自然を濫用するものである。（一一〇二ページ）

晩年のある日、かれは老いた自分の姿に向かって、こういう諧謔の言葉を書いた。これは自然を「濫用」してまで長生きすることへの警告でもある。

まず、こういう一節があって、それからモンテーニュは食べ物や食事の話に入る。しかし、その話とこの一節がどう繋がっているのかは最後まで行かないと明らかにならない。ただここで少し先廻りをして言っておくと、かれは、当時の医学の水準がひどいものだったからというより、むしろ人間の知能が生み出した知識や技術を警戒し、それを鼻にかける専門家の傲慢な態度に大いに辟易していたから、病気になっても医者というものを頭から軽蔑していて、医者が命じることよりも、長年の暮らしの習慣と自然が与えてくれる教えに従って病気を治すのがかれのやり方だったのである。そういう医者嫌いの性格がモンテーニュにあったことをここで頭に入れておいてもらった方が、あとの話がし易くなる。

食べ物や酒の好き嫌いから始めよう。

［b］私はサラダも果物もそうむやみに欲しがらないが、メロンだけは別格である。父はソースというソースがすべて嫌いだったが、私はそのすべてが好きである。食べ過ぎると、気分がわるくなる。しかし、なにかある食べ物が、その性質上、私の健康を損なうかどうかについては、まだ確かなところは判らない。満月と新月、春と秋とで、影響がどう違うのかということも、同様に判らない。われわれのなかには不安定で、未知の動きがあるものなのだ。なぜなら、例えばわさび大根だが、はじめはこれが口に合って

いたのが、そのうち嫌いになって、いまは再び口に合っているからである。色々な食べ物について、私は自分の胃と好みがこんなふうに変わっていくのを感じている。葡萄酒は白から軽い赤に好みが変わったが、つぎには赤から白に変わった。魚は大好物で、肉を食べない金曜日が私のご馳走の日で、精進の日がお祝いの日である。これはある人たちが言っていることだが、私は、肉より魚の方が消化がいいと思う。魚の日に肉を食べるのは気が咎めるが、同じように私の味覚では、肉に魚を混ぜるのは気が進まない。それほどこの味の違いは懸け離れているように思う。（二一〇二―一一〇三ページ）

食べ物の好みが変わる例として、かれはわさび大根というのをあげている。原語でrefor、現在の綴りではraifortと書くが、これは日本の大根からは想像もできないほど堅いもので、味はマスタードのように辛い。フランスでは前菜として食べるか、料理の味付けに使うかするそうである。向こうで暮らしていたとき、大根おろしが食べたくなって、これを使ってみたが、とてもおろしに出来るものではなかった。それほど個性が強い野菜であって、フランス人でも好き嫌いがある野菜なのだろう。

肉を食べない小斎の日がご馳走だという魚好きのかれの食卓に、どんな魚料理が出されたのか、それが語られていないのが少し残念である。モンテーニュの家は、父の代に貴族の称号を持つようになるまでは、曾祖父と祖父が大きな船主で、船に葡萄酒や、染料に使う大《たい》青《せい》、それに塩漬けの魚などを積んで、ロンドンやルーアンやアントワープへ送り届ける、ボルドーで一、二を争う輸出商だったというから、代々、魚の味には親しんでいたのかも知れない。魚が好きならば、葡萄酒も白か、軽い赤というのは当然のことである。訳文のなかで「軽い赤」と訳した原語は“clairet”である。これは、その言葉からも判るように、明るい、淡い赤色をした、味の爽やかな、軽いボルドー産の葡萄酒である。昔はボルドーの赤といっても、今のどっしりしたのと違って、どんな食事にも合うこの手のものが主流だったそうで、これは葡萄酒のことに詳しい近所の酒屋に聞いた話である。

食事のときの酒量はかなり多い方で、四分の三リットルだと、別のところで言っているのだが、普通のフランス人が生《き》で呑むのと違って、それを二分の一か、三分の一の水で割って飲むと言っているのが腑に落ちない（一一〇四ページ）。昔の葡萄酒は濃さが違ったのだろうか。しかし、これも長い間のかれの習慣だというから、他人が口を差し挟むことではないだろう。

そして次に、こういう一節が来て、食事の楽しみが語られるのである。

〔b〕若い頃から、私はときどき食事を抜くことがあったが、それは明日の食欲を掻き立てるためだった。エピクロスが断食や精進をしたのは、食べる快楽が豊富な料理がなくてもやって行けるように自分を慣らすためだったが、私が食事を抜いたのはその反対で、食べる快楽に浸る自分を仕込んで、たっぷりある料理に舌鼓を打たせて、一段と愉快な気分でそれを平らげるようにするためだった。また私が断食をしたのは、肉体や精神の働きに備えて、精力を温存するためでもあった。なぜなら、満腹になると、このどちらも私のなかでひどく怠けるからだ。それに何といっても、あれほど健康で、あれほど溌剌とした女神〔ヴィーナスを指す〕と、消化不良でげっぷを出す、酒の毒気でむくんだ例の神さま〔バッカスを指す〕との、あの愚かな交合は真っ平だからである。また私の断食は病んだ胃を治すためでもあり、ふさわしい食事の相手がいないためでもあった。なぜなら私は、あの同じエピクロスがいったように、何を食べるかより、誰と食べるかに注意を払うべきだと思うからで、キュロンが、ペリアンドロスの所で宴会があったとき、他の会食者が誰であるかを聞くまでは、出る約束をしようとしなかったのを、私は見上げたものだと思っている。一緒に食事をする人たちから引き出されるソースほど、私にとって甘美な味付けも、食欲をそそるソースもないのである。（一一〇三ページ）

誰にもそれぞれ思い当たるところがある文章ではないかと思う。疲れた胃を休ませるために食事を控えるのは当たり前のことである。また、明日のご馳走をいっそう旨くするために食事を控えるというのは、節度を知った健啖家の心得であって、モンテーニュはどうやらそうした健啖家の一人だったようである。

しかし、この一節で一番共感を覚えるところは、誰と食事をするかに注意すべきであると言っていることだ。食べ物が旨ければそれでいいというのは、食事の楽しみを知らない者が言うことであって、本当に気が合った人間と食卓を囲むのがまず食事の楽しみというものである。その上でその食卓に旨い食べ物と旨い酒が載っていれば、それは間違いなく人生のもっとも大きな楽しみの一つである。これは享楽主義から言っているのではない。食卓の上がいくら豪華であっても、一人で食べるのでは味が半減するのに対して、家族や友人と食卓を囲めば、必ずなにか話が始まって、食卓の上が少しくらいさびしくても、食事は楽しくなるという自明なことを言っているのである。「話をすることは、それがその場にふさわしい、愉快で、短いものであれば、食卓のこの上なく甘美な薬味である」（一一〇六ページ）とモンテーニュも言っている。食卓が人との付き合いの場、社交の場であることを、われわれが忘れているはずはない。なぜならわれわれが家族と摂る毎日の食事や、ときどき友人と囲む食卓が、いつでもそれに気付かせてくれるからで、もしも一人で食べることを好む者がいたら、それはその人に人間である資格の一つが欠けているのである。フランス語で仲間を意味する“compagnon”という言葉が「ともにパンを食べるもの」を語源にしていることが示すように、人間にとって食事というのは、病気でもしない限り、誰かと食べるのが基本なのであって、家族以外でその誰かを選ぶことは、料理を選ぶこと以上に食事にとって大切なことである。モンテーニュが言っているのは、その食事を楽しむための基本のことなのだ。ふさわしい相手がいなければ食事を抜くというかれの心掛けに、わたしはただ脱帽するだけである。

そして次に、こういう文章が来る。

［b］たしかに、食事はもっとゆっくりと、少なめに食べて、回数を殖やす方が健康に良いとは思うけれど、しかし私は食欲や空腹にもその値打ちを認めてやりたいと思う。医者が言うような、強制された、貧弱な食事を日に三回も四回もだらだら摂っていたのでは、何の楽しみもないだろう。［c］今朝あった食欲が夕食のときにまた出ると、誰が私に請け合ってくれるだろうか。とくに老人は、好機が来たら、すぐにそれを捕まえようではないか。歴史暦は、暦の製造人か、医者に任せておこう。［b］私の健康がもたらすこの上ない成果は快楽である。なんでもいいから、眼の前にある、よく知っている快楽に囓り付こうではないか。（一一〇三ページ）

ここに出て来る「歴史暦」、あるいは日誌暦というのは、二宮敬著『フランス・ルネサンスの世界』（筑摩書房、二〇〇〇年）に載せてある写真版（四三六―四三七ページ）に見るとおり、一年のその日にあった歴史上の出来事がその日のページに載っている日記帳のことである。それを暦の製作者だけでなく、医者にも任せるといっている意味は、関根秀雄によれば、こういうことである。この暦の下段の余白は、「所有者が何でも書きこめるようになっている。病暦、食餌箋等を記すにも適している。要するにここの意味は、これこれの食餌箋に従って養生をすれば、幾日目から何が食べられるというような予定を楽しむ生活をさすのであろう」（『モンテーニュ随想録』関根秀雄訳、白水社、一九八五年、二〇一二ページ、注＊）。

しかし、モンテーニュの考えでは、当てになるかどうかも判らない、そんな医学上の注意に従うよりも、食欲があるときにはその自然な要求に従うべきで、折角の食欲を逃がすことはないというのである。初めに引いた一節で、死や自然とともに医者のことが語られていたが、それがここに来て、食事のことに話が繋がったわけである。そして、生きる上でのこうした態度は、モンテーニュだけのものだったのではなく、ホラティウスの「今日という日を摘め Carpe diem」の教えに従って、ロンサールが歌った、

> 生きなさい、私を信じるならば、明日を待たずに
> 今日からすぐに、命の薔薇を摘みなさい。

の詩句に示された生き方にも繋がっていて、そのどちらにもルネサンスにおける生命の讃歌を見ることができる。

食事のことはまだ色々あるけれど、それは読者の楽しみのために『エセー』のなかに残しておいて、医者のことが出たので、今度は病気のときのモンテーニュがその病気をどんなふうに扱ったか、また医学というものをどう見ていたかについて触れておこう。まず、病気と食べる楽しみがともに語られている次の一節を引く。

［b］健康であっても、病気であっても、私は欲望に責め立てられると、喜んでそれに身を任せて来た。私は自分の欲望と性癖に大きな権威を与えていて、病気を病気で治したいとはまったく思っていない。病気よりももっと煩わしい治療が私は嫌いなのだ。結石の痛みに服従し、牡蠣を食べる楽しみを我慢することに服従するのでは、一つで済む病気を二つ持つことになる。一方で病気に噛み付かれ、他方で規則に噛み付かれる。だれにでも間違えるおそれはあるのだから、いっそ思い切って快楽を追うことに踏み切ろうではないか。世間の人のやり方はこれと反対で、苦しくないことは何の役にも立たないと考えていて、やさしいことは疑わしいと思っている。〔…〕私がいやいや受け取るものは、どれもこれも私の害になるが、欲しくてたまらなくて、喜んで受け取るものは何一つ害にならない。私にとってじつに楽しかった行為から害になるものを受けたことはこれまでにただの一度もなかった。だから私は医学上のすべての結論を、私の快楽に大幅に譲歩させてきたのである。（一〇八六ページ）

モンテーニュが、病気になっても、信用できない医者の忠告に従うより、快楽の追求に賭けた態度は、食欲について語っていたことと見事に一致している。そして、かれがこうした態度に出たのは、一つには当時の医学に不信を抱いていたからで、それを裏付けるものに次のような言葉がある。

［b］医学は、われわれが何をしたところで、そのわれわれにはなんの権威もないと言えるほど確かなものではない。それは風土や月の満ち欠け、ファルケルやエスカル〔いずれも当時の有名な医者〕によっても変わる。もしもあなたの医者が、眠ることはよくないと言い、葡萄酒やある種の食べ物を摂るのはよくないと言っても、心配することはない。それと反対の意見を持った別の医者を私が探してあげるから。（一〇八七ページ）

これは皮肉から言っているのではない。かれの経験から医学の実状を語っているのであって、もし医学が信頼できる水準に達していたら、かれもその知識を多少は受け入れていたに違いない。それが望めない状況にあったから、モンテーニュは自分の体を医者には任せず、医学の助けも、それが最後の手段でなければ借りようとしなかった。しかしそれは、かれが健康に無頓着だったということではない。実際はその反対であって、かれは徹底して自分の体を自分で管理したのである。結石持ちだったかれは、過去に経験したあらゆる症状とその経過、またそのときの処置を克明に記録していて、あらたに発作が起きる場合に備えていた。例の外国への旅は結石の治療が一つの目的だったから、『旅日記』には各地の湯治場の様子とともに、発作の徴候や症状、また尿に混じって出た砂の量などが詳しく書き留められている。この医者のカルテのような記録がたんに旅行中に限ったことでなかったことは、次のような晩年の言葉から窺うことができる。

［c］私は生まれつき記憶力が欠けているので、紙を使って、それを作り上げる。そして私の病気になにか新しい徴候が現れると、それを紙に書いておく。だから今では、あらゆる種類の症例をほとんど経験しているから、なにかひどい変調に脅かされても、このばらばらの小さなお免状を、予言者シビュレの書き付けのようにめくると、過去の経験のなかに、なにか都合のいい予測が見つかって、慰められないということはもうないのである。（一〇九二ページ）

かれが当時の医学を向こうに廻して、あれだけ強い態度に出られたのもこの備えがあったからで、かれ自身がだれよりも頼りになる主治医だったのである。また病気のときに医者が言うことに従うかわりに、牡蠣を食う快楽の追求に賭けることができたのも、この自分という主治医が判断したことだった。

しかしまた、病気という不快なものについて、かれにはこれまでのとは違った見方もあったことを言っておかなければならない。前に引いた一節のなかに、「私は時が悪くて、不愉快なときは、時を通り抜ける。よい時はそこに立ち止まらなければならない」という言葉があった。病気になれば、その不快なときを一刻も早く通り抜けようとするのがモンテーニュの流儀だったはずで、病気より煩わしい治療などは避けて通ったはずである。ところが、快も不快もない無痛の状態を、最高の快楽に位置づけたエピクロス派の哲学にふれて、モンテーニュは必ずしもそうは言っていないのである。

［a］われわれの幸福は、不快であることの欠如にほかならない。だから快楽にもっとも価値を認めた哲学の一派は、さらに進んで、それをただ一つ、苦痛がない状態のなかに置いた。苦痛をまったく持たないことが、人間に望みうる最大の幸福を持つことなのだ。〔…〕

だから私はこう言うのである、もしも淡白であることが、われわれを苦痛がまったくない状態に導くなら、それはわれわれの境遇からいって非常に幸福な状態にわれわれを導くものだと。（四九三ページ）

モンテーニュは、はじめはこう書いた。それが晩年になると、そのあとに次のような加筆をするのである。

［c］しかしながら、この淡白さを、味もそっけもないほど鈍いものと考えてはならない。なぜならクラントールは、もしもエピクロスがいう無痛が、苦痛の到来も発生も見られないほど深いところに置かれていたら、そんなものには用がないと言ったが、それはいかにも筋が通った言い分だからである。私はそんなありもしない、欲しくもない無痛などを少しも誉めたいとは思わない。病気でないのはうれしいことだが、もし私が病気ならば、病気だということを知りたいものだ。そしてもしも私が焼灼され、切開されれ

るなら、それを感じたいものだ。実際、苦痛の感覚を根絶やしにするようなものがいれば、かれは快楽の感覚も同時に根絶やしにして、しまいには人間を消滅させることだろう。（四九三ページ）

病気の苦しみも、冷えた白葡萄酒を飲みながら牡蠣を食べる楽しみとともに人間のものであって、そのどちらか一方だけでわれわれの生活が成り立つものではない。モンテーニュは人間に許されている経験のすべてを味わい尽くすことを求めたまでで、不感無覚の境地は生きている人間の姿ではないのである。切開される痛みを感じたいと言ったのはかれの強がりでなくて、快楽とともに痛みも感じるのが人間であるというかれの考えの率直な表れなのである。人間に経験できることは可能な限り経験することによって、人間性を大きく開花させたルネサンス人に特有の、しかしルネサンスでも稀に見る生き方がここにある。

今では医学が昔に比べて格段に進歩して、病気の苦しみを和らげ、死ぬはずだった命を救ってくれる。これは有り難いことであるが、医学の力、というよりその限界は、人間が持っている自然な治癒力を助けることにあって、これは多少重い病気をして、手術や様々な治療を受けながら立ち直ったものなら、誰でもが体で知っていることである。その点では医学の務めが昔も今も変わりようがないのは、ひとことで言って、人為である医学ではわれわれの命を作ることができないからである。

だからその治癒力が尽きるときが、人の寿命が尽きるときであって、どんな医学もその自然に逆らって、寿命を延ばすことはできない。年を取って病気がちになるのは、その本来の治癒力が衰えてきたからで、そういう病気なら、それに文句を付けるのは筋違いなのである。反対に、老人の病気というのは、その人間がそれだけ長く生きてきた立派な証である。老人がそれを無視してまで青年のような健康を望むなら、モンテーニュは強い言葉でその愚かさをたしなめるだろう。

〔b〕ある老人が神さまに向かって、どうか私の健康がいつまでも完全で、力強いものでありますように、ということは、私をもう一度若返らせて下さいますように、と頼んでいるのをご覧なさい。

愚か者よ、なぜそんな子供じみた願いを空しく抱くのか。〔オウィディウス〕

これこそ狂気の沙汰というものではないか。老人の境遇はそういうことを許さないものなのだ。〔c〕痛風、結石、消化不良は、長い年月を経てきたことの徴候なのだ、長旅に炎暑や、雨や、風があるように。〔…〕

〔b〕避けられないことなら、それに堪えることを学ばなければならない。われわれの人生は、世界の調和と同じく、たがいに異なるものから、また様々な調子から出来ている。すなわち甘美なものと厳しいもの、鋭いものと平板なもの、たるんだものと重々しいものから出来ている。一方のものしか好まない音楽家がいたら、そんなものでかれは何をやろうというのか。かれはそれらの調子を混ぜ合わせて、一緒に使うことを知らなければならない。同様にわれわれも、人生に共存する善と悪に対してそうでなければならないのだ。われわれの存在はこの混合がなくてはあり得ない。一方の組にあるものは、他方の組にあるものに劣らず必要なのである。（一〇八九—一〇九〇ページ）

痛風、結石からはじまって、長旅には炎暑や雨や風が付き物だといっているあたりの加筆には、長い人生を生きて来たものに、諦めでなく、勇気を与えずにおかないものがある。そこには人生に対するモンテーニュの強い、静かな気概が感じられて、われわれは人間が見事に年を取ると、風雪に堪えた大樹にも似た存在になりうることを知らされる。そういう人間のそばにいると、われわれはその人が黙っていても、大きな安らぎのなかにいて、そのときはなにも思うことがない。子供が祖父母のそばで無心に遊ぶようなものである。世間には必ずそういう人がどこかにいて、その人を知ることで生きることに力を得るものである。これはどんな哲学にも、どんな芸術にも真似ができない人間の力である。

病気の話はここで切り上げよう。そして、食事の楽しみのあとには眠る楽しみが来るから、そこに話を切り替えることにしよう。これには食事の楽しみに欠かせなかった会食者の必要がないだけでなく、自分さえも必要がない楽しみと言えるかも知れない。眠ってしまえば、われわれは意識を失うからだ。しかし、じつはそこが、モンテーニュにとってこの睡眠の楽しみで問題になるところなのである。

眠りというのは、そのなかに訪れる夢の時間を除いて、無意識の生である。眠ることは、目覚めているときの生活を維持するのに不可欠であるだけに、それが深くなればなるほど、その夢さえも見ない無意識の状態であることが生理的に要求される。それゆえ眠りは生のなかの死であって、われわれが何気なく使う「快い熟睡」という表現も、目覚めた後の爽快な気分による錯覚、というのが言い過ぎならば、少なくとも推測にすぎない。熟睡は快も不快もない一種の仮死である以上、意識の対象にはなり得ないはずで、もしもこの仮死の状態を知りたいというものがいれば、それは死を生きてみたいというのと同じ無理難題を望むことになるだろう。

モンテーニュはその体質や気質からいって、よく眠れる人間だったようである。それも朝まで一気に眠り通すような眠り方だったようだ。しかし、例の好奇心が動き出し、そうした心地よい眠りの正体を突き止めたくなって、あるときかれはいまいった無理難題を試して見ずにはいられなくなった。

［b］他の人々も満足と幸福の快さを感じている。私もそういう人々と同じくそれを感じているが、しかし走り抜けたり、滑りながらにではない。実際、それをわれわれに授けてくださるお方にふさわしい感謝を捧げるためには、その快さを吟味し、味わい、反芻しなければいけないのだ。他の人々は、他にもある様々な快楽を、眠りの快楽と同じ

ように、それをよく知りもしないで楽しんでいる。かつて私は、眠りそのものがそんなふうに無感覚に私から逃げ去らないために、それを一目なりと垣間見られるように、誰かに眠りを乱してもらうのが良いと思ったことがあった。私はどんな満足もじっくりと考察して、上澄みだけを取るのでなく、底まで探るのである。（一一一二ページ）

眠りというものもわれわれの生活の重要な時間であるから、それが無意識の時間であっても、いや無意識の時間であればこそ、モンテーニュはその眠りの正体を突き止めずにはいられなかった。なるほど眠りの不意を突いて、その正体を摑もうとするのには多少の遊び心が働いていたかも知れないが、しかしこうした子供のような心の動きも多分にかれの本心であって、よく寝たあとの快感がここでもまた、かれの詮索癖を目覚めさせる。誰でも熟睡から自然に目が覚めて、ひっそりした部屋のなかで、見慣れた家具がふたたび眼に映り、静かに息をしている自分に気が付くときの虚ろな、満ち足りた気分を知らないものはいないだろうが、そこからわれわれが眠りの正体を探って見ようとしないのは、生きている自然な歓びに、われわれがモンテーニュほど貪欲でないために過ぎない。

しかし反面、眠りや夢というものは、体が健康で、ベッドに就けばすぐ眠りに落ちて、七時間も一気に眠り通すというモンテーニュのような人間には、容易にその神秘な扉を開かないのも事実であって、かえって不眠に悩む病弱な人間の方がその世界に通じている。ネルヴアルは遺作になった『オーレリア』の冒頭に、「夢は第二の人生である。私は眼に見えない世界からわれわれを切り離している、あの象牙か角でできた扉を、戦慄を覚えずに通り抜けることができなかった」と書いた。そのネルヴァルを敬愛していたプルーストはあの長い小説を、主人公がベッドで不眠の夜を過ごしながら、眠りや夢について思いをめぐらせる場面から始めていて、小説にはそうした場面や、眠りや夢についての考察がさまざまに綴られている。

モンテーニュが、眠っているところをいきなり起こされて、眠りの正体を突き止めることができたかどうかは知らないが、ただ、熟睡している人間が急に起こされれば、その瞬間、自分が誰で、いまどこにいるかも判らない空白の状態に陥るのは確かである。それが眠りのなかにいる人間の延長と見られないこともない。プルーストは、モンテーニュが描かなかったその不意の目覚めを描いて見せた。

いまは道草を食っているところなので、少し長くなるけれど、お許しを願って、その部分を引いてみたい。こういう一節である。

眠っている者にとって、こうした眠りのなかで流れる時間は、目覚めている人間の生活が実現される時間とはおよそ異なっている。その流れはときには遥かに素早く、十五分が一日にも思える。またときには遥かに長くて、ほんの少しうたた寝しただけだと思うのに、一日も眠ってしまうのだ。そんなとき、人は眠りの馬車に乗って深淵のなかへ下って行くのだが、そこまで来ると思い出はもう馬車に追いつくことができず、精神は深淵の手前へ引き返さなければならなくなる。眠りの馬車に繋がれた馬は、日輪のそれのように、もうそれを引き止めるどんな抵抗物もない大気のなかを、まったく変わらない歩調で進んで行くので、われわれとは無縁の、なにか小さな隕石でもあれば（いかなる「未知のもの」がそれを青空の高みから投げ付けたのか）、石は規則正しい眠りに当たって（そうでなければ、眠りは歩みを止めるどんな理由もないから、同じ動きで何世紀のかなたまでも続くだろう）、眠りに鋭くカーブを切らせて現実の方へ舞い戻らせ、そこへ向かってまっしぐらに突進させ、生活に近い地帯を横切らせ――やがて眠っているものはその地帯のなかに、生活のまだほとんど定かでないざわめきを、しかし歪んではいても、すでに知覚できるそのざわめきを耳にするだろう――そうやって、いきなり目覚めに着地させることができるのだ。そのとき、人はこうした深い眠りから曙のなかに目覚めるのだが、自分が誰なのか判らない。誰でもなく、すっかり新しくなっていて、何をするのも辞さない気でいるのだが、頭からはそのときまで生活だったあの過去が消えている。おそらくもっと素晴らしいことが起きるのは、目覚めへの着地が突然やって来て、眠っていたというわれわれの考えが、忘却の覆いに隠されてしまって、眠りが途切れる前に少しずつ戻って来るだけの時間がないときである。そうなると、われわれは（しかしわれわれは、われわれとさえ言えない）そのなかを横切ってきたような気がする暗い嵐のなかから、横になったまま、何の考えもなく、抜け出して来る。それは中身のない一個の《われわれ》である。駆けつけた記憶が意識なり、人格なりを返してくれるまでは、そこに横たわる人間、あるいは物体が呆然として、いっさいを知らずにいるのは、一体いかなるハンマーの一撃を受けたためなのか。(『ソドムとゴモラ』)

モンテーニュが見届けようとした眠りの正体がおそらくここにある。もしそれが夢も見ない深い眠りであれば、その正体は、プルーストがここに描いてみせた「われわれとさえ言えない」くなった人間の空白の意識と言うほかはないだろう。モンテーニュの詮索癖が、これを読んで、満たされるかどうかは知る由もないが、かれが不意に眠りから起こされたときに見出すのが、自分が誰なのかも判らない無の意識だったということは大いにありうることだろう。

道草はこのあたりで切り上げて、話をもとに戻すことにする。

4　死について

この主題をここで取り上げるのは、少し場違いに思われるかも知れない。死は人生の最後に来る一瞬に過ぎないもので、その一瞬に過ぎないものを生きるというのは、厳密に言えば、考えにくいからである。その上、モンテーニュがその死の瞬間を、実際にどのように迎えたかということは、多少の伝記上の事実がそれを語っていても、死んで行くかれの心の中までは判らない。しかし、体の力が衰えて来ると、かれはその感覚のなかに死の前兆を感じ取るようになって、老境のかれが、そういう形での一種の死とどう付き合ったかは『エセー』のなかに読み取ることができる。そして、その近似的な死との親しい付き合いくらい、かれの生き方をよく伝えるものも少ないから、それをここで話題に取り上げて語ることは、必ずしもこの章の意図に反することにはならないだろう。

モンテーニュが、死を単なる一瞬の出来事と見なすようになったのは晩年のことである。そうした境地に到達するには、かれなりに長い道のりが必要だったのである。実際、死というものをどう考えたらいいのか、それに対するかれの態度にはかなりの曲折があって、その折々のこころの動きを記録した『エセー』が語るとおり、若いころと中年過ぎとでは、死の考え方が大きく変わって行くのである。そしてその変化は、かれの思索の深まりを示すものでもあったから、死を語るかれの晩年の言葉にはそれだけの読み応えが感じられる。

その変化をたどる前に、モンテーニュが若いうちから、どれほど強く死というものに心を惹かれていたか、その生の声を聞いて見よう。

〔a〕これはリュクルゴスが言っていたことであるが、墓地を教会に隣接して建てたり、町で人が一番よく行く場所に建てたりしたのは、庶民や女子供に、死人を見ても決して怯えたりしない習慣を付けさせるためであり、白骨や墓や葬列を始終見ることで、自分たちの境遇について警告を受けさせるためだった。〔…〕だから私も死を想像するだけでなく、絶えずそれを口にする習慣が付いた。そして、人間たちの死ほど、というのはかれらが死に臨んで、どんな言葉を語ったか、どんな顔をしたか、どんな態度を取ったかということほど、私が進んで調べてみたいと思うことはないし、歴史のなかで、これほど注意して眼を止める個所もないのである。〔c〕私がこの材料にとりわけ熱意を持っていることは、この本につめこんだ私の実例を見てもらえば、一目で判ることだ。もしも私が本の作り手であれば、様々な死について注釈がついた記録をこしらえるだろう。人間に死に方を教えるものはかれらに生き方をも教えるだろう。（八九―九〇ページ）

とくにこの一節の前半を読むと、なぜモンテーニュがこれほど死というものに関心を寄せたのかが不思議に思えるほど、死が頭から離れなかった様子が見て取れる。それはモラリストの知的な関心といったものではまったくなくて、なにか生身の人間として、どうあっても死の恐怖と折り合いを付けずにはいられない強迫観念に近いものだった。そういう思いが中年頃までのかれを悩ませていたのである。

われわれの生命を最後に消すのは死であって、死は非業の死であれ、自然な死であれ、必ずわれわれを襲うものであれば、生きていることを自覚する人間がやがて来る自分の死を思い、死を恐れるのは自然なことかも知れない。すでに書いたことであるが、モンテーニュが生きた十六世紀のフランスは、度重なる宗教戦争とペストの流行を経験した、死と隣り合わせの時代であって、眼の前に転がっている死人の光景や、他人事でない死の恐怖が、心のなかに食い入っていたのは現代の比ではなかっただろう。……とそう書いてみて、よく考えれば、こういう比較が当てにならない想像でしかないことに気が付く。平気で人を車刑や火あぶりにする狂信者に宗教的寛容を説いた精神一つを取って見ても、それを説く必要があったのはフランスでは十八世紀までで、いまの世界に寛容を説く必要はなくなったとはお世辞にも言うことはできない。いつの時代でも、死を切実に意識するかどうかは、時代の状況よりも、個人の心情の問題であって、平穏な時代にあっても死の思いに取り憑かれる人間がいるのと同じように、血なまぐさい時代に生きた人間のすべてが、モンテーニュのように、死を痛切な関心事にしたとは限らない。

かれにとって、その個人的な心情が何であったかは、その人間の資質であるという以外には、なに一つ具体的に言うことができない。『エセー』第一巻第二十章は「哲学することは死ぬことを学ぶこと」と題されている。この章の多くのページは、『エセー』のなかでもっとも早い時期に書かれたもので、モンテーニュはそのとき三十九歳だった。そのなかに次に引く一節があって、とりわけわたしの眼を惹いた。かれの無二の友人だったエティエンヌ・ド・ラ・ボエシ（一五三〇―六三年）の早すぎた死が与えた衝撃を別にすれば、死をめぐるかれの思索の根、あるいはその資質は、このあたりにあったのではないだろうか。

［a］私は生来、憂鬱なたちではなく、夢想家である。その私がつねづね何にもまして思い耽っていたものは、死の想像なのである。私の生涯でいちばん放縦な季節にあって

も、

〔b〕花咲く私の青春が春を楽しんでいたとき〔カトゥッルス〕

〔a〕ある人は、私がご婦人方に囲まれて遊びながら、嫉妬や、当てにならない望みを鎮めようと、ひとり思い悩んでいるとばかり考えていたが、実はそのとき、誰だったか、数日前に、同じような宴の席を退出して、私と同じように頭のなかを無聊や、恋や、楽しい時で一杯にしているところを、不意に熱病と最期に襲われたことを考えて、それと同じことがいまこの私にも降りかかろうとしているのだ、そう私は考えていたのである。〔…〕

そう考えたからといって、ほかの考えと同じく、別に私はそれで額に皺を寄せたわけではなかった。はじめのうちこそ、こうした想像の痛みを感じないわけにはいかないが、しかし、それを手でいじくり廻しているうちに、長い間には必ずそれを手なずけてしまうものである。そうでなければ、この私は死の恐怖と妄想に絶えず取り憑かれているだろう。なぜなら私くらい自分の命を信用しないものも、自分の寿命を当てにしないものもいなかったからだ。私は今日まで非常にたくましい健康に恵まれて来て、それが中断されることはほとんどなかったが、その健康も長生きの期待を伸ばしはしないし、病気もそれを縮めはしない。いつでも私は、私が自分から抜け出して行くような気がしてならない。〔c〕そして絶えず自分にこう繰り返し言っている、ほかの日に起こるかも知れないことは、今日起こるかも知れないと。〔a〕本当のところ、偶然も危険もわれわれをその最期に近づけることはほとんどないか、まったくないのである。そして、われわれを一番怯えさせるように思えるああした不幸な出来事がなくても、ほかに無数の出来事がわれわれの頭上に襲い掛かっていることを考えれば、元気であっても熱があっても、海にいても家にいても、戦場にいても休息していても、死はひとしくわれわれの傍らにいることに気が付くだろう。〔c〕「誰ひとり隣人よりいっそうひ弱なものはいない し、誰ひとり明日にいっそう確信が持てるものはいない」〔セネカ〕。〔a〕死ぬ前に私がしなければならないことは、たとえ一時間しかかからないことであっても、それを仕上げるには、どれほど暇があっても足りないように思えるのだ。先日、ある人が、私のメモ帳を拾い読みしているうちに、私が死んだら、その後でやってもらいたいと思ったことを書き留めた覚え書を見つけた。私は本当のことなので、かれにこう言ったのである。「私は家から一里しか離れていないところにいて、健康で、溌剌としていたが、家までたどり着ける自信がまったくなかったので、それをその場で書いたのだ」と。（八七―八八ページ）

ある人の突然の死と、自分の覚え書について語っていることは、かれが実際に経験したことであって、伝聞や他人の経験からでは得られない切実な響きがある。それにしても、この死に対する感性の純粋で、初々しいことは、円熟したモンテーニュの言葉を読み慣れているものには、なにか意外な感じさえする。しかし、間違いなくこれもかれの姿なのであって、「健康で、潑剌とし」た若い命のかげに、死の戦《おのの》きが隠れようもなく覗いていたのが判る。晴れ渡った空の一角に、雨雲の一片を認めたように、かれは輝く命のなかに、たしかに死の影を見たにちがいない。われわれは『エセー』の全体的な印象から、ものに動じないモンテーニュという像を思い描くのに慣れているが、そのかれにしてこの死の不安があった。しかし、少しも意外なことではない。こうした経験は、それを痛切に感じる繊細な感性を持った人間には忘れようがないもので、それゆえ三十九歳のモンテーニュは、ある人の突然の不幸を自分のことのように書き留めたのである。このことを知ってから、わたしはなぜこの本が死をあれほど執拗に問いつづけたのか、そのわけが判り始めた。また同時に、それまでわたしが持っていたかれの人間像に、人間の血が流れ出したのである。

しかし、死の恐怖がこころに宿った青春の時代から晩年に至るあいだ、かれにとって死の顔がつねに同じだったのでないことは前にも言った。はじめのうちモンテーニュは、死が人生の最終の目標だと考えた。そして、ストア派の賢者のように、死ぬときの心の準備をして、死の恐怖に打ち克とうとした。

［a］われわれの競走の目的は死である。死はわれわれが目指す必然的な目標である。その死がわれわれを怯えさせようものなら、どうして熱に浮かされずに、一歩でも前へ

進むことができるだろうか。民衆の治療法は死を考えないことである。しかし、どんな獣じみた愚かさがあれば、これほど見え透いた盲目の状態になれるというのか。（八四ページ）

この短い一節にも、死に生理的に反応する敏感な感性が感じられる。たしかに、盲目を装って、死から眼を逸らすことはなんの治療にもならない。あるいは現実に死が眼の前に来るまでは、盲目を装うのも一時的な気休めにはなるだろう。しかし、とモンテーニュは続ける。

［a］しかし、いったん死が、かれらや、妻や、子供や、友人にやって来て、出し抜けに、無防備なところを不意打ちすると、なんという苦悶、叫び、狂乱、絶望がかれらを打ちのめすことだろう。これほど叩きのめされて、変わり果てた、動揺する姿を、あなたはこれまで見たことがあっただろうか。だからもっと早くから死の準備をしておくべきなのだ。また、あの獣じみた無頓着が分別ある人間の頭に宿ることなど万に一つもないとは思うが、もしもそういうことになったら、その買い物はわれわれにはあまりに高くつく。（八六ページ）

当時の宗教戦争のような混乱のなかにいれば、いつ死が不意に襲って来ても不思議ではない。その死に対して動物の無頓着を装うことなど、人間に出来るものではない。なぜなら死はわれわれの肉体を襲うまえに、精神を襲って、いやでも死を意識させずにはおかないからだ。

そこでモンテーニュは、古代のエジプト人が晴れやかな饗宴の席にまで人間のミイラを運び込んで、死から眼を離さなかった周到さにならって、死をつねに念頭に置いて、死の奇襲に備えよと、忠告する。つまり、いつでも死ねる覚悟を固めよと言うのである。それには死の姿をさまざまに思い描いて、死を身近に意識することが一番の早道である。そこで例えば、かれはこんなふうに言うのである。

［a］死という敵から異様さを取り除こう。敵と親しみ、敵と馴れよう。（八六ページ）

あるいはまた、

［a］死をあらかじめ考えることは、自由をあらかじめ考えることである。死ぬことを学んだものは奴隷であることを忘れたものだ。死ぬ術を心得ることは、われわれをすべての隷属と束縛から解放する。（八七ページ）

これはなにか痛々しいものさえ感じさせる必死な言葉ではあるが、しかし現実に死の奇襲を制するのに、どれだけ有効な手段と言えるだろうか。いくら死に対する知的な防御を固めても、それで死の恐怖を払い落とせるものだろうか。死の恐怖はすべてが想像による恐怖であって、その想像を眠らせることは、モンテーニュを含めてわれわれ人間に容易にできることではないだろう。

そのモンテーニュが死を籠絡することができたのは、こうした意識的な努力によるものではなかった。死をめぐるかれの考えに一つの転機を与えたのは、まったく偶然の出来事であった。生涯にただ一度かれが失神を経験することになった落馬事故がそれである。

その事故がいつ起きたのかについて、モンテーニュは、繰り返されるフランスの宗教内乱の第二回目か、第三回目のときのことだと言っていて、記憶が確かではない。第三回の内乱は、一五七〇年八月に、サン＝ジェルマンの和議によって、摂政カトリーヌ・ド・メディチとナヴァール王妃で新教徒のジャンヌ・ダルブレとの間に、調停が成立することで一応の終結を迎えるから、この時を事故があった下限とすることはできるだろう。

これはすでに何度も述べたことであるが、当時のフランスはこの内乱のために国情が騒然としていたが、なかでもモンテーニュの城館があったフランス南西部の地方は新教徒の多いところだったから、状況はいちだんと緊迫していた。

ある日、かれは家来のものを従えて、「家から一里」のところなら安全だろうと判断して、馬で遠乗りに出掛けた。そして、落馬事故に遭った。事故が起きたとき、供回りのものはてっきり主人は死んだものと思ったらしい。二時間ほど経って、モンテーニュは息を吹き返して、桶一杯の鮮血を吐いた。そして、意識を取り戻した。実際はただ気絶していただけだったのだが、暫くのあいだは、当人にとっても従者たちにとっても、かれは死んでいたのである。

事故はどのようにして起きたのか。その瞬間かれは何を感じたか。第二巻第六章「実習について」はそのときの顚末をつぶさに語っていて、『エセー』のなかでも読み応えがある文章の一つだと言っていい。この章が書かれたのは、ヴィレーによれば一五七三年から七四年と推定されていて、それに従えば、このときモンテーニュは四十か、四十一になっていた。

モンテーニュはこの章の冒頭で、ローマ皇帝のカリグラから死刑の宣告をうけた、沈着な人柄で聞こえた貴族のカニウス・ユリウスが、処刑の直前に友人の哲学者から、いま君の魂はどんな心境にあるかと問われたときの逸話を引いている。ユリウスの返答はこうだ。

［a］「私はこころの準備を整え」とかれは答えた、「全力をあげて精神を緊張させて、こんなに短いこの死の瞬間に、魂が抜け出すのを認めることができるものかどうか、魂が自分の退場を感じるものかどうか、それを見定めて、もしそれについて私になにかが判ったら、あとでまた戻って来て、できることなら友人諸君にお知らせしようと考えていたところだ」と。この男は、死ぬ間際だけでなく、死のさなかにあってまで哲学をやっている。自分の死が友人に教訓として役立つことを願い、これほどの一大事のなか

で、それとは別のことを考える余裕があるというのは、なんという自信、なんという勇猛な勇気だったことだろう。（三七一ページ）

豪気といえば、これほど豪気なこともないが、モンテーニュはこのほかにも、古代ギリシアやローマの人間で、死に臨んで死の味を味わい尽くそうとした勇気ある者たちの実例を数多くあげていて、それだけでもかれが作りたいと言っていた死に関する「注釈をつけた記録」を編むのに十分なくらいである。

しかし、こうした人間たちの事例はわれわれ凡人の手本にはなり得ない。それに対して、モンテーニュが自分の落馬事故から得たものは、これとはまったく趣きが異なる教訓だった。かれはあれほど恐れていた死の顔を、自分の意志からでなく、偶然、正面から見詰める羽目になったのである。そのときの体験を、かれは次のように書き出している。

［a］しかし、なにか激しい事故に遭って失神して、すべての感覚を失ったものは、私の考えでは、死の本当の自然な顔を今まさに見ようとしたのである。なぜかといえば、われわれは自分に余裕がなければどんな感覚も持ち得ないのだから、死へ移行する瞬間がなにか苦痛や不快を伴っているなどと心配することはないからである。われわれが苦痛を感じるには時間が必要であるが、死の場合にはそれが非常に短く、非常にあわただしいから、当然、死は感じられないものでなければならない。（三七二ページ）

あれほど死を恐れていた人間が、今度はなぜ死は恐れるに当たらないと言うのか。それについてかれが言いたい肝腎なことは、すべてこの数行に言い尽くされている。つまり、死は、短いあいだの出来事であるから、苦痛でも不快でもなく、それが死の「本当の自然な顔」だというのである。それをもう少し詳しく見ると、こういうことになる。かれは自分が死に掛けたとき、どんな状況にあったか、それについて次のように書いている。

［a］見ると、私は血まみれになっていた。私が吐いた血で胴衣がいたるところ染まっていたからだ。最初に浮かんだ考えは、火縄銃を一発頭に受けたということだった。事実、同じ瞬間に、数発がわれわれの周りで放たれていた。私の命はもはや、辛うじて唇の端にぶら下がっているだけだと思われた。私は眼を閉じて、命をそとへ押し出すのを助けてやろうとしたらしい。そして、力が抜けていき、なるがままに任せるのを楽しんでいた。これは私の魂の表面に漂っているだけの一つの想像だったが、残りのすべてのことと同じように淡い、微かなものだった。しかし、本当のところ、そこには不快な感じがないばかりか、眠りのなかへ滑り込んでいく人々が感じる、あの甘美な味わいさえ混ざっていた。

思うにこれは、死の苦悶のなかで、衰弱から気を失っていく人々が陥るのと同じ状態なのだ。そして、私の考えでは、われわれは理由もなくかれらを憐れんでいるが、それ

はかれらが激しい苦痛にのた打ち廻り、魂は辛い思いに責め立てられていると思っているからなのだ。（三七四ページ）

これが、失神する直前にかれが味わった死の感覚、それが言い過ぎであれば、ほとんど死に等しい失神の感覚だった。あのユリウスに限らず、誰にも自分の死を語ることはできないのだから、実際の死に関するどんな言葉も想像の域を出るものではないが、かれが失神する寸前の感覚について語った内容は信じていい。そしてその感覚を、かれは死のそれと同じものと考えた。それがこの経験でもっとも重要なところである。モンテーニュはそう考えることで、それまでかれを苦しめて来た死の恐怖を払い除けることができたからである。

ところで、事故の真相の方はどうかと言えば、火縄銃で打たれたのではなかった。家来の一人が乗っていた大きな駄馬が、小さな馬に乗っていたモンテーニュに激突して、その衝撃でかれは落馬したのである。その模様を、かれはこんな具合に描いている。

［a］私の家来の一人で、体が大きくて頑強な男が、癇の強い馬、要するに若くて、たくましい、力の強い馬に乗っていて、それが腕の確かなところを見せて、仲間の者たちを追い抜こうとして、全速力で、まっしぐらに、私の行く手に馬を駆り立てて来た。そして、小さな私と小さな馬の上に巨像のように襲い掛かって、固さと重みで雷のように馬を打ちのめしたから、馬も私も宙へ跳ね飛ばされた。馬は眼を廻し、地面に叩き付け

られて、横倒しになり、私は十歩か十二歩遠くへ、死んだように、仰向けになってのびてしまい、顔は傷だらけで、皮膚はすりむけ、手に持っていた剣はさらに十歩先へ飛び、帯はずたずたになって、まるで木の切り株のように身動きもしなければ、意識もなかった。これが、私が今までに味わった、たった一度の失神である。（三七三ページ）

こうしてかれは死の瀬戸際まで行って、死の味を味わったのであった。その味は、すでに述べたように、不快な感じがしないばかりか、甘美な味さえしたのである。さらにモンテーニュは、もしもそのとき死んでいたら、それは「幸福な死」であっただろうと書いている。幸福な死の経験というものは、そう誰にでもあるものではない。それを仔細に書き留めるというのも珍しいことだから、その貴重な記録を引用しておきたい。

［a］私が家に近づいたとき、落馬の知らせがすでに届いていて、家族の者たちが、こういう場合によくある叫び声をあげて、私を迎えに来たとき、私は聞かれたことに何か返事をしたばかりでなく、妻が、でこぼこして歩きにくい道で動きが取れずに困っているのを見て、あれに馬を貸してやれとわざわざ命じたのだそうである。こうした考慮は目覚めている精神から出るはずのものだと思うのだが、でもやはり私は少しも目覚めてはいなかった。それは眼と耳の感覚によって生み出された、虚ろで、朦朧とした考えであって、私のなかから生まれたのではなかった。だから私は自分がどこから来たのか、

どこへ行くのかも知らず、聞かれたことを吟味することも、考慮することもできなかった。これは感覚が、ちょうど習慣によるように、ひとりでに生み出した軽い結果なのである。精神が提供したものといえば、それは精神が夢のなかで感覚のやわらかな印象によってごく軽く触れられ、いわばただ舐められて、潤されただけだった。しかし、私の状態は、実際、非常に心地よく、穏やかなもので、他人のためにも、自分のためにも悲しみを感じなかった。それは無気力と極度の衰弱であって、まったく苦しみがなかった。わが家が見えても、それがわが家だとは判らなかった。やっと横にされると、この休息が限りなく快いものに感じられた。なにしろ私はあの気の毒な家来たちにやたらに引き廻されていたからだ。かれらは長くて、ひどく悪い道を、苦労して私を腕に抱きかかえてくれたのであるが、疲れきって、二度か三度、次々に交代した。たくさんの薬が出されたが、私は頭に致命傷を受けているのは間違いないと思っていたから、一つも受け取らなかった。これは嘘でなく、本当に幸福な死になったことだろう。というのは理性の衰弱は、死について、なに一つ私に判断させず、肉体の衰弱はなに一つ私に感じさせなかったからである。私は本当に静かに流されて行って、それがじつに穏やかで、無理がなかったから、他にこれくらい不快でない行為はめったにないと思ったほどである。（三七六—三七七ページ）

死に掛けた人が、まれに死の淵から戻って、そのときの暖かな光に包まれたような、異様に甘美な体験を語ることがあるが、これはその体験に似ている。
たしかにまれな経験ではあるが、それから二百数十年たって、ジャン＝ジャック・ルソーがこれとまったく同じ失神の経験をしたことが、遺作になった『孤独な散歩者の夢想』のなかに記録されている。かれはモンテーニュの愛読者であり、その『告白』は『エセー』の向こうを張って、しかしそれよりもっと真実に自分の内面を描くと言っているから、失神したときの記述にしても、モンテーニュのこの一節がかれの頭にあったのではないかと疑わせるほどよく似ている。ルソーは夕方、パリの町を歩いていて、突進して来た一頭のデンマーク犬に跳ね飛ばされたのである。かれは失神したあとで、微かに意識が戻って来るときの至福の状態を、こんなふうに描いている。

夜が更けて行った。空と、いくつかの星と、わずかな緑が眼に入った。その最初の感覚はなんとも言えない甘美な一瞬だった。その感覚だけで私は自分を感じていた。その瞬間のなかで、私はあらたに命に目覚めようとしていた。眼に入るすべての物を、私は自分の軽い存在で満たしているように思われた。自分のすべてが現在の瞬間に委ねられていて、私はなに一つ思い出さなかった。自分というもののはっきりした観念がまるでなくて、なにが私の身に起きたのかもまったく判らなかった。自分が誰で、いまどこにいるのかも知らなかった。痛みも、心配も、不安も感じなかった。小川が流れるのを見ているように、私は自分の血が流れるのを見ていたが、それが自分の血であることさえ考えなかった。うっとりするような安らぎを体中に感じていて、それを思い出すたびに、私はそれまでに経験した喜びのあらゆる活動のなかに、それに比較できるものを探しても、なに一つ見つからないのである。（「第二の散歩」）

失神するときと、そこから意識が戻るときの感覚は、誰にとっても同じであるらしいことが二人の文章から想像される。ただ、この一節でモンテーニュにはなく、ルソーだけが指摘していることがある。それは、失神から覚めたとき、自分というものの観念がまったくなく、自分の存在が「軽い」、ほとんど透明なものに感じられて、自分が「眼に入るすべての物」のなかに染み透っているという意識である。かれは自己の意識が薄れたために、自分が透明になって、外界にある事物と自分との境を失い、外にあるものをじかに受け入れることができる状態に置かれていた。そのために普通は意識に妨げられて果たせない外界との直接的な接触を持つことができた。おそらくこのときにかれが味わった安らかな陶酔もそのためだったと見ていいだろう。のちにかれは『夢想』のなかで、ある日の夕方、スイスのビエンヌ湖の岸辺に坐って、静かな水音を聞きながら深い陶酔を経験したことを回想しているが、自分と自然の融合によるそうした至福の時間にしても、心理的に見れば、失神から覚めたときと同じ無我の状態のなかに、その至福の原因を求めることができるかも知れない。モンテーニュの方はそうした種類の至福には関心がないというより、かれはまだ人間に関することで心が満たされていて、自然は観察や享受の対象にはなり得ても、かれの美的な領分には入って来なかった。このときのルソーのように、自然に対して近代的な美意識をもった人間が生まれて来るには、少なくともフランスでは、モンテーニュから数えて二百年の時間が必要だったのである。

さて、これが、モンテーニュが経験した「死の接近」であって、この思い掛けない死との出会いによって「少しばかり死と仲直り」（三七三ページ）することができたとかれは言っている。こうした稀な経験もそれを生かすかどうかは本人の生き方一つに掛かっていて、かれはどんな経験でも、その味や意味合いを底の底まで汲み尽くさずにはいられない人間だったから、生涯に一度の経験を、こころのなかで暖め続けて、『エセー』のなかでそのもっとも貴重な意味を見出したのであった。事故の顚末を語り終えて、最後にかれはこの部分を次のように結んでいる。

［a］どうということもない出来事のこうした話も、私が自分のためにそこから引き出した教えがなければ、ずいぶん空しいものである。なぜなら、本当のところ、私は、死に慣れ親しむためには、死に近づくしか道はないと思っているからだ。ところで、プリニウスが言っているように、その人に自分を注意深く観察する能力さえあれば、人は銘々、自分自身にとって非常によい研究課題なのである。ここに書いたことは私の学問ではなく、私の研究である。他人のための教訓ではなく、私のための教訓である。（三七七ページ）

人間の死をどれだけ史書のなかに読み漁っても、あるいは現実のなかにどれほどそれを直視する機会があっても、他人の死を自分の死として経験することは許されないばかりか、死の光景はいたずらにわれわれの恐怖心を掻き立てるだけである。モンテーニュが言ったように、われわれはどれほど心の準備をしても、死に臨んでは「初心者」であるほかはないのである。その初心者が死に近づく道はただ一つ、年を取ることしかない。しかし、かれは年を取る前に、一種の臨死体験によって、自分の死を経験した。それも「幸福な死」としてそれに近づくことができた。それが、かれにとって死が見せた「本当の自然な顔」だったところに、かれの大きな幸運があった。

晩年になってモンテーニュは、この一節に続けて、かなり長い文章を書き加えている。いわゆる［C］の符号がついた文章である。そのなかでかれは「私の仕事と私の技術、それは生きることである」（三七九ページ）と書いている。そう書いたのは、落馬事故について書いたときから、少なく見積もっても、十四、五年は経った頃である。しかし、生きることが自分の仕事であるという明確な認識を持ったのがそう書いたときのことだったとしても、そのときまでかれが、この自覚を得るために無為に時を過ごしていたとは考えられない。認識の萌芽はすでに前から兆していたはずで、それも失神について思索を凝らしたときからそれほど遠い時期のことだったとは思えない。かれはたった一度の失神の体験を奇貨に転じて、死の恐怖から逃れただけではなかった。そのとき、死の世界から生の世界へ強く送り返されたのだ。そして、ひたすらその世界を生きることを仕事にして、それに精神を傾けたことは、宗教戦争やその他の章で述べたことから明らかなはずである。

こうして、モンテーニュは落馬事故から死に関する教訓を得たのである。その教訓を含んだ一五八〇年の『エセー』の初版を出したあとでも、一五八八年の増補版や、後に「ボルドー版」とよばれる晩年の加筆を含んだ版本のなかで、かれは死をめぐる考察を止めることはなかった。しかし、死を人生の最終の目標と見る見方はきっぱりと捨てられている。生きている間は生きることに打ち込むしかないのが人間であり、そういう存在である人間にとって、この心の変化は限りなく大きい。また死に不断に備えることで死の恐怖に打ち克つというストア派の賢者のような態度も捨てられる。といって、それに代わる名案があったわけではない。生きることに名案などというものがあるかどうかがまず疑わしい。心地よい眠りの不意を襲って、その正体を突き止め、病気になればその痛みや苦しみも知ろうとしたモンテーニュは、生きているその時その時を生きるのに余念がないのである。

ここで、第三巻第十二章の「人相について」のなかから、次の一節を引いておく。かれが落馬事故のあと、死についてどれほど深い思索を巡らしたのであっても、それはこの一節、とくに後半に見られる［c］の加筆に示された考えを越えることはないからである。

［b］もしもあなたが死に方を知らなくても、少しも心配することはない。自然がその

場で十二分に教えてくれるだろう。自然があなたのためにその仕事を正確に果たしてくれるから、そんなことを気にすることはないのだ。〔…〕われわれは死の不安で生を動揺させ、生の不安で死を動揺させている。〔c〕一方はわれわれを悩ませ、他方はわれわれを怯えさせる。〔b〕われわれは死に対して、心の準備をしているのではない。死はあまりに瞬間のことである。〔c〕わずか十五分の、後を引かない、害のない苦しみは、特別の教えを受けるには値しない。〔b〕じつをいえば、われわれは死の準備に対して、心の準備をしているのである。哲学はわれわれに、つねに死を眼前に見よ、死を予見せよ、あらかじめ死を考察せよ、と命じておいて、その予見や考察がわれわれを傷つけることがないようにと、後から規則や注意を与える。医者のやり方もこれと同じで、薬や医術を使うところを見付けるために、われわれを病気にする。〔c〕もしもわれわれが生き方を知らずにいて、そのわれわれに死に方を教え、最期を全体と違うものにするというのは正しいことではない。われわれが毅然として、平穏に生きることを知っているならば、死ぬことも同じように知るだろう。哲学者たちは好きなだけ自慢するがいい、「哲学者の全生涯は死の考察である」〔キケロ〕と。しかし、私の考えでは、死はたしかに生の末端であっても、その目的ではない。その終わりであり、末端であっても、その目標ではない。生はそれ自身がその目的であり、その意図でなければならない。生の正しい研究は、それを整え、導き、それに堪えることである。どう生きるかを知るというこの普遍的な、主要な章には、他の多くの義務が含まれているが、どう死ぬかを知るという項目もそのなかの一つではある。しかし、われわれの恐怖が死に重みを加えることがなければ、それはもっとも軽い項目の一つなのである。（一〇五一―一〇五二ページ）

この一節には、落馬事故から得た教訓の余韻がまちがいなく残っている。ここで語っているのも以前と同じモンテーニュではあるが、それはもう死を生の最後の目標に考えていた頃のモンテーニュではない。かれは『エセー』を書いた初期の段階では、死は宇宙のなかに無数の生命の誕生をもたらすという異教的な死生観を述べていたが、その同じ考えをもう一度、ここに引いた一節のあとで述べている。しかし今度は、死に対する恐怖がはじめから消えている。

［b］これは信じていいことであるが、われわれは生まれつき苦痛を恐れてはいるものの、しかし死を、死それ自体のために恐れてはいない。つまり、死は生に劣らず、われわれの存在の本質的な部分なのである。どうして自然が死に対する嫌悪や恐怖をわれわれのなかに生み出したりしただろうか。なぜなら死は、自然が生み出すものの継続と変遷を育てるのに非常に有益な地位を占めていて、この宇宙のなかで破滅や滅亡より、誕生と増殖にいっそう役立っているのだから。

こうして万物は新しくなる。〔ルクレティウス〕

〔c〕千の命が一つの死から生まれる。〔オウィディウス〕

〔b〕一つの生命の喪失は、ほかの千の生命への移行なのである。（一〇五五ページ）

モンテーニュがこの生と死の循環についてはじめて語ったのは、第一巻第二十章「哲学することは死ぬことを学ぶこと」という章を書いたときのことである。前に述べておいたように、この章は一五七二年、かれが三十九歳の頃に書かれたと思われるもので、ある人が元気に宴席を退出したあとで急死したことや、かれ自身が自分の死を意識したことを語った例の文章よりさらに一、二年前のものである。同じことを語った言葉が、前にはどこか借り物のような感じがした。事実この章は、他の章に比べて見ても、一見して引用が多い。それがここに引いた一節では、どうして自然は死の恐怖をわれわれに吹き込んだりするだろうか、というモンテーニュの強い確信に支えられて、言葉に真実の響きがこもっている。

こうした変化も、かれが落馬事故から死について教訓を引き出していたからで、それを過小に考えることはないのだが、しかしまた、それを教訓だけに帰するのではおそらく十分ではないだろう。問題は、その後にかれが生きた時間であって、かれの考え方の変化は、落馬事故を語った文章と、その十数年後に「死は生の末端であっても、その目標ではない」と語った一節との間に流れた時間を反映したものでなければならない。その時間というのは、生きること自体が目標になった生活を、かれが生きたという経験の重みのことである。人間を変える、というより人間を作るのに時間くらい力があるものはないが、その時間がモンテーニュにどのように働いたか、そしてそこにどんな人間が作られたか、次に引く一節はそれを見事に語っている。とりわけ最晩年に書き込まれた最後の一行は立派なものであって、おそらく死が近いのを感じていたかれの辞世の文のように読めるのである。これはまえにその一部を引いたことがある文章であるが、引用する時が違えば、同じ言葉でも自ずから別の趣きを伝えるだろう。

〔b〕私は人生というものを、いま私がそれを摑んでいる最後の老境のときにあってさえ、価値がある、快適なものだと思っている。そして、自然は人生にそうした大変好ましい状況を添えて、われわれの手に委ねてくれたのだから、もしも人生がわれわれの上に重く圧し掛かったり、空しくわれわれの手から逃げ去るとしたら、それは自分にだけ文句を言えば済むことなのだ。〔c〕「愚か者の人生は楽しみがなく、動揺していて、そのすべてが未来に向けられている」〔セネカ〕。〔b〕しかし私は人生を辛い、煩わしいものとしてでなく、もともと失われるものとして、未練を感じずにそれを失う練習をしている。〔c〕だから死ぬことを不満に思わないのは、生きることを楽しむものだけにふさわしいことなのだ。（一二一一ページ）

ある人が急死したのを知って、自分のことのように心を震わせた若き日のモンテーニュをここに思い出して見ることである。その同じ人間が、時が経ってこの文を書いたことを考えると、時間が『エセー』という本の隠された主題であるとともに、この本の書き手でもあったことに思い至る。そして、生きることを楽しんだその時間が晩年に近づくと、死の前触れが、生のなかに姿を見せ、最後には生が死のなかに溶けていくのが見られるだろう。そんなふうに生きて来たのであれば、自分が枯れていくことに、誰が未練を感じたりするだろうか。これはいつ書かれたのか確かなことは判らないが、晩年のある日、モンテーニュは自分の一生を振り返って、こんな感慨をしるすのである。

［c］私の考えでは、人間の幸福は、幸福に生きることであって、アンティステネスが言ったように、幸福に死ぬことではない。私は、怪物ではあるまいし、もう駄目になった人間の頭と胴体に、哲学者の尻尾をくっ付けようとしたことはないし、そんなけちな尻尾が私の人生のもっとも美しい、充実した、長い部分を取り消したり、打ち消したりするように努めたこともない。私は自分のすべてを同じように示して、それを見せたいと思っている。もう一度生きなければならないとしたら、私は今まで生きて来たように生きるだろう。私は過去を後悔しないし、未来を恐れもしない。私の思い違いでなければ、私は内側も外側もほぼ同じようにやって来た。私の体の状態はどの部分もそれぞれの季節にふさわしく流れて行ったが、それこそが、私が運命に感謝する主要なことの一つなのだ。私はそれが芽を吹いて、花を付け、実を結ぶのを見た。そして今、それが枯

れるのを見ている。幸せなことだ。なぜならそれが自然だからである。いま罹《か》かっている病気も来るべきときに来たのだし、過ぎ去った人生の長かった幸福なときを、病気はいっそう懐かしく思い出させてくれるのだから、それだけ静かに、私は病気に堪えている。（八一六ページ）

一生を振り返って、「それが芽を吹いて、花を付け、実を結ぶのを見た。そして今……」というところにはモンテーニュの肉声が聞こえて来るようだ。かれはもう若い頃のように、病気の時を急いで駆け抜けようとはしないで、楽しかった人生の盛りの頃を思いながら静かに病気に堪えている。そうしているうちに、歯が抜けるといった小さな死が訪れるようになる。そして、その先に来る本当の死をもう恐れることもなく、それを生の最後の一瞬として迎えるだろう。その意味ではじめて死は「生の大きな、重要な部分」（九八三ページ）と言えるのであって、そのように生の重要な一部になった死を、モンテーニュは生に対するのと同じ心遣いをもって遇するだろう。死は恐るべき宿敵でなくて体のなかに住みついたかれの一部になっている。その部分が少しずつ増していくと、その分だけ今度は生が消えていく。

［b］神さまに命を少しずつ抜き取ってもらう人は、神さまの恵みを受けている人であって、これが老いのただ一つの恩恵である。だから最後の死はそれだけ完全でも、有害でもないだろう。死はもう人間の半分か四分の一を殺すだけなのだから。今も歯が一

本、痛まずに、苦もなく抜けたところである。これが歯の寿命の自然な終わりだったのである。私の存在のこの部分や、ほかの多くの部分はすでに死んでいるし、血気盛んなころに一位を占めていて、一番元気だったほかのところも半分は死んでいる。こんなふうに私は溶けていき、私の手から抜け落ちていく。(一二〇一ページ)

かれはこうして溶けていく自分を見守り、その最後を見届けようとする。そして、生きることに注いだのと同じ力と心遣いを、今度は死に注ごうというのである。

〔b〕正直にいうと、私は旅をしていて宿に着くと、ここで病気になったら、ゆったりした気分で死ねるだろうかと思わないことはほとんどない。私は自分にぴったりした、騒音がなく、煙たくもなく、息苦しくもない場所に泊まりたいと思っている。こういう詰まらないお膳立てをして、死をおだてようというわけである。いやもっと正確にいえば、死はほかの重荷がなくても、おそらくそれだけで十分重く圧し掛かるだろうから、死だけに注意を注げるように、ほかのすべての邪魔物を肩から降ろしたいと思っている。死にも私の人生の安楽と快適さに与《あずか》らせてやりたいのである。(九八三ページ)

これほど静かに、これほど優しく死を迎え入れようとした人間がいただろうか。これはモンテーニュが『エセー』のなかで語っていた英雄たちの人間離れした死の迎え方とはまるで違って、死を親しい友達のように迎える迎え方である。快い眠りの正体を突き止めようとしたのと同じ人間が、今度は永遠の眠りである死の床を少しでも居心地がいいものにしようと努めている。死を生きるという矛盾した言い方にわずかでも意味があるとすれば、これが死を生きるということの意味である。モンテーニュは死ぬときでさえ、死という生の最後の時を生きることに、残された力を傾けたのである。

一五九二年九月十三日、かれは住み慣れた城館の一室で穏やかに息を引き取った。五十九歳と六ヵ月の生涯だった。遺骸はいまもボルドー市のフイヤン教会に眠っている。

Ⅷ　果樹園にて——日々が静かであるために

1

地図で見ると、モンテーニュの城館は、ボルドー市の東およそ六十キロ、ドルドーニュ川の岸辺から北へ三キロほどの距離にある。わたしは前から一度そこを訪ねてみたいと思っているのだが、まだその機会に恵まれないでいる。訪ねてみたいと思ったのは、作家にゆかりの土地を訪ね歩く、いわゆる文学散歩の趣味からではない。城館の一角に聳える円い塔の三階にかれの書斎があって、室内の様子が『エセー』のなかに描かれていたからである。それを読んだのは三十年以上も前のことになるのだが、以来その一節が記憶に残っていて、そこに描かれた書斎の様子が書斎の理想のように思われて、いつかそこに立ってみたいと思っていたのである。

その書斎についての記述は、そこでの生活を語る言葉と同じく、まことに淡々としたもので、塔のなかに占める書斎の位置、室内の広さ、机、椅子、本棚、窓などの配置に尽きている。従ってその記述は直線と曲線、面と奥行き、位置と高さからなっていて、幾何学の命題のように簡潔で、眼をつぶれば室内の空間が思い描けるほど的確である。この簡潔と的確がなにより精神にとって快い。有名な一節であるから、引用の必要はないかも知れないが、いまはわたし自身の楽しみのためにその一部を訳してみたい。ついでに言っておくと、この一節はモンテーニュが公の仕事からいっさい手を引いて隠棲した最晩年のもので、その頃のかれの生活をそこに窺うことができる。

〔c〕書斎は塔の三階にある。一階は私の礼拝堂であり、二階は寝室とその続き部屋であって、一人になるためによくそこで横になる。その上の階に大きな衣装部屋がある。昔は私の家で一番役に立たない場所だったが、私は生涯のほとんどの日々と、一日のほとんどの時間をそこで過ごしている。夜はそこには決していない。それに続いて、かなり小粋な小部屋がある。冬には暖炉に火を入れることができるし、じつに気持よく窓が作られている。そして、費用と面倒を恐れなければ、この面倒というのが私をあらゆる仕事から追い出すのであるが、その両側に、長さ百歩、幅十二歩の回廊を、同じ平面に簡単につけたすことができるだろう。別の用途のために築かれた壁が、どれもちょうどいい高さにあるからだ。すべての隠居所には散歩道がなければならない。私の考えは、坐らせておいたのでは、眠ってしまう。私の精神は、足がそれを揺り動かさなければ、進まない。本なしで勉強するものは、誰もこうしたものである。

書斎の形は円形であって、私の机と椅子に必要なところだけが〔壁が〕平らになっている。そして壁面が湾曲しているので、私のまわりにぐるりと五段に並んだ本のすべてが一目で見渡せる。書斎は三方に視界が開けて、豊かで、遮るものがない眺望が楽しめ、内部には直径十六歩の空間がある。冬にはそう立て続けにここにはいない。私の家はその名が示すとおり〔モンテーニュ Montaigne は山を意味する montagne の古い綴り〕、小高い丘の上に立っていて、ここほど風当たりが強いところはないからだ。ほかから離れていて、来るのに少し骨が折れるのが気に入っている。運動になってその効果もあり、大勢のものを遠ざけておけるからだ。ここが私の居場所である。私はここの支配を純粋なものにして、この一隅だけは夫婦、親子、市民の共同体から守ろうと努めている。他の場所ではどこであっても、私の権威は言葉だけのもので、実際には曖昧なものである。私の考えでは、自分の家に、だれにも頼らず自由でいられる場所、とりわけ自分をねんごろに扱える場所、身を隠せる場所を持っていないものはみじめである！

（八二八ページ）

かれの書斎は塔の最上階にあるわけで、この一節を読んだだけでも、そこだけはだれにも侵されない精神の聖域といった趣きがあるのが感じられる。そこでモンテーニュは一人でいる自由を味わい、精神の活動を思う存分楽しんだに違いない。風当たりが強いという即物的な指摘は、丘の上の塔に吹き付ける大気の流れを感じさせるだけでなく、室内の新鮮な空気の動きまでを喚起して、開放感とともに、感覚的な清涼感を呼ぶ。しかし、風通しがいいのは室内だけに限ったことではない。晩年に、国王のアンリ四世から宮廷に伺候して自分に仕えるように懇願されたことがあったが、それも塔に住むあるじからすれば、名誉ではあっても、雑事は雑事である。かれの心はそうしたあらゆる雑事や雑念から清々と解放されていて、かれが塔の書斎にいるかぎり、精神の自由を乱すどんな邪魔もこの聖域に近づく気遣いはなかっただろう。

「店裏の部屋 arrière-boutique」という少し聞き慣れない言葉がある。店につづく奥の部屋のことで、店で商う品物などを保管しておくのにも使う場所だと辞書には出ているが、聞き慣れないからというだけでなく、モンテーニュがこれに独特な意味を託して使ったために、自然と読むものの記憶にも残って、ときどき研究書などに引用されているのを見かけることがある。その言葉が使われた個所は『エセー』の初期に属する「孤独について」という章のなかにあって、どう少なく見積もっても、ここに引いた一節とは十六年の隔たりがあるのだが、内容がこの一節の最後の部分ときわめて近いものがあるので、参考までに引いてみたい。

〔a〕妻や、子供や、財産、そしてできることなら、なんといっても健康を持つことが必要である。しかし、われわれの幸福がそれに左右されるほど縛られるようではいけない。まったくわれわれだけの、まったく自由な店裏の部屋を自分に取っておいて、そこにわれわれの真の自由と、主要な隠れ家と、孤独を築くようにしなければならない。そのなかでわれわれはつねに自分自身と話し合い、外とのどんな付き合いや会話もそこに入り込んで来ないような私的な話し合いをしなければならない。(二四一ページ)

少し余談になるけれど、この印象深い一節を記憶していた一人がプルーストだった。かれは精神の自由と自立をまもるこの部屋について、ある手紙のなかで「モンテーニュはこれを店裏の部屋と呼んでいましたが、それではあまりに控え目に過ぎるというものです。なぜかというと、この部屋は無限にむかって開かれているのですから」(リオネル・オゼール宛書簡、一九一七年五月)と書いている。この部屋、すなわちモンテーニュの精神の活動の場である書斎が無限にむかって開かれているという指摘は、人間に関する一切のことに関心を寄せる『エセー』の特徴を簡潔に表現するものだ。

またかれはこの手紙のなかで「二重の人間 homo duplex」という言葉を使って、人によっては表向きの顔と仕事のほかに、精神のなかに店裏の部屋を持っている人間がいることを語っているのだが、それは文通相手のオゼールというのが株の売買に関してプルーストの顧問役を務める一方、文学や美術に造詣が深い男だったからである。しかしほかでもないプルースト自身が二重の人間だったことはいまでは知る人も多いだろう。どの伝記にもプルーストが社交家と作家という二つの顔を持った人間だったことが語られているからである。一方モンテーニュは市長であり、国王の侍従武官であると同時に文人でもあったから、かれもまた二つの顔を持つ二重の人間であって、かれがいう店裏の小部屋は、そこに託された意味から言って、文人としてのかれがそこに引き籠って仕事をする塔の書斎に通じているのである。

元来、高いところにある場所が、人間の精神の純化や高揚と無意識に結ばれているらしいことは、ギリシアの神殿やヨーロッパの各地に残るロマネスクの修道院が建てられた地形を思い浮かべれば、想像しがたいことではない。それを具体的に指摘したのは、たびたび名前を出すようであるが、同じプルーストであって、かれはスタンダールの小説に触れて、「ジュリアン・ソレルやファブリスは空しい悩み事を捨てて、私心のない、愉しみに満ちた生活を送ろうとすると、そのたびに必ず高い場所（それがファブリスの牢獄であれ、ジュリアンの牢獄であれ、ブラネス司祭の観測所であれ）にいる」と書いている。そして、そのときの感情を、「高いところに登ることに結ばれたあの魂の高揚」と言っている。これは他人が容易に近づけない高い場所に幽閉されることで、かえってジュリアンやファブリスの精神が自由を得て、無心に自分に集中できる心の状態を指摘したものである。モンテーニュも塔の書斎にこもったとき、これもプルーストの別の言葉でいえば、「精神生活に結ばれた高所に対するある種の感情」を味わっていたであろうことは十分に想像が付く。

しかし、そうした感情について、高い塔にある書斎を語ったかれの文章はとりたてて何も触れていない。いまも見た通り、そこには事実だけが列記されている。その事実のなかから、好きな本を本棚から取り出しては読み、『エセー』の余白に最後の書き込みをし、あるいは「坐らせておいたのでは眠ってしまう考え」を揺り動かすために、室内を歩きまわる、ある日のモンテーニュの姿が見えて来る。自分の棲み家である書斎のありさまと、そこでの日常を描くことで、そこに住む一人の人間の精神の活動と肉体の存在が鮮やかに伝わってくる。実際これは、一種の自画像と言ってもいいもので、これを読むと、当人の姿が、いま残っている肖像画で見るよりも不思議に生き生きと感じられるのである。

モンテーニュの研究家の荒木昭太郎さんが、この地を訪ねたときの訪問記のなかに、書斎に入ったときに感じた印象が書き留めてあって、それがわたしの眼を惹いた。そのなかに次のような一節があった。

光の明暗、空の色合、空気の冷暖、風の強弱、運ばれて来る遠く近くの物音や匂いの微妙な調子などによって、モンテーニュ生来の鋭い感覚はそこでさらに一段と研ぎすまされたことだろう。そして、そこの高所感と感覚的卓越感とは、そこに始終上り降りするモンテーニュ自らの歩の運びによって実感として獲得され、またそれに比例した充実感、高揚感が彼の精神に送り込まれたのだ。そしてそこに位置して活動をはじめようとする精神も、そのようにして、最も自由な動きが可能になるよう、最も微妙なさまざまの刺戟にたいしてこまかく反応できるよう調整されたのだ。（『モンテーニュ遠近』大修館書店、一九八七年、一七五ページ）

実際に塔を訪れたことがない人間が言うのもおかしなものであるが、そうであるに違いないような気がする。ここに示された感想は、わたしがあの一節を読んで得た印象と不思議に一致する。塔にある書斎の描写をモンテーニュの精神の自画像と見たのは、わたしの思い過ごしではなかったようだ。それを確かめたうえで、わたしは想像のなかで、もう一度書斎のなかに立ってみる。想像してみたいことがもう一つあるからである。

モンテーニュは一体、書斎の三方の窓からどんな眺めを楽しんでいたのだろうか。いま引用した一節の少し前のところで、かれは屋敷の庭や、家畜小屋や、中庭、また建物のすべてが見下ろせると書いているが、これは書斎の位置と高さから言って当然のことである。しかし、かれの城館や、塔や、その周辺の風景を上空から写した写真があって、それから想像すると、塔の上からは城館のまわりに広がる丘や森とともに、昔の城館には付き物だった果樹園が近くのどこかに見えていたかも知れない。

なぜ果樹園のことをここに持ち出すかといえば、それが『エセー』の別の一節で触れられていて、その何気ない文がわたしにある光景を思い描かせるからである。かれは読書や夢想に飽きると、あるいは本の執筆に倦むと、今度は体をほぐすために戸外へ出て、家長の務めとして中庭や家畜小屋を見て廻ったかも知れない。あるいは城館を出て、ときには果樹園のなかを歩むことがあったかも知れない。

〔b〕私は踊るときは踊る。眠るときは眠る。それどころか、美しい果樹園をたった一人で散歩しているときでさえ、私の考えがしばらくよその出来事に向けられることがあ

っても、そうでないときは、その考えを、散歩と、果樹園と、この孤独の心地よさと、私とに連れ戻す。（二一〇七ページ）

ただこれだけの文である。それでいてこの数行を読むと、どんなことをするにも全身でそれに当たると言っていたモンテーニュの生き方が思い出されて、わたしの頭のなかに一つの光景が浮かんで来る。それは、かれの精神と肉体が、その時々にかれの眼の前にあって興味を惹くものにすっかり自分を委ね切っている姿である。

かれは美しい果樹園のなかを歩いている。眼には、その果樹園だけが存在する。果樹の列を見ているうちに、見ているという意識も消えて、果樹園だけがかれの感覚のすべてを領するようになる。見るという行為は、それがもっとも深くなったときには、見ているという意識が消えて、対象のなかへ自分が吸い取られる脱自の体験であるが、その見るという行為が、このとき、果樹園とかれの間で余すところなく行われていたに違いない。「踊るときは踊る」、「眠るときは眠る」といっている文意からいって、そうでなければならない。そうやって歩きながら、モンテーニュのいまとここが果樹園そのものに実現されて、かれの自我の意識はそのなかへ消えて行く。そしてかれはほとんど無意識になった自分というものの存在と、眼の前の果樹園とが一続きに繋がった時空のなかにいる。

モンテーニュは果樹園を眺め、果樹の存在をそのまま受け入れる。かれは自分の自我と果樹という対象との間で、主客の分裂という近代の余計な自意識に悩まされることがなかった。あえて言えば、動物の純粋な眼に近い眼でそれを見ている。あるいは画家の眼のように、美しい果樹の存在をそのまま信じている。もしもボードレールが言ったように、画家の才能というのが「思いのままに見出された子供時代」（『現代生活の画家』）にあるとすれば、その「動物のように恍惚として、ものを見詰める子供の眼」で眺めていると言い換えてもいい。「おそらくわれわれの子供時代の日々で、それを生きずに過ごしてしまったと思った日々ほど充実して生きられた日々はないだろう」。これはプルーストが「読書の日々」の冒頭に記した言葉である。子供時代というのは何をするにも一心になってやるから、それはまた無我の時間でもある。それゆえ行為の意識が行為そのものに一致していて、その間に無駄な夾雑物が存在しない。物を見るとき、子供は全身で見る。そして、その物のなかに意識も体も吸い取られる。

　だが、そうしたことは何も子供時代に限ったことではないだろう。「踊るときは踊る」と言っているモンテーニュもそうだったに違いない。かれはそのように木々を眺めながら、果樹園のなかを歩いたに違いないのだ。そのかれの周りに果樹の列が続いている。果樹のそばを通るとき、かれはただ果樹とともにいて、眼は美しい果樹のなかに吸い取られる。そこに日が差せば、果樹の葉は水に濡れたように煌めいて、かれの眼を楽しませ、木々の命とともに、かれに生き返る思いをさせるだろう。

　時が過ぎて、果樹園のなかでふと我に返ると、そこに散歩する私がいる。一人きりの私がいる。孤独でいることの快さが、あらためてかれの心を満たす。果樹の葉が風にそよぎ、木漏れ日が乾いた地面に散って、あたりには人の気配がない。しかし、葉のそよぎも、木漏れ日が地面に描く市松模様も、かれの眼に映ってはいても、もう心の底までは届かない。不思議な静けさのなかに一人でいて、それが自分であって、その自分のなかに浮かんで来る様々な考えや夢想が、今度は果樹に代わって、かれのいまとここを満たすだろう。

こうして、かれの内面と外の世界が互いに等価なものとして、交互にかれの意識に現れて、生きているという静かな、確かな感覚を持続させる。メルロ＝ポンティは前に引用したことがある一節のなかで、こう言っていた。「かれ〔モンテーニュ〕から見れば〔…〕、われわれ人間は、われわれにはそれを開く鍵がない世界に係わっていて、われわれは自分自身のなかにも、事物のなかにも等しく止まることができずに、事物から自分へ、自分から事物へと投げ返されているのである」。これは、人間の意識がまだデカルトの場合のように世界を認識する悟性として確立されていなかったために、その意識が世界を前にして不安定な状態に止まっていることを指摘した言葉であった。たしかに人間はデカルト的な悟性を確立することで、世界を認識するものとしての精神の安定を獲得して、世界の中心に立った。しかし、そのために世界は、やがて人間に支配され、利用されるだけの物質に転落して、その結果、人間は世界との共生を絶たれるという高価な代償を払うことになるだろう。その代償のために、人間が世界との分裂を深めてしまったことを、われわれは近代以降の歴史の証言と自分たちの経験によって知っているはずである。それを考えると、後世のデカルト的な立場から見れば不安定に見えた人間の意識は、かえって、世界のなかに生きているという余分な自覚さえも必要としないモンテーニュの生き方、世界と親しく交わり、いまという時間を生きるその生き方を保証し得ていたのである。

2

モンテーニュが果樹園のなかを一人で散歩する姿を思い浮かべると、それとの対照から、晩年のルソーが、エルムノンヴィルの野原や森で好きな植物を採集しながら、孤独な夢想を楽しんだことが思い出される。この十八世紀の夢想家の時間に特徴的なのは、過ぎ去った時間への回顧である。ルソーに限らず、たとえばディドロが記憶というものに注目して、人間とは何かについて理解を広げたことは、この時代の創意であった。ある人間がその人間であってほかの人間でないのは、『ダランベールの夢』が語るとおり、その人間がそれまでに経験した時間の記憶が、ほかの誰でもないその人間を構成するからなのだ。

十八世紀はまた、ヨーロッパが文明の状態に到達した時代でもあった。一方に理性の歯止めが効かない狂信者の過激な行動があっても、もう一方にはそれを阻止しようとして、宗教的な寛容を強く説いたヴォルテールのような人間がいて、なかには時の権力者である王侯や貴族で、そのかれの活動に手を貸したものさえいたことが、それを裏付けている。また無信仰の傾向が強くなるのもこの時代の特徴であるが、これはキリスト教が廃れたというのでなくて、宗教に対する当時の人々の態度が理性的になったことの一つの表れである。だから人々はキリスト教の倫理観に拘束されずに、奔放に感覚的な幸福を追い求めることができて、生活を快適にする文明の進歩の夢を、素直に未来に託すこともできた。

しかし、文明の未来を信じながら、他方では古代ギリシア・ローマの文明の栄光が、この時代に始まった古代遺跡の発掘によって甦ると、かれらはその名残りをとどめる廃墟に佇んで、茫々とした時の堆積の前で、人間の運命に対する哀歌を歌わずにはいられなかった。これは失われた世界の壮大な記憶に対する哀歌である。ユベール・ロベールはそれを絵に描いた。イギリスのトマス・グレイは「墓畔の哀歌」を書き、フランスではジャック・ドリールが「庭」を書き、少しおくれてアンドレ・シェニエが「牧歌」と「哀歌」を書いたが、それは自分とその同時代に対する哀歌であるだけでなく、滅びた文明に対する挽歌でもあった。

ルソーのことに話を戻すと、かれの『新エロイーズ』は優しい魂の持ち主が集う楽園を描いた牧歌であるが、この牧歌にはまた、実現されない理想郷への哀歌という憂いの影が差している。『孤独な散歩者の夢想』の、とくにその「第五の散歩」に流れている時間は、かつて味わった至福の時の追想であって、時間はかれの記憶のなかで内的な時間に変貌して、深い哀惜の感情に浸されている。モーツァルトの音楽に流れている哀惜と諦念は、文明の状態に達したこの時代の生活感情の一番深い所にあるものを表していて、これは、アントワーヌ・ヴァトーの絵とともに、十八世紀という時代のもっとも純粋な表現である。

これに対して、十六世紀のモンテーニュの時間は本質的に現在である。かれが散歩する果樹園は、南フランスといっても、その南西部の緑が濃いアキテーヌ地方の陽光をいっぱいに浴びているのでなければならない。果樹園の小道には、砂まじりの乾いた土を踏むかれの足音が聞こえていなければならない。あるいはその足音も消えて、かれの意識は自分のこころの奥深いところへ沈んで行く。かれの感覚に訴えかける果樹の匂い、風のそよぎ、日の光、小道の感触、足音、あるいは夢想や思索、これらすべてがこのときのモンテーニュの時間である。かれは一刻一刻を生きている自分の存在と、眼の前で微妙に変化する世界を受け入れる。生きている人間にとって、事物に対する認識よりも、事物を享受することの方がはるかに大切であることが、晩年のモンテーニュにはっきりと見えて来る。

それは事物の認識が不可能だからではない。享受を知らない認識の意味を疑うからである。悟性によって世界を認識しようとするものは、その当人の意識がどうであろうと、最後にはそれによって世界の支配を目指すものである。そうした仕事は、われわれ人間を「自然の主人であり、その所有者のようなもの」（『方法序説』第六部）にまで高めようとするデカルト（ただし、後述するように、かれがその仕事に与えた真の意味は極めてモンテーニュ的だったのだが）、そのデカルトのような人間が果たすべき仕事であって、世界を享受することに努める人間の仕事ではない。われわれは「世界を享受する権利」を持っているとモンテーニュは言っている。その権利を侵すものがあれば、たとえそれが先賢の教えや学問だったとしても、かれはそれを拒むだろう。もしそれが神であれば、敬して遠ざけるだろう。世界をあるがままに、ということは、たとえそれを開く鍵がわれわれになくても、生きるために与えられた唯一つの世界として、それを享受することが人間の本来の務めだと、かれは考えた。そうしたかれの生き方は、学問にも宗教にも侵されることがなかった生きることへの本能であって、その本能が、ルネサンスの人間であるかれを、十七世紀の信仰の人パスカルから隔てると同時に、理性の人デカルトからも隔てていた。

〔b〕これは時々やることなのだが、いまも私はどんなに人間の理性が身勝手な、曖昧な道具であるかをぼんやり考えていたのである。普段から私は、人間というものは事実を示されると、その真相を探すことよりも、その理由を探すことに進んで没頭するのを見ている。かれらは事実を放っておいて、原因を論じるのに忙しいのだ。〔c〕おかしな原因探究者である。原因の認識は事物を支配する者だけに属していて、それを受け入れるだけのわれわれには属していない。われわれは事物の起源や本質を見極めなくても、自分の本性に従って、余すところなく完璧にそれを使用している。葡萄酒にしても、その根本の特性を知っているものにとって、それだけ味が旨くなるわけではない。その反対であって、肉体と精神は、学問の意見がそこに混ざると、自分たちが持っている世界を享受する権利を妨げ、損なうのである。（一〇二六ページ）

デカルトは世界を理性の手のなかに握るために、科学者としての才能を発揮して、世界を認識しようとした。『方法序説』と『省察』はかれの形而上学であると同時に自然学の一端を含み、『宇宙論』と『人間論』は文字どおり天体と人体についての自然学的な認識の試みだった。これに対して、モンテーニュにとって、世界の原因やその運行の法則は、人体の仕組みとともに、謎に包まれたままである。かれとデカルトを隔てている数十年の間に、天体の謎がガリレオやケプラーによって解明され始めたのは事実であるが、この二人の科学上の発見を知ったとしても、モンテーニュは、世界の真相は依然として謎であって、それを開く最後の鍵をわれわれ人間が握れるとは考えなかった。

しかし、だからと言って、かれが謎の解明について無関心だったわけでないことも、ここでぜひ言っておかなければならない。「[a] 私は、ある人が失敗したことに別の人が成功したり、ある世紀に知られていなかったことを次の世紀が解明したこと〔…〕を経験から知っていたから、自分の力で発見できないことであっても、やはりそれを探ったり、試してみたりしないではいられないのだ」（五六〇ページ）。この粘り強い探究心と旺盛な好奇心もまたモンテーニュのものであって、『エセー』がわれわれを惹き付ける魅力の一半は、この探究と好奇心が収集した世界と人間についての多彩な事実に拠っている。ただ、人知によって世界の解明がなされるかどうかについて、かれは安易な信頼を寄せる代わりに、その経験に照らして徹底して懐疑的だったまでである。

こんな文章がある。

[b] どうして自然は、いつかその懐をわれわれに開いてやろうという気になれないのか。自然の運動の手段と運行をわれわれにはっきりと見せて、われわれの眼にそうなっ

たときの用意をさせようとしないのか。そうなれば、神よ、われわれは、われわれの哀れな学問のなかに、どんな誤りと計算違いを見出すことになるだろうか。［c］もしも学問がたった一つの事柄でも、その状態を正しく摑んでいるとしたら、私の方が間違っているのだ。そして私は自分の無知に無知であるより、ほかのいっさいの事柄についていっそう無知なまま、この世から去って行くだろう。（五三六ページ）

そのモンテーニュがこの世を去ってから四百年あまりになるが、その間に科学は、懐疑家のかれが想像もできなかったところまで進歩した。しかし、科学というものは、前にあった知識に立って、それに新たな知識を積み重ねて行くその方法の性質からいって、前進するしかないもので、科学に終わりはないのである。言い換えれば、科学が前進すれば、それだけ対象である自然は、逃げ水のように逃げて、次に来るものがそれまでの知識を受け継いで、あらためて逃げ水を追うのが科学である。その意味で科学者は、つねに知識と無知の間に置かれる運命にあるから、知識と無知の距離が縮まることはあっても、それが無くなることは到底望みうることではない。これが人知というものの実際であるから、科学者と言われるほどの者であれば、知識が深まるにつれて、自分の無知を自覚しないものはいないはずである。

［b］これは当然いえることであるが、無知には、知識の前に来る初歩的な無知と、知

識の後から来るもう一つの博識な無知とがある。後者の無知は、知識が最初の無知を打ち壊すと同時に、知識が生み出す無知である。（三一一ページ）

モンテーニュが目指しているのはこの第二の無知である。次に引く一節は哲学について述べたものであるが、これを科学、あるいは学問一般に当てはめて読んでも差し支えないだろう。

〔c〕驚きはあらゆる哲学の基礎であり、探究はその進歩であり、無知はその極みである。〔b〕いや、それどころか、名誉にかけても勇気にかけても、少しも知識に引けを取らない強くて高貴な無知がある。〔c〕こういう無知を抱くには、知識を抱くのに劣らない知識が要るのである。（一〇三〇ページ）

そういう知識の果てに来る高貴な無知を自覚している科学者にならば、モンテーニュも自然の謎を解く仕事を委ねたかも知れない。しかし、かれ自身は哲学者でも科学者でもなく、よく生きることを願う一人の享受者に過ぎないから、その享受を目指してかれの探究が向かうところは人間、それも一個の私的な人間、つまりかれ自身のほかにはない。そこにかれの探究のすべてが託されていたことは、次のよく知られた言葉に明瞭に示されている。

［b］私はほかの主題よりいっそう私を研究する。これが私の形而上学であり、自然学である。（二〇七二ページ）

なるほどこういう態度からは、近代科学は生まれて来ないだろう。その代わり、人間性の探究というモラリストたちの仕事が、モンテーニュを源流として生まれて来るのであって、それがフランスの文学や思想の根本的な性格を決定したことは、いまさら指摘するまでもないだろう。たしかに人間の存在などは、自然や宇宙に比べたら小さなものである。しかし、そういう小さな存在にすぎない自分であっても、そのなかを探ってみると、そこには測り知れない深さと多様さがあって、自分を知るということが果てしない修業であることを、モンテーニュは『エセー』を書くことで思い知らされる。十七世紀のデカルトやパスカルを初めとして、後世の文学者や思想家は、この果てしない仕事をモンテーニュから引き継いで行くだろう。

［b］自分自身を知るというこの知識に誰もが確信があり、満足していて、十分判っていると考えているのは、じつは誰もがまったく判っていないということであって、［c］これはソクラテスがクセノポンのなかでエウテュデモスに教えていることである。［b］私はもっぱらそれを仕事にしていて、そこに無限の深さと多様さを見出しているから、私の修業の成果は、学ぶべきことがまだどれだけ残っているかを痛感させられること以

外にはない。私は自分の無力をたびたび味わったおかげで、謙虚であろうとする傾向や、命じられた信念に従い、つねに冷静と節度をもって意見を述べる傾向を身に付けたし、自分を過信して何でも自分に任せておけという、あの迷惑な、喧嘩早い傲慢に対する嫌悪も身に付けた。そして、この傲慢というのが規律と真実の大敵なのである。（一〇七五ページ）

これが、博識ゆえの無知の自覚と謙虚というものである。またこれが、科学者の美徳でなければならないのと同時に、人間という「無限の深さ」をもった不思議な存在を探究するモラリストが身に付けるべき資格でもある。

ここでもう一度自然の解明に話を戻すと、前にもいった通り、モンテーニュは自然を解明する意義について無関心だったわけではなかった。ただかれは今日の真実が明日のあらたな発見によって覆らないと保証するものが何一つないことを、歴史を通して知っていた。そして、それを承知していたから、真実を探し求める精神にとって謙虚さが第一に大切であると考えたのだ。長い間信じられて来た天動説が、コペルニクスの地動説によって覆えるのを知ったとき、かれは何と書いただろうか。

［a］天空と星々が三千年のあいだ回転して来た。誰もがそう信じていた。ところがついに、［c］サモスのクレアンテスが、あるいはテオプラストスによればシュラクサイの

ニケタスが、黄道の斜めの円環を通って、自分の軸のまわりを廻りながら、〔a〕地球が回転しているのだと主張する気になった。そして今日では、コペルニクスがこの学説の根拠を見事に固めて、これを天文学上のあらゆる結論に規則正しく利用しているが、この二つの説のうちどちらが真であるかということは、われわれにはどうでもいいことであって、その、どうでもいいということ以外に、なにをわれわれはここから受け取ろうというのか。いまから千年後に第三の意見が出て、前にあった二つの意見を覆さないと誰に判るだろうか。〔…〕

だから、なにか新しい学説がわれわれに示されたときというのは、それに用心して、その学説が生まれる前には、それと反対の学説が流行していたことをじっくり考える絶好の機会なのである。（五七〇ページ）

第三の意見が出るかも知れないというかれの想像をあまり馬鹿にしてはならないだろう。これが最後の真実だと言い切ることは人間にはできることではないからだ。それを摑んだと思い込むのは、ひとつ前の引用文にあった傲慢というものであって、傲慢は精神が硬直した姿である。人間は真実に向かうとしても、ゆるやかに進むしかないもので、その慎ましい前進をさえ阻むのが傲慢であるのに対して、ゆるやかな前進に辛抱強く付き合うことができたのはモンテーニュが身に付けた精神の謙虚さゆえである。わたしはこの謙虚というものを、精神が見せる様々な姿のなかで、かれがなによりも高く評価していた柔軟さの一つの表れと見たい。精神の柔軟さというのはその言葉の通りであって、説明の必要はないが、例えばこういうことを言っておくのも無駄ではないだろう。

ここに引いた一節を読んでいて判るのは、かれが過去と未来に遠く眼をやりながら、科学が置かれていたその時点での状況をかれなりに把握していたことである。十六世紀は自然の謎を解明するには、まだほど遠い状況にあった。しかし世紀の後半から十七世紀にかけて、科学による解明が着実に進み始めたことも事実であって、それにはコペルニクスに次いで、磁気論のギルバート、天文学のケプラーやガリレオ、そしてデカルトの名前を思い出すだけで十分だろう。解明の精度も刻々に変わって行く。それを進歩と呼んでもいい。しかしその進歩が緩慢なだけでなく、それに果てしがないことをモンテーニュが見通していたことは「いまから千年後に第三の意見が出て」という言葉からも想像が付く。そして、その果てしがないという思いにかれが堪え得たのは、いま言った精神の柔軟さのためであって、これは精神の強さとほとんど同じ意味と考えていい。またこれは科学上の問題に限ったことではない。モンテーニュが、われわれ人間の変わり易い姿に匙を投げずに、人間の探究をつづけることができた秘密もこの柔軟さにあったに違いないのである。

[b]もっとも美しい魂とは、もっとも多くの多様さと柔軟さをもった魂である。(八一八ページ)

この含蓄がある言葉の意味の、少なくともその一つをわたしはそう理解したい。

結局、かれにとって事物の原因も、外界の真相も、ほとんどが不可知であって、世界は謎に包まれている。しかしその謎も含めて、あるがままの現在の世界がかれの世界である。それは人間が生きて享受する世界であって、解明したり、支配したりするための世界ではなかった。世界を知的な解明の対象にすることは人間の自由である。ただし、だからといって世界が人間に帰属し、支配されるというのはあり得ることではない。なぜなら人間が世界に帰属しているからである。しかも、その関係はいま始まったのでなく、地球がわれわれ人類を地上に発生させたときから、そうであるほかはないのである。だから人間は長い間そのことを意識しさえせずに生きて来た。それが正常なのであって、自然の懐に抱かれるという言い方は修辞上の比喩ではない。それにもかかわらず、その関係を逆転させることが可能であるかのように考えて、人間がその手で地球を支配しようと思うのは自然の掟に背くなどという甘いことでなく、一口に言ってあり得ないことである。それに気付かずに、そのあり得ないことをやっている無知な不遜が文明人の野蛮というものであり、その野蛮が行き着く先には、地球の破滅でなく、その前に人間の滅亡が待ち受けているだけだろう。

人類が地上から姿を消したあとでも、かつて生命を育んだ海は、太古の昔と同じように、朝と夕べに潮の満ち干を繰り返しているだろう。いずれそうなることは避けられない。しかし人間がまだ地上に生存しているかぎり、モンテーニュのような考え方がかつてヨーロッパの思想のなかに存在していたことを忘れるわけにはいかない。わたしにはこれがモンテーニュのユマニスムが到達した地点であって、世界のなかに住む人間とその世界との関係のあるべき姿に見えるのである。

ヨーロッパの中世が、神が宇宙の中心に据えられていた時代だったのに対して、ルネサンスは人間が世界の中心に据えられた時代だったという見方は大筋では確かであって、この時代の人間は初めて人間というものを見たかのように、大地の上に立つ自分の姿と力に素直に酔っている。それはこの時代の美術や文学が鮮やかに示していることである。

しかし、それはまた人間が、すべての生き物に開かれているはずの世界に対立し、世界のなかで孤立する前兆が兆す時代でもあったことを、ここでもう一度思い出す必要がある。そうしたルネサンスの末期にモンテーニュは生きていた。かれがこの前兆をどの程度意識していたかということになると、なるほどそれは正確には測りがたい。しかしその一方で、世界と共生するかれの思想をその時代に置いてみると、その意味の重さと射程は明瞭に測定されるのであって、現代の読者がそれに眼をつぶることは、自分の生活とその未来に眼を閉ざすのに等しい。時代が近代から現代になって、哲学と科学が世界の認識の道に深く入り込み、その成果が机上を離れて技術という形を取ると、人間は自然や社会を、万人の幸福と社会の改良という名目のもとに変貌させることが自分の使命であると考えるようになった。それが現代という時代の趨勢なのだ。そうなると、モンテーニュのような生き方は時代に取り残され、世界と共生する生き方の自覚は確実に薄れて行く。

第二次世界大戦のあと、マルティン・ハイデッガーはリルケのある即興詩の解読を試みながら、技術が世界と人間に対して持つ根本的な危険性について語ったことがあった。ハイデッガーの関心は、リルケが詩人の直観によって、生きものたちが住んでいる「開かれた世界」のなかで、ひとり孤立している人間の運命とその庇護あるいは救済について語ったことを、かれ独自の存在論の立場から解読しようとするところにあった。しかし、ここはその存在論に触れる場所ではないので、かれが技術というものをどう捉えていたかという点だけに絞ってみると、例えばこういう言葉がある。「世界の対象化の遂行は、ますます決定的に庇護の可能性そのものを消滅させる。人間は世界を技術的に対象に据えることによって、そうでなくてもすでに人間に閉ざされている開かれた世界への道を、故意に、完全に塞いでしまう」。ハイデッガーはこう語った後で、技術を平和的に利用するという耳触りがいい一般の意見が、いかに危険なものであるかを指摘し、技術が全面的に発展するときには、地上に夜の時代が来ると予告するのである。

いま盛んに論じられている原子爆弾は、まったく特殊な死の兵器として致命的なのではない。〔…〕人間をその存在において脅かしているのは、人間が人間の状況を万人にとって堪えやすくし、全体として《幸福な》ものにするためには、自然のエネルギーを平和的に解放し、変形し、蓄積し、管理すればそれで十分だというあの意見である。これは自分で自分にそうだと信じ込ませようとしている意見なのだ。この《平和的に》というときの平和というのは、ただ自分だけしか眼中にない自己遂行の狂乱が見せる、動揺を知らない熱狂以外の何物でもないのである。〔…〕

技術の本質は徐々にしか昼の明るみに出て来ない。その昼は、ただ技術の昼へと修正されただけの世界の夜である。この昼は時間が一番短い昼である。その昼とともに、終わりがない冬が迫っている。人間に拒まれているのは庇護だけではないのだ。存在するもの全体がひとつ残らず闇のなかに沈んでいるのである。(『なぜ詩人なのか』)

技術というものが、表面的には人間の幸福や平和という言葉と結ばれやすいだけに、その危険性は容易に昼の明るみに出て来ない。しかし現代のわれわれは、技術がもたらす物質的な快適さがそのまま幸福を意味するものでないことに気付いている。また技術の危険性にも気付いていて、少なくともわれわれは、それがわれわれの一部のものに過ぎなくても、世界の夜の到来を予感してもいる。そして、もしその到来を少しでも肌に感じるのであれば、モンテーニュの生き方をあまりに享楽的で、時代遅れの生き方として退けることはできないはずである。なるほどわれわれは、技術が幸福とは直接に関係がないことに気付き、技術の危険性を危惧しはじめているかも知れない。しかしまた、自分が世界に帰属して生きる小さな生きものに過ぎないという事実の重みを忘れ始めてもいる。われわれは朝起きて、朝露が草の葉の上で光るのや、朝顔が花弁を開いているのを見ても、命が甦るのを感じる生きものなのである。そうであれば、自分が生きている世界の素肌に触れて、その都度生き返る生きものとしての感性を失うとき、われわれは根もとから生命を絶たれるのである。この当たり前な事実を無視するならば、人間を忘れた技術が人間と世界をどのような窮地に追い込むかは、すでに現代の状況が示している。

3

話をモンテーニュに戻そう。

かれは、いま話題にした科学を含めて、学問というものをどう考えていたのだろうか。これはモンテーニュにおける学問論などという大袈裟なことをやろうというのではない。結論からいえば、かれは学問を生活のなかで考えていた人間だった。

学問の世界が一部の学者や研究者の手に委ねられて、門外漢には窺い知れない世界であるのは今も昔も似たようなものであるが、しかし、いまの時代くらい学問がいわゆる高等教育の浸透によって普及した時代もないかわりに、その学問の多くがわれわれの精神生活から懸け離れた時代もなかったような気がする。それを念頭に置いて『エセー』を読むと、モンテーニュが例えばこう言っていたのが、いやでも眼にとまる。「[a] 金持ちになろうというのが、今日、われわれが法律学や、医学や、教育学、そして神学までも手段にして目指している唯一の目的である」(二四〇―二四一ページ)。かれは同時代の学問が財布の中身を良くする手段にはなっても、われわれの魂を良くすることはほとんどないと言って、学者たちに痛烈な批判を浴びせるのであるが、そのあたりから、かれが当時の学問について考えていたことを取り上げてみよう。ただしその前に、学問に対するかれの基本的な考えを見ておく。

われわれはモンテーニュがボルドーやトゥールーズの大学で学んだことや、青年時代から大変な読書家だったことを知っているが、後になってかれは、自分が修めた勉強を振り返って、こんな告白を書いている。

［a］私はフランス流に、何でも少しばかり齧ってみたが、究めたものは一つもない。なぜなら、要するに私は、医学と法律学、それに数学における四部門〔算術、音楽、幾何学、天文学を指す〕というのがあって、それぞれが何を目指しているかを大雑把に知っているだけだからである。［c］そして、たまたま私はわれわれの生活に役立つことが学問一般の目的であることも知っている。［a］しかし、もっと深くそこに首を突っ込むことも、［c］現代の学問の帝王であるアリストテレスの研究に爪を噛みながら頭を悩ますことも、［a］なにかの学問に一心不乱に取り組むことも、私はこれまで一度もやったことがないのである。（一四六ページ）

かれが言っていることは、いわゆる雑学をやったということになるのだろうが、そのことを少しも悔いている様子がない。それは、「［b］私は楽しみながらでなければ、なに一つやらない」（四〇九ページ）というかれの性格がごく自然に招いた結果だったためかも知れないが、しかし、それ以上にかれが悔いる必要を感じなかったのは、学問に対する思い切った考えがあったからである。

［b］われわれがゆったり寛《くつろ》いで生きるのに、学問はほとんど必要でない。ソクラテスは、学問はわれわれのなかにあること、またそれを自分のなかに見出して、使う方法をわれわれに教えている。自然が与えてくれる能力を超えるような、そんなわれわれの能力はどれもほとんど空しい、余計なものばかりである。（一〇三九ページ）

しかし、それでもかれが終生本を読み、勉強を続けたのは、そこに平凡であっても切実な目的があったからで、かれが学問に認めるただ一つの取り柄もまたそこにあった。それは極めてモンテーニュ的な目的であるが、誰もが共通して持ってもいいはずの目的でもあった。それはこういうものである。

［a］私はたしかに物事のいっそう完全な理解を持ちたいとは思っているが、しかしあれほど高価な代償を払ってまでそれを買いたいとは思わない。私の意図は残された余生を穏やかに過ごすことであって、あくせくと過ごすことではない。私が頭を絞ってでもやってみたいと思うようなものはなに一つない。学問にどれだけ大きな価値があっても、やはり同じことである。私が本に求めるのは、正しい娯楽によって快楽を得ようと

することだけである。私が勉強するのも、私自身の認識を扱っている学問、すなわち、よく死に、よく生きることを私に教えてくれる学問だけを求めて勉強するのである。

（四〇九ページ）

モンテーニュにとって、学問はよく生きるという現実的な知恵に結ばれていた。この姿勢は、かれが哲学者のなかで師と仰いで、もっとも敬愛していたソクラテスの哲学の流れを汲むものである。学問というものをそんなふうに考えていた人間の眼に、同時代の学問や学者がどう映っていたかについては、いまもその一端を覗いてみたが、まだ話題にしたいことが色々ある。

フランスの十六世紀がフランスのルネサンスと呼ばれて、古代ギリシア・ローマの言語や文献に関する古典学を初めとして、文学や美術の分野で見るべきものを後世に遺したのは、当時の国王であるフランソワ一世がイタリア戦役の際に、イタリア・ルネサンスの華々しい成果を目の当たりに見て、帰国後、学芸その他を強く奨励する文化政策を打ち出したからで、このことはどんな文学史や美術史にも載っている。モンテーニュの父のピエール・エーケムは、青年の頃、この遠征に加わって、十年あまりその地に止まったが、そのとき若い国王と同じく、イタリアの文明の高さを身をもって経験することになった。そして、とりわけ学問がある人間に敬意を抱き、その言葉に進んで耳を傾けるのを好むようになった。それで後年、家に学者たちを招いて、その話を「神託のように」傾聴することになるのだが、息子のモンテーニュはそんな父親の姿を見て、『エセー』のなかに次のような一節を書き残している。

［a］私の家は昔から学者たちに開かれていて、学者たちからもよく知られている。なぜかというと、父は五十年以上もこの家を取り仕切って来たが、国王のフランソワ一世が文芸を信奉して、それを世に広めるために注いだあの初々しい熱情に浮かされて、大変な熱意と費用をかけて学識がある人たちとの付き合いを求めたからである。そして、かれらを神聖な知恵を特別に吹き込まれた聖人のように家に迎えて、その意見や話を神託のように受け止めた。父には、祖先と同様に文芸の知識がまるで欠けていて、その意見や話を判断する力があまりなかっただけに、いっそう尊敬と信仰を篤くしたのである。私はたしかに文芸を愛するけれど、崇めはしない。（四三八—四三九ページ）

そういう学者の一人にピエール・ビュネルという、当時学者として評判が高かった人がいた。モンテーニュが翻訳し、『エセー』のなかでその弁護を書いた例のレーモン・スボンの『自然神学』は、ビュネルがモンテーニュの屋敷に数日逗留して、その別れ際に父に贈ったもので、この本とのモンテーニュの出会いにはこの一節に述べられているような背景があったわけだ。それはともかく、息子のモンテーニュが、学問に対する父の盲目的な礼讃を冷静に受け止めることができたのは、幼い頃にその父の命令で習得したラテン語の知識が物を言って、ギリシア・ラテンの古典の素養とともに、自分の頭でものを判断する力を身に付けていたからだったが、またその判断力は、多岐にわたる読書と経験で鍛えられて、金や名誉を目当てに知識を弄ぶ同時代の学者たちを批判するのにも十分なものだった。もちろん当代の学者のすべてがそうだったわけではなく、優れた学者が存在していたことは、これも『エセー』が公正に語っていることである。

しかし、かれが長いことその職にあった高等法院で出会った法律の専門家や、宮廷に現れる学者たちの議論を聞いていると、モンテーニュには、かれらがいたずらに頭に詰め込んだ知識をただ誇示しているとしか思えなかった。その上、その折角の知識も、かれがもっとも重きを置いていた判断力の養成には少しも役立っていない。それが、かれが見た学問の現実だったのである。そんな学者たちといくら議論をしてみても、相手は言葉を弄ぶだけで、物事の真実は少しも見えて来ない。『エセー』を読んでいると、そういう腹立たしい場面を目撃したり、実際に学者を相手に空しい議論を重ねたりした経験があったに違いないと思わせるくだりに出会うことがある。そんな苦い経験が、たとえば、学者たちの議論を揶揄する次のような辛辣な文章を書かせることになった。

［b］いったい何のためにあなたは、まともな歩き方も知らないような者と真実の探究に出掛けたりするのだろうか。主題を扱う方法を検討するために主題を離れることは決して主題を疎かにすることではない。私はスコラ学の技巧的な方法のことを言っている

のではない。健全な判断力による、自然な方法のことを言っているのだ。この分では、議論は最後にはどうなることだろうか。あるものは東へ行き、他のものは西へ行く。かれらは本筋〔法律用語では「主件」の意味〕を見失い、枝葉末節〔法律用語では「付帯事項」の意味〕に落ち込んで、本筋を遠ざける。嵐のような一時間が過ぎると、かれらは何を探していたのか判らなくなって、あるものは下に、他のものは上に、また別のものは横にいる。あるものは言葉一つ、比喩一つにかじりつき、あるものは相手から何を反論されているのか判らなくなる。それほど自分の流れに巻き込まれ、自分を追うことばかり考えて、相手のあなたを追うことを忘れてしまう。あるものは自分の腰が弱いのを知ると、すべてを恐れ、すべてを拒んで、初めから話題をもつれさせ、混乱させる。〔c〕あるいは議論が白熱してくると、腹を立てて、黙り込む。無知を悔しがって、傲慢な軽蔑を装ったり、あるいは愚かな謙遜から論争を諦める振りをする。〔b〕あるものは攻撃さえすれば、自分が隙だらけでいるのをなんとも思わない。またあるものは自分の言葉を並べ立てて、それを立派な論拠のように見なしている。あるものは相手より立派なその声と肺活量の大きさだけを武器にする。心にもない結論を下すものがいるかと思えば、無用な前置きや脱線であなたをうんざりさせるのがいる。〔c〕ある者は悪口でしかないものを武器にして、ドイツ流のいわれのない喧嘩を吹っかけて、折角こちらの精神を攻め立ててくれる精神との付き合いや会話を手放そうとする。〔b〕この最後のものは道理というものがまるで判らないくせに、ただやみくもに言葉の弁証法的な囲みとス

コラ学の公式を使って、あなたを四方から包囲する。（九二六ページ）

元来、モンテーニュは他人と議論することが精神を鍛えるもっとも有効な方法だと考えていたのである。そして、実際にそうした議論を何よりも好んでいた。無論それはかれがここで示したような感情的な口喧嘩にひとしい無意味な議論のことではない。『エセー』のなかに「話し合う方法について」という章がある。これは、議論というものが古代ギリシア以来、ヨーロッパの人間の精神にとって本質的なもので、どれだけそれがその精神の形成にとって、ということはヨーロッパの文明の形成にとって重要であったかを教えてくれる文章であって、ヨーロッパというものを知る上でも一読の価値がある。それは今でも向こうの議会や学会や教室での議論、あるいは家庭での会話にさえ脈々と生きているが、モンテーニュが望んだ議論もその流れのなかにあった。それがどんな種類のものだったかは、その章にある次の一節にはっきりと語られている。

〔b〕われわれの精神を鍛えるもっとも効果的で、自然な方法は、私の考えでは、話し合うことだと思う。話し合うということは、人生のほかの活動よりも、やってみて楽しいものである。だから今どうしても選ばなければならないとしたら、私は耳や口よりもむしろ眼を失うことに同意すると思う。アテナイ人、いやローマ人もこの話し合いの訓練を学校に残していて、これを大いに尊重した。現代ではイタリア人がその名残りをいくらか止めていて、それが大変役立っていることは、われわれの知識をかれらのと比べてみれば明らかなことだ。本による勉強は活気がない、弱い運動であって、少しも興奮させることがない。それに対して、話し合いは、教えると同時に鍛錬する。私がたくましい、手ごわい精神と話し合いをすると、相手は私の両脇を攻め立て、右に左に突きを入れ、かれの想像力は私の想像力を掻き立てる。対抗心、名誉心、緊張が私を駆り立て、私を私以上に高めてくれる。一致というのは、話し合いではまったく退屈な要素である。

われわれの精神はよく整った、強い精神との交際によって強くなるものであるから、低俗で、病的な精神と絶えず付き合っていると、どれだけ精神が損なわれ、堕落するか知れない。これほど伝染する疫病もないが、私は十分な経験からその損害がどれだけ大きいかを知っている。私は反駁したり、議論したりするのが好きだ。しかし、それは自分のために、少数の人間とやる。なぜならお偉方の見世物になったり、われ勝ちに自分の機知や弁舌を誇示したりすることは、名誉を重んじる人間にはふさわしくない仕事だからである。（九二二―九二三ページ）

この最後のところを読むと、ここでの話とは関係ないことであるが、こんな想像をしてみたくなる。名誉というものがその人にとって世間的な栄誉でなくて、人間の尊厳を意味し、そういう意味での名誉だけを重んじる人間というのは、毅然としているが、肩肘を張ったところがなく、付き合っても少しも相手に負担を感じさせない人で、人間として味がある、そういう人物だと考えて、まず間違いない。そして、その一人がモンテーニュだったと想像したくなるのである。

ところで、一つまえに引用した一節に、スコラ学における議論というのがあったが、これは今では、ほとんどの場合、煩瑣な議論という悪い意味で使われている。しかし、中世のキリスト教神学では、言葉一つを定義するにも、またそうして定義された言葉を使って厳密な議論をするにも、それが現実に当時の人間の生死を左右するものだったから、それがどれほど精緻であっても精緻でありすぎることはなかった。人間の生命を担った真実を探究するために、それだけの論理の厳密さが要求されたわけで、中世では「論理学は神と同じように讃美された」（『情熱と叡智』プレイヤード版、八〇四ページ）というアランの指摘はそのあたりの事情を伝えるものである。

しかし、モンテーニュの時代になって、少なくともかれの眼に、スコラ学の論理の方法はもっぱら「技巧的」なものに映って、「健全な判断力による、自然な方法」から懸け離れたものになっていた。そうなれば真実のために精緻であることを目指したスコラ学の方法は、ただ煩瑣なだけの詭弁に堕落し、人間の生活に役立つ道を絶たれて、その道の専門家に箔を付ける手段になるしかなかった。「［a］弁証法のあの厄介で、煩瑣な議論はすべて捨てることです。そんなものでわれわれの生活が改良されることはあり得ないのです」（一六三ページ）とモンテーニュはある貴婦人に書いているが、こうした批判はモンテーニュだけのものでなく、後にデカルトもスコラ論理学の三段論法に同じような批判を加えている。そして、この論法が「自分が知らないことを学ぶのに役立つというより、むしろ判断力を使わずに自分が知らないことを話すのに役立つことに私は気が付いた」（『方法序説』第二部）と言って、デカルトはこれを退けて、『方法序説』にある、あの有名な方法の四則に到達するのである。しかし、それはそれとして、モンテーニュが見た学者たちの議論の実態は以上のようなものであって、かれはそうした同時代の学問と、それをなりわいにする専門家に対して、いま引用した一節に続けて、精一杯の批判を書いている。

〔b〕ところで、われわれがこうした学問、〔c〕「なに一つとして治癒することがない学問」〔セネカ〕〔b〕をやっているのを見ると、だれが学問に不信を抱かずにいられるだろうか。生活に必要な、しっかりした成果をそこから引き出せるかどうかを誰が疑わずにいられるだろうか。誰が論理学のなかで判断力を身に付けたか。その美しい約束はどこにあるのか。〔c〕「よりよく生きることにも、より適切に論じることにも役立たない学問」〔キケロ〕。〔b〕論理学の専門家が公開でやる討論の場でよりも、鰊売《にしん》りの女が口喧嘩をするときの方が、訳のわからない話し方がいっそう多く見られるだろうか。私の息子には、話し方を雄弁術の学校より居酒屋で学んでもらいたいものだ。人文科学の先生を捕まえて、一緒に話をしてみるといい。どうしてかれはあの見事な話し振りをわれわれに感じ取らせないのか。どうして女たちや、われわれのような無知なものを、かれの議論の確かさ、秩序の美しさで驚嘆させて、魅了しないのか。どうしてかれは思いのままにわれわれを支配し、説得しないのか。議論の内容といい、その運び方といい、格段に優れている人間が、なぜ白熱した議論に、罵りや、無遠慮な言葉や、怒りを混ぜるのか。垂れ布がついたかれの帽子、ガウン、ラテン語を剝ぎ取って見るがいい。生齧りのアリストテレスでわれわれの耳をうんざりさせるのを止めさせて見るがいい。何のことはない、われわれと同じただの人間、あるいはそれ以下なのが判るというものだ。あんなふうに言葉を組み合わせ、絡み合わせてわれわれに迫って来るのを見ると、手品使いの手口と変わらないように私には思われる。手際の鮮やかさはわれわれの感覚と戦って、それを圧倒するが、少しもわれわれの確信を揺さぶらない。この手品を別にすれば、かれらがやることには一つとして、凡庸で、下劣でないものはない。われわれより知識があるからといって、かれらが無能であることに変わりはないのだ。（九二六―九二七ページ）

知識があっても、無能であるというのは、なにを指して言っていることなのか。これは前にも少し触れたことだが、無能というのはその人間に判断力があるかどうかという点に掛かっている。なにかを学んで知識を得るというのは、その過程で判断力を身に付けるから意味があるのであり、判断力が身に付かなければ、知識は死蔵されたのも同じことになる。だからモンテーニュは「[b]私のなかでは、判断力が主人の座に坐っている。少なくともそうなるように注意深く努めている」（一〇七四ページ）と言っている。あるいはタキトゥスの『年代記』に心を打たれたとき、かれはこの本を評して「〔b〕これは歴史の記述であるより、歴史の判断である。ここには史実より教訓の方が多い。これは読むための本でなく、研究し、学ぶための本である」（九四一ページ）という讃辞を呈した。そしてなにより『エセー』という本が、かれの判断力を試す場所であったことを思い出すことである。

もう一つ言っておくと、判断力は学問を通して得られるだけではない。モンテーニュによれば、論理学も弁証法も知らない無学な人間でも、銘々の生活と仕事を通して、自然から教えられるものでもあった。『エセー』には農夫や馬丁といった種類の人間がときどき登場する。かれらは学問がなくても、「よく出来た頭」（一〇七三ページ）の持ち主、つまり判断力を身に付けた人間たちなのであって、モンテーニュは町や村に住むそういう名も無い人間を愛した。それに対して、知識を鼻に掛けて、物事の判断には無能な学者たちの知識をもっとも軽蔑して、それを憎んだ。

〔b〕私は知識というものを、現に知識を持っているものと同じように愛し、尊重する。知識は、それが正しく使われれば、人間のもっとも高貴な、力強い財産である。しかし、知識によって自分の根本的な能力と価値を定めたり、判断力を記憶に頼ったり、〔c〕「他人の陰に身を隠すもの」〔セネカ〕、〔b〕また本によらなければ、なに一つ出来ないもの（こういう種類の人間は無数にいる）、あえて言えば、そういう人間たちの知識を、愚鈍よりも少しばかり余計に、私は憎む。現代のわが国では、学問は財布の中身をかなり良くしてくれるが、精神を良くすることはめったにない。（九二七ページ）

こうした学問の実態に対して、実際にモンテーニュが若い頃から親しんで来た読書を通しての学問が、かれにとってどういう性質のものだったかを教えてくれる文章の一つに「子供の教育について」という章がある。モンテーニュの親しい友人に、若い頃、ギュイエンヌ学院で同窓だったギュルソン伯爵ルイ・ド・フォワという人がいて、伯爵が従妹に当たるディアーヌ・ド・フォワと結婚するに際して、モンテーニュはその結婚式に伯爵の両親の代理人として出席するほど親しい付き合いをしていた。その後、夫人が懐妊したのを知って、母親になる伯爵夫人のために教育論として書いたのがこの章である。これはその時代の貴族の子弟というものを念頭において書かれてはいるが、そういう制約を感じさせない、いま読んでも胸が透くような文章であって、現代の教師だけでなく、生徒にも読むことを薦めたい教育論である。

引用したい文章はいくらでもあるが、モンテーニュが学問をどう考えていたかを知るために、ここでは哲学について語った次の一節を引くことにする。これはいまも言ったように、将来ギュルソン夫人が子供を教育する際に役立つようにと思って、かれが夫人に捧げた文章である。

［a］われわれの時代に、哲学が、分別のある人々にとってさえ空しい、空想的な名前であって、［c］世間の見方においても、事実においても、［a］なんの役にも立たず、なんの価値もないというのは不思議なことです。私の考えでは、例の屁理屈がその原因であって、それが哲学に通じる道を塞いでしまったのだと思います。哲学をしかめっ面をした、気むずかしい、恐ろしい顔に描いて、子供たちに近づけなくするのは大変な間違いです。いったい誰が哲学を、あの青ざめた、醜い、偽物の顔で隠してしまったのでしょうか。哲学ほど陽気で、潑剌として、快活なものはなに一つありません。底抜けに明るいと言ってもいいくらいなものです。〔…〕

［a］哲学を宿す魂は、魂の健康によって肉体までも健康にするものでなければなりません。その安らぎと幸福を外にまで輝き出させ、魂の鋳型に合わせて外側を作らなければなりません。したがって、美しい誇りと、生き生きとした快活な物腰と、満ち足りた穏やかな態度を、その外側に持たせなければなりません。［c］叡智のもっとも明らかな印はつねに変わらない歓びなのです。その状態は、たとえて言えば、月より上にいるようなもので、つねに晴朗であるということです。［a］〔…〕哲学が大切にするのは、魂の嵐を晴朗にすることであり、飢えや熱病に苦しむ人に笑うことを教えること、それも、ありもしない空想上の周転円 épicycles〔古代天文学の用語〕によるのでなく、自然な、手で触れられる理由によって教えることです。［c］哲学の目的は美徳にあります。美徳は、学校で教えるように、切り立った、でこぼこの、近づけない山の頂に植え

られてはいません。そこに近づいたことがある人には判ることですが、美徳は、その反対に、花が咲き乱れる、豊かな、美しい野原のなかに宿っていて、そこから美徳はいっさいのものを眼下に見下ろしているのです。しかも、そこに通じる道を知っている人なら、そこにたどり着くことができるのです。その道は木陰の道で、芝草が生え、いい香りが気持ちよく漂っていて、坂道は天国の道のように歩きやすく、滑らかなのです。この至高の、美しい、誇らしげな、愛らしい、うっとりするような、また同時に毅然としている美徳は、気むずかしさや、苦しさや、恐れや、強制とは相容れない、誰の眼にも明らかな、それらの敵なのですが、人々は自然を道案内にして、幸運と逸楽を伴侶に持つこの美徳を足繁く訪れなかったために、自分の弱さに引きずられて、あの愚かな、悲しげな、喧嘩腰の、苛立った、人を怯えさせる、不機嫌な顔をした姿を勝手に想像して、それを人里離れた岩山の上に、いばらの間に、人をぞっとさせる幽霊のように、据えてしまったのです。（一六一ページ）

これが哲学かと疑うものがいるかも知れない。あるいはここに伯爵夫人を優しく説得するための修辞を見る人がいるかも知れない。しかし、モンテーニュが修辞のために言葉を空疎に選ぶ人間でなかったことは、かれの文章に少しでも親しんだことがあるものには判ることで、その言葉はかれの思考と感覚に満たされていて、なにか物質的と言いたいほど確かな手応えを持っている。この一節にしても、哲学の目的とされた美徳を形容する言葉を選びながら、その言葉の一つ一つに、例えば、ソクラテスが美徳について語るのを読んでいて感じる、美徳というものの様々な印象を、いま現にモンテーニュが探っているような感じがする。そして、「至高の」といっただけでは足りないその印象を、それぞれの言葉に託したのである。そうした美しい美徳に、あるいは歓びになって現れる叡智に結ばれた哲学が、古代ギリシア・ローマの知的な遺産を糧にして生きたモンテーニュにとって、哲学というものの本質を成していた。

これは繰り返して言ったことであっても、よく生きるための哲学というかれの根本の考え方は、ここでも強調しておかなければならない。かれが死んで、その四年後に生まれるデカルトは、ヨーロッパに近代の哲学を興した人間と言われているが、哲学が叡智と結ばれていたという点では、ルネサンス人だったモンテーニュの立場を明らかに継承していて、デカルトの合理主義が後世もっぱら強調される陰で、この肝腎なところに着目するものが少ないのはどうしたことなのか。

ヨーロッパの中世哲学の専門家であるエティエンヌ・ジルソン（一八八四―一九七八年）が、この二人の哲学がどんな具合に繋がっていたかを論じていて、それがなかなか説得的なので、少し紹介する。ジルソンによれば、デカルトの場合も、哲学はわれわれ人間の本性を完成させる叡智を目指していて、それについてジルソンは、「この純粋に人間的な叡智という概念――その条件はすべて神学の領域の外にあって、この叡智を定義するとなれば、われわれの本性にとって可能な最高度の完成ということになる――この概念は、デカルトの場合、ルネサンスの遺産、とくにキリスト教的な禁欲主義とモンテーニュの遺産なのである」（『方法序説――テクストと註解』ヴラン哲学書房、一九六七年、九三ページ）と書いている。そして、デカルトが科学に対して行った改革に言及して、ルネサンスの科学、あるいは学問が、もっぱら記憶にたよるユマニスト的な博覧強記の科学だったのに対して、それを理性による科学に移行させたことを指摘して、こう言っている。

デカルトは科学の典型として数学を選ぶことで、記憶の科学を理性へと移行させる。従ってかれは、記憶を満たすけれど判断力を養成しないスコラ的な博識に反対したモンテーニュとシャロンの批判に、かれの批判を結び付けることができる。〔…〕それゆえデカルトの改革は、科学の観念にその真の意味を与えるとともに、ルネサンスが科学と叡智の間に宣告した事実上の離婚を撤回したことにあって、これが本質的な点であったと言うことができる。（同書、九四ページ）

ジルソンはルネサンスにおいて科学と叡智が、事実上、離婚していたと言っている。しかし、ルネサンス後期のモンテーニュは、かれがかくあるべきと考えた科学や学問を、哲学の叡智に結び付けていたことはこれまで再三述べたことであるから、それを繰り返すことはしない。ただ、この重要な点に関してデカルトがモンテーニュから引き継いだものをデカルト自身の言葉で確かめるために、二つの文章を引用しておく。いずれも『哲学の原理』（一六四四年）の序文からの引用である。

この「哲学」という言葉は、叡智の研究を意味しています。そして叡智は、仕事にあたって慎重であることを意味するだけでなく、自分の生活を導くためにも、健康の維持とあらゆる技術の発明のためにも、人間が知りうるすべてのことを完璧に認識することを意味しています。

例えば、すべての哲学は一本の木のようなもので、根は形而上学であり、幹は自然学であり、その幹から生える枝は、そのほかの一切の科学であって、それらは主要な三つの科学、すなわち医学、力学、そして道徳に還元されます。私が道徳と言いますのは、もっとも高度な、もっとも完全な道徳のことで、これはほかのあらゆる科学の完全な認識を前提にした上での、究極の叡智のことであります。

デカルトの場合、哲学はいまでいう科学のすべてを含むと同時に、各分野での科学的な認識が、最終的には、われわれが精神的にも肉体的にも健康に生きるための叡智を目指していたことが、この引用からも明らかである。また、われわれの精神の健康ということについて言えば、デカルトがその健康を保つために『魂の情念論』（一六四九年）を書いて、高邁の精神を美徳の最高位に置いたことを忘れてはならない。まえにわたしは、デカルトが世界の認識を極めることで、人間を世界の支配者にまで高めたいと語った『方法序説』のくだりを引いて、しかしその世界の認識がめざす目的はモンテーニュ的であると注記しておいた。モンテーニュにとって叡智への意志を欠いた学問は空しい知識の塊に過ぎなかった。その深い思いがデカルトに引き継がれたことは、それもこの引用が示している。『人間論』(一六四八年)も『世界論』(一六三三年)もすべてがそこに最終の目標を置いていて、ひとことでいえば、人間を幸福にするという当たり前の、しかし至難な目的が、かれが学問に託した本来の意味だった。後世に、かれの合理主義を受け継いだデカルト主義者は無数にいるが、モンテーニュに由来するその本当の意図を受け継いだ哲学者はどこにいるのだろうか。デカルトが哲学を語った言葉を読むと、強い使命感が美しい矜持にまで達しているのに心を打たれずにはいられない。そういう人間的な響きをもった言葉が、その後、哲学者のなかで途絶えたわけではないだろう。そしていま、科学が可能にした様々な技術が人間の生活に貢献する一方で、その技術は、ハイデッガーが危惧した、救いがない冬の季節に、世界と人間を陥れるかも知れないところまで来ている。そういう現代に、もしもデカルトのあの人間的な響きをもった言葉を語る哲学者がいるとすれば、その言葉は、モンテーニュに端を発し、デカルトの叡智として結実したものであることを思い出してもらいたい。

最後にもう一度、モンテーニュの果樹園に戻ろう。

かれは、書斎での思索を終えて、果樹園の日溜まりのなかを歩く。そして、日差しを浴びた果樹を眺める。果樹を眺めるときはただそれだけを眺めて、みずみずしい葉叢の輝きを楽しむ。それが、モンテーニュが日常のなかで見せた、世界を享受する姿である。しかし、かれが果樹園のなかで木々を眺めているときも、あの宗教内乱の血みどろの争いはまだ終わっていなかった。「私の想念がよその出来事に向けられることがあっても」と、かれはあの一節のなかで書いていたが、その出来事の一つに内乱があったことはおそらく間違いないだろう。現実に野盗のような兵士たちがかれの屋敷に闖入したことがあったのだから、いつかれらがこの美しい果樹園を襲って来ても不思議はない。だが、いまは静かで、かれは周りに広がる安らぎのなかにからだを委ねている。

端から見れば、そんなときのかれは寛いで、木々を眺めているだけである。しかし、この無為のときは充実のときでもある。そして、この無為にして充実の時間は、書斎で『エセー』を書く仕事の時間と、生きていることにかけて何の違いもない。後者の時間は二つとない本を後世に遺したが、だからといってこれを特別な眼で見ることはない。この本の執筆にかれが精神のすべてを傾けたのは事実であるが、そのための時間を日常のほかの時間と区別して見るような偏狭な考えがかれにあるはずはなかった。果樹園で過ごした無為の時間が、書斎で本を書いて過ごした時間とは別の形で充実して生きられたのでなければ、およそどんな種類の仕事も満足に仕上がりはしないだろう。まして『エセー』のような本の執筆はそうである。なぜなら、この本がそう語っているからである。

4

果樹園についてのわずか数行の文から、わたしは多くを言い過ぎたかも知れない。しかし、言い過ぎたとしても、それだけのものを含んでいたとわたしには読めたのである。その上、この文には意味の上から深い繋がりがある一節が続いていて、それがこの文の意味合いをさらに深めている。そのなかでモンテーニュは、カエサルやアレクサンドロスが世界の制覇に賭けた波瀾の日々を、かれらの日常の生活に引き比べて、こう書き継いでいた。

［b］私は、カエサルとアレクサンドロスが、その大業のさなかにあって、［c］自然な、従って必要で、正当な［b］楽しみを心ゆくまで存分に味わっているのを見ても、それがかれらの精神をゆるめることになるとは思わない。それは、気力のたくましさで、あの激務と骨身を削る思いを日常生活の習慣に従わせることによって、精神の力を強固にさせることだと思っている。（一一〇八ページ）

果樹園の一節から話がここへつづくなかで、モンテーニュの思考は日常生活の自然な営みというものを軸にして流れている。特にここではその日常での楽しみが軸になっていて、果樹園でのひとときはその楽しみの一つだったことが判る。かれは美しい果樹を眺めながら、静かな時間の流れに身を委ねる。内乱に対する懸念がしばらくかれの心を暗くすることがあっても、やがてかれは、「私の考えを、私に連れ戻」し、普段のかれ自身であることを取り戻す。精神がふたたびいつもの状態に戻って、平静を取り戻したのである。

精神が平静であれば、自分の周囲で起きているどんな微妙な変化も意識にのぼり、果樹に差す日がかすかに翳るのも散歩者の眼に映る。またそこがガリアかどこかの戦場であれば、その土地での天候の変化も、野営するローマの兵士たちの士気の変化も、指揮官の意識から逃れることはない。だから世界の制覇が激務の連続であるならば、指揮官の精神はそれだけ日常の平静のなかになければならない。カエサルとアレクサンドロスが、激戦が続くさなかで、あるいは本を読み、あるいは部下と雑談し、酒を酌み交わすといった日常の楽しみを心行くまで味わったのを、モンテーニュはあっぱれだと思った。静かであるほかはない日常の営みが、東奔西走するかれらの激動の日々を立派に支えていたと考えたからである。

ここには、海がどれほど荒れていても、海の水はその荒波の下でつねに穏やかであるのを思わせるものがある。それで思い出すのは、モンテーニュが、宗教内乱の渦中に、かれとその屋敷に敵の襲撃の危険が迫ったときも、またしばらくの休戦を知って、パリへ出掛けたところを、それを嗅ぎ付けて追って来た敵側の兵隊に捕まって、命と金品を奪われかけたときも、平常心を失わなかったことである。襲いかかってきた相手の首領が、途中で突然気持ちが変わって、かれを土壇場で生命の危機から救ったのが、いつもと変わらないその「顔付き」であり、率直で、毅然とした「言葉遣い」だったことが第三巻第十二章の終わりに語られている。

［b］ところが、突然の、まったく予期しない変化がかれらを捕らえた。見ると、首領が私の方へ戻って来て、前よりずっと穏やかな言葉をかけ、ちりぢりになった私の衣服を苦労して兵士の群のなかで探しはじめ、見付かるかぎりのものを、私の金箱までも返させた。かれらがしてくれた最良の贈り物は、結局は私の自由であって、そのほかのものは、［c］そのときは［b］ほとんど私にはどうでもよかった。こんなに珍しい変化［…］の本当の原因がなんであるのか、いまでも私にはよく判らない。一番目立った男が覆面を脱いで、私に名を名乗ると、なんども私にこう言ったのである、私が解放されたのは、私の顔付きと、率直で、毅然とした言葉遣いのせいで、その物腰からこんな災難に遭うにはふさわしくない人だと思ったと。（一〇六二ページ）

これは、モンテーニュがどんな事態にあっても同じ生き方をしていたことを、日常にはない危機的な状況のなかに捉えて、それを静かな口調で語った忘れがたい文章である。

しかし、モンテーニュの思索には、まだ先がある。かれは一五八八年以降のある日、英雄たちの偉業に関する一節を読み返して、そのあとに長い加筆をほどこした。加筆は単に内容を敷衍するだけのものではなかった。

かれはその冒頭を、次の二行によって書き起こす。

［c］もしもかれらが日常の生活を通常の仕事と思い、大業の方を異常な仕事と思っていたとしたら、かれらは賢者であっただろう。（一一〇八ページ）

偉業の日々と日常の日々が、ここでその位置を逆転される。「異常な extraordinaire」という形容は英雄たちの偉業を顕彰しているのではない。異常は常軌をはずれた行為であって、モンテーニュの価値の尺度からすれば、「通常 ordinaire」であることより下にあることはまず免れない。日常の日々は偉業の日々を凌ぎ、通常の生活の賢者は異常な日々の英雄に優るのである。かれは別のところで同じ意図の文章を書いていて、それがこの言葉の注釈になると思えるので、話を先へ進める前に、まずそれを引いてみたい。

［b］要塞の突破口を確保したり、使節団の先頭に立ったり、人民を支配したりするのは華々しい行為である。それに比べると、叱ったり、笑ったり、売ったり、支払ったり、愛したり、憎んだり、身内のものや自分自身と穏やかに、公正に付き合ったり、また決して懶惰に流れず、決して矛盾したことを言わないというのは、いっそう稀で、いっそう困難な、いっそう目立たないことである。それゆえ隠遁生活は、人が何と言おうと、ほかの生活と同じか、それ以上に厳しい、緊張した義務に堪えている。［c］これはアリストテレスが言っていることだが、私人は、官職にあるものより、徳に仕えるのが

いっそう困難で、それだけいっそう高貴である。［b］われわれは良心よりも名誉のために、目覚ましい機会に備えるものだ。［c］われわれが名誉に至る一番の近道は、名誉のためにすることを良心からすることかも知れない。［b］アレクサンドロスがその檜舞台で見せる勇気は、ソクラテスがあの平凡な、人目に付かない行為のなかで見せる勇気より、たくましさという点で、はるかに見劣りがするように思われる。私にはアレクサンドロスがいる場所にソクラテスを思い描くことはたやすいが、ソクラテスがいる場所にアレクサンドロスを思い描くことはできない。誰かが後者に、あなたに何が出来るかと尋ねれば、世界を征服することだと答えるだろう。前者に同じことを尋ねれば、人間の生活をその自然な条件に従って導くことだと答えるだろう。この方がはるかに普遍的で、いっそう困難な、いっそう正当な学問である。魂の価値は高く行くことでなく、秩序正しく行くことにある。

［c］魂の偉大さは、偉大さのなかにでなく、平凡さのなかに発揮される。（八〇九ページ）

モンテーニュがこう書いているのは、普通はわれわれがそうは考えないからで、われわれは不世出の英雄を称えるのに忙しくて、平凡な日常のなかにいる賢者に出会っても、それが賢者とは気が付かない。むかしの人はそういう賢者が世に埋もれていることを陸沈と言ったそうだが、それに気付かないのがわれわれ人間の通弊なのである。

しかし、われわれにはもっと重大な落ち度があって、それはわれわれが毎日自分がやっている平凡な日常の営みの意味に気付いていないことである。モンテーニュはそのわれわれに、日常の日々を生きることがすべての基本であることを示すために、われわれがともするとその日常生活を甘く見ていることを指摘して、日々の営みが英雄たちの偉業にさえ優っていることを語る。それが偉業に優るのは、静かな日常にいるのがわれわれ人間の常態であり、偉業を果たす精神の力も、その常態を離れてはあり得ないからである。次に引くのが、一つ前に、その冒頭の二行を引用した加筆の部分である。

［c］われわれは大変な愚か者である。だからわれわれは「あの男は一生を無為に過ごした」とか、「私は、今日は何もしなかった」とか言うのである。「何を言うのだ、きみは生きたではないか。それがきみの仕事のなかで根本の仕事であるばかりか、一番輝かしい仕事なのだ」。あるいはこんなことを言う。「もしも私を立派な任務が果たせるような所に就けてくれたら、腕前のほどを見せてやれただろうに」と。「きみは自分の生活のことをしっかり考えて、その舵を取ることができたのか。それなら、すべての仕事のなかで一番立派な仕事をやったのだ。自然は人に自分を見せたり、自分を活かしたりするために、特別な運命など必要としない。自然はどんな段階にあっても、幕のうしろでも、幕がなくても、ひとしく自分を見せるものだ。われわれの務めは日々の生活態度を作ることであって、本を作ることではない。戦いや諸国を勝ち取ることではなく、われ

われの行いに秩序と平穏を勝ち取ることなのだ。われわれの偉大な、名誉ある傑作は、賢明に生きることである。ほかのいっさいのことは、国を治めるのも、財を成すのも、建築するのも、せいぜいそれに付属する、補助的なことに過ぎない」。（一一〇八ページ）

力強い言葉である。これはわれわれのような平凡な人間を慰めて、それに勇気を与えるために書かれたように見えるけれど、またそう読んで少しも構わないのであるが、ここに感じられるのは、そうした高みから人に説く口調ではない。平凡な人間のなかにモンテーニュもいて、そのかれ自身も含めた人間たちに、対等に語り掛ける口調である。その内容の方には、かれが実際にここで語っていた通りに生きて来たことが一つの裏付けになって、人を説得するというよりも、自然に人にうなずかせるものがある。わたしはこの部分を読んでいて、かれがそれまでの人生で出会った困難な任務や災厄を思う。宗教戦争のなかで国王軍に加わって戦ったこと、なにかの会議で真剣に人を説得し、あるいはむずかしい調停に力のかぎりを尽くしたこと、敵兵の夜襲を恐れて、家で眠れない夜を過ごしたこと、ペストの恐怖から逃れるために家族をつれて町から町へ放浪したこと、市民軍の先頭に立って、ボルドー市を旧教同盟軍の攻撃から死守したことを思い出す。これはどれを取っても、英雄たちの偉業に比べられるようなものではないかも知れない。しかしそれでも、かれにとって苦しい試練だったことに変わりはなかった。その日常にない任務や災厄を乗り越えることができたのは、モンテーニュの心に日常の平静があったからで、ここに引いた晩年の言葉はそれだけの裏付けを持っているのである。

カエサルの偉業さえも日常の生活に付属する、補助的なことに過ぎないと言ったのは少しも逆説ではない。この一節はそうした動かしようがない人間の生活の根本を語るものである。もしも『エセー』を精神の世界での偉業の一つに数えることができるなら、その偉業もまた、そうした生活に付属してはじめて書かれた本である。

われわれが、生きている間にどんな出来事に遭遇するかは人によってさまざまである。われわれはそれをその人の運命だという。しかし、もっと深い意味で人間の運命というのは、日常の日々を生きることであって、これは偉業を果たした英雄にも、われわれ凡人にも避けることができない共通の定めである。われわれは昔から、生きることにどんな意味があるのかと問う癖が付いている。しかし、この問いには答えがない。あるいは好きなだけの答えがあって、結局、答えがないのに等しい。生きることが、生きものである人間の運命である以上、人間には運命の意味を問うことは許されていないからだ。それが運命というものであって、生きることは、もともと意味などとは関係がないものである。モンテーニュはそうした人間の運命に開眼し、それを受け入れて、与えられた自分の日々を生きたのである。

しかし、ここに来るまでに、かれに模索や懐疑がなかったわけでないことは、これまで語って来たことからも推量されるはずである。モンテーニュの蔵書目録を見れば判ることだが、かれはじつに多くの本を読んでいる。それは、かれが言っていたように、読む楽しみのためであると同時に、よく生き、よく死ぬことを学ぶためだった。『エセー』という本は、それを学ぶために、多くの哲学に不満を呈し、多くの学問に懐疑の眼を向け、宗教や神秘はこれを敬遠するといった、批判と反駁に満ちた本である。われわれはかれの語り口の巧みさに気を取られて、その批判と反駁のはげしさに気付かないことがあるが、かれはそうした厳しい思索のなかから、人間というものの運命を自覚するに至った。運命の受容といえば、普通は受け入れがたいものを受け入れる諦めの態度を連想させる。だが、かれの場合、それは自分のなかにあったかれ本来の生き方を発見して、それに復帰したことを意味する。発見されたその生き方とは、戦闘も、統合も、蓄財もない、いわば主題も脈絡もない日常を生きるという一事である。日常の日々を生きること以外に、人間には生き方というものがないことを自覚して、生きることに力を注いだのである。

モンテーニュがその努力を語った言葉は前にも引いたことがあるが、それをもう一度引いてみたい。それをここで引くことは、老いの日々を生きるかれの姿勢を示すとともに、その言葉の本当の重みをわれわれに理解させることになるからである。

［b］いま私が命を摑んでいる最後の老境にあってさえ、私は人生を価値がある、快いものだと思っている。〔…〕人生を楽しむには、その切り盛りの仕方というものがあって、私は人の二倍は楽しんでいる。なぜなら楽しみの程度はそれにどれだけ身を入れるかに掛かっているからだ。とりわけ自分の人生の時間がこれほど短くなっているのに気

付いているいまは、それを重みの点で引き伸ばしたいと思っている。人生が逃げ去る素早さを、私がそれを摑む素早さで引き止め、人生が流れ去る慌ただしさを、人生を生きるたくましさで補いたいと思っている。生命の所有がますます短くなるにつれて、それだけ私はその所有をいっそう深い、いっそう充実したものにしなければならないのだ。

（一二一一—一二一二ページ）

人間の運命というものは、いまも言ったように、もともと動物の場合と同じことで、戦闘とも、統治とも、蓄財とも関係がない、銘々の日常を生きるということにある。『エセー』の最後にある言葉を借りれば、「[b]自分の存在を誠実に享受することを知る」（一一一五ページ）という単純な一事にある。モンテーニュはこの単純に見えることが人間にとって「完璧な、ほとんど神のような完成」（一一一五ページ）であると考えて、それを本の最後のページに記したのである。そして、それが人間の運命を成就することだったのである。

＊

その運命の成就が賭けられているわれわれの日常は、小説に見られるような主題も、脈絡も持っていない。『エセー』は、モンテーニュという一人の人間がそうした日常のなかで見せた行動と思索の記録であるから、その行動と思索はその時々の事実である。そこには人為的な構成や統一が与えられていない。しかしそういう書き方が、かれが取った天衣無縫とも見える独自の方法だったのである。方法は一見無造作に見えるけれど、かれがその方法に無自覚でなかったことは次の言葉が端的に示している。

［b］ほかのものたちは人間を作る。私は人間を語る。それもひどく出来が悪い一個人を描く。（八〇四ページ）

「人間を作る」と言っているのは、小説家がよくやるように、もともと纏まりというものがない現実の人間を素材にして、性格や行動が首尾一貫している人間を作り出すことだろう。またそうした虚構の人間を読者に提供してわれわれを楽しませ、できればそれをわれわれの精神の形成に役立てようとすることだろう。ほかの作家たちはその手で行く。しかしモンテーニュはそのように人間を作らなかった。ただ自分という一人の人間をありのままに語っただけである。かれがこの方法をいつ、どこで摑んだのかは知らないが、この方法が、かれが摑んだ人間の理解と切り離せないものだったことは確かだと言っていい。人間は、主題も脈絡もない日常を生きるしかない生きもので、その日常のなかで変化と動揺を繰り返す。だから「［b］私は推移を描く。それは一年ごとの推移でも、民衆がいうような七年ごとの推移でもなく、一日ごとの、一分ごとの推移を描く」（八〇五ページ）しかないのである。だからまた、こういうことにもなる。「［b］この本は、様々に変化する出来事と煮え切らない思想の、ときによっては、それと矛盾する思想の記録である。私自身が別の私になるためかも知れないし、問題を別の状況や考察のもとで捉えるためかも知れない」（八〇五ページ）。
こういう書き振りを西欧の哲学や文学のほかの本と比べて見れば、かれの方法がどれだけ独自なものだったかが判るはずである。

小説家のミシェル・ビュトールは『エセー』には立派に構成があると言った。第一巻は五十七篇から成っていて、その中心に、無二の親友で、三十三歳の若さで死んだラ・ボエシが遺したラテン語の恋愛詩二十九篇を収めた第二十九章（現在の版では、詩は削除されているが、詩の数が章の番号に一致しているのは偶然ではないのだろう）が置かれている。そして、この章を囲むようにして、その前後にいずれも二十八篇の文章が並んでいる。たしかに整然とした構成であって、この着眼はなるほどと思う。この構成はモンテーニュが『エセー』の第二十八章「友情について」の冒頭で語っているかれ自身の意図を実行したものであって、かれは画家が「壁面の中心である、もっともいい場所に、技量のかぎりを尽くして描いた絵を置いて、まわりの空白の部分はグロテスク模様で満たして行く」（一八三ページ）その手法を真似るのだと言っている。おそらくそこにビュトールが『エセー』の構成について考え始めたきっかけがあったのだろう。そして、かなり手が込んだ推理のあとで、かれは結論として、第一巻の中心人物は亡き友ラ・ボエシであり、第二巻ではモンテーニュ自身であり、第三巻では未来の友である読者が中心にいると言って、こう書いている。

こうして彼は、ぐるりを取巻かれているように感じられる煙硝の雲を通して、この世のわれわれみんなに呼びかけ、〔…〕われわれを招き、彼が古代から借用する引用をすっかり自分のものにすることができたように、われわれも彼のことばを自分のものにするようにと奨める。(『モンテーニュ論――エセーをめぐるエセー』松崎芳隆訳、筑摩叢書、一九七三年、二六七ページ)

これはその通りであって、この結論に異論を差しはさむつもりはない。しかし、モンテーニュが、未来の読者が『エセー』を自分のものにしてかれの友になることを望んだということは、構成についてあれだけの推理を働かさなくても、本を読めば自然に伝わって来る感情であって、それはすでにわたしが「序にかえて」のなかで述べておいたことである。たとえこの本に何か秘められた構成があったとしても、わたしにとって『エセー』の魅力は、むしろフーゴー・フリードリヒがいうエセーの「開かれた形式」にある。「この本の開かれた形式というのは、世界と生命の実体や著者の内的な経験のなかにある無限なものと、文学的にいって等価なのである。これは精神の穏やかな、あるいは激しい息遣いと一体になった、体にぴったり合った着物のようなものである。〔…〕そのおかげで著者はこれを書いている間も視点を変えて、変化する照明のもとに一切を置くことができるのだが、どの照明も決して最終的なものではないのである」(Hugo Friedrich, *Montaigne*, traduit de l'allemand par Robert Rovini, Paris: Gallimard, 1968, pp. 362-363)。

だからまた、同じ主題が本のあちらこちらで顔を出しても、それが「別の状況と考察のもとで」扱われるから、言うことに矛盾が生じることもある。前に書いたことに後から加筆して、その間の思想の変化が読者に判るように配列するやり方もかれ独自のものであり、同じ問題について時間を置いて書かれた考えに相違が生まれるのはむしろ当然のことである。しかし、そのいずれにもその時その時のモンテーニュがいる。生きていることは変化することであるから、その変化を描くのにはあの方法で行くしかない。かれの人間の理解が方法を決定したのであって、例えばルネサンスの遠近法による絵画のように、一つの決められた視点から人間と世界を構成的にとらえる西欧流の思考と秩序では摑めない、本質的に流動するものが、かれの眼に映っていたのである。

話が飛ぶけれど、わたしはこのことから鷗外の「歴史其儘と歴史離れ」（一九一五年）を思い起こす。かれはそのなかで「わたくしは史料を調べて見て、其中に窺はれる『自然』を尊重する念を発した。そしてそれを猥に変更するのが厭になつた」と書いている。

鷗外がそう書いたのは大正四年一月のことである。そして晩年におよんで、史伝の分野に分け入って、これを開拓して未曾有の境地を実現した。かれは渋江抽斎をはじめ、敬慕する先賢の日常を精査し、日々の行状を自分が生きるかのようにして再現した。かれにこの大きな仕事が果たせたのは、敬慕という深い感情があったからには違いないが、それだけならば、必ずしも史伝という形式を選ぶ必要はなかったかも知れない。史伝であっても、リットン・ストレイチー（一八八〇—一九三二年）の『手のひらの肖像』が見事な手本を示したように、人物とその生涯の主要な特徴を捉えるのが目的ならば、もっと簡明なもので足りたかも知れない。しかし鷗外は日常のささいな事実までも取り上げて、それを捨てようとしなかった。これは緻密な考証や詮索に対するかれの執念だけで説明し切れることではない。人間の日常を伝える資料のなかに動かしがたい自然を感じて、それを人為的な虚構によって壊すのがいやになったのである。日常を生きるという人間の運命の意味を知って、日々のささやかな事実を、その意味を強いて問うことなく、そのままそっと掬い上げたくなったのだろう。そのあたりの消息は、すでに『カズイスチカ』（一九一一年）という短編に登場する老医師の生き方のなかに見えていた。

繰り返して言うようだが、人間の運命はなにも起こらない日常を生きることであって、歴史に残る事件や、戦争や、災害を生きることではない。事件や戦争は乗り越えるためにあって、生きるためにあるのではない。それを乗り切って、日常の平凡な生活に復帰することが、ある事件に見舞われたときにわれわれが果たすべき唯一のことである。われわれはそれを果たして、再びいつもの自分に戻る。そして、その日その日を生き続ける。

わたしは、モンテーニュが生きた宗教戦争の時代を語ることから、この本を書き始めた。そして、「レーモン・スボンの弁護」を読むことから『エセー』の世界へ入って、いまようやく、モンテーニュが、人間がその日常を生きることについて語った、あの晩年の加筆にたどり着いた。長い道のりだったが、それを振り返って気が付くのは、モンテーニュの思想の落差である。

「弁護」の最後のところで、かれはセネカの言葉を引いて、「［a］人間というものは、もし人間性を超えることがなければ、なんと卑しい、見下げ果てたものだろう」（六〇四ページ）と書いていた。そして、人間は自分の力では人間性を超えることができないから、神が手を差し伸べてくれるならば、人間性を超えることができるだろうと言った。

それから十数年が過ぎた。そしてかれはそこに、セネカの言葉について次のような書き込みをした。「[c] これは立派な言葉である。有益な願望である。しかし、やはり馬鹿げている」（六〇四ページ）。これが晩年になってかれが抱いた感想であることは前にも述べた。人間性を超えることが人間の条理に反することであれば、人間は人間性に戻るしかないだろう。人間の本性がどれほど空しいことかが判っても、その一日を、その一生を生きるしかないだろう。そして、もし人間がその一日を生きたとすれば、それはその人間の「仕事のなかで、根本の仕事であるばかりか、一番輝かしい仕事でもある」と、モンテーニュは確信を込めて、同じ加筆のなかに書き入れた。これは、かれが自分の人生を生きたことから摑んだ確信である。この思想の落差にわたしは感慨を覚えずにいられない。これが十数年の間にかれがたどった思索の距離であった。

しかし、人間と世界についての認識は一貫して、変わるところがなかった。「弁護」の終わりに近いところで、かれはこう書いていた。「[a] 結局、われわれの存在も、対象の存在にも、なに一つ永続する実在はない。われわれも、われわれの判断も、死すべきすべてのものも、絶えず流転する」（六〇一ページ）。この認識がかれの考えの基本にあって、晩年になっても変わることはなかっただろう。変わったのは、人間と世界に対するかれの態度である。流転、すなわち変化がモンテーニュにとって、その意味を根本から変えてしまったことは前に見た通りである。人間と世界に変化があるから、そこに多様さが生まれる。そして、この多様さが、享受することに徹したかれの生きる歓びの源になる。それゆえその変化を受け入れる「もっとも多くの多様さと柔軟さをもった魂」が「もっとも美しい魂」であると、かれは信じたのである。

人間は、その矛盾や変化のゆえに、空しい vain 存在と見なされて来た。しかし、不変であることは生命の否定であって、波のうねりのように変貌しつづけること ondoyant が人間の常態であることが、確認されるだけでなく、肯定される。外界もまた変貌を続ける。モンテーニュのなかで、人間と外界に対する認識はついに完了することがなかった。理性が統括する哲学も成立しなかった。かれはデカルトの出現に先立って、デカルト的悟性であることを拒否したかのようである。しかし、その代償として、世界はかれとともにあった。コーカサスの岩山が動くのを感じ、世界の「一日ごとの、一分ごとの推移」を感じ取る鋭敏な精神と感性にとって、日常の日々は変化の宝庫になる。異郷での旅の日々や、世界の制覇に明け暮れる戦いの日々が変化に富むと思うのは、表面だけを見ているからで、それは単に目まぐるしいだけである。何事も起こらない日常の秩序と平穏のなかで、変化は精妙を極めるだろう。果樹園の木々に差す日の光のように、変化は眼に見えないほど微かに、しかし休みなく進むだろう。『エセー』を書くかれの精神の活動も、果樹園を歩くかれの肉体の享受も、そのなかで始まり、そのなかで深まるのである。

あとがき

朝、書斎の机に向かう。ようやくあとがきを書くところまで来たが、この仕事をここまで漕ぎ着けたという安堵の思いが先に立って、なかなか書き出すことができない。梅雨が上がった夏空いっぱいに朝の光が溢れているのを、半分放心したように眺めている。しかし書くことがないわけではない。この仕事が纏まるまでの長かった道のりを振り返って見て、まず思うことが一つある。それは自分の楽しみのために勝手に書いて来たものがこうして世に出て行くことが幸運としか思えないということである。実際その幸運を引き寄せてくれた人と時との巡り合わせは望外のことであって、それを今更のようにありがたいと思わずにはいられないのである。

たしかに長い道のりだった。わたしはいまでもモンテーニュの読者であって研究者ではないけれど、『エセー』について書くとなれば、多少はこれに関する他の本も読まなければならなかった。つまりわたしはモンテーニュについて一から始めることになったのである。そんなわけでこの本は、第2部の冒頭から書き始めて、そのあとで第1部に戻り、最後に「序にかえて」を書いたのであったが、その書き始めから数えると、十年を越える年月が流れていた。そのあいだに他の仕事がなかったわけではないが、全体の構想は頭にあったから、時間を見付けてはその都度『エセー』を読み返して、書きたいところから気ままに書いていった。

それにしても、この程度の本を書くのにそれだけの時間が掛かったことをいぶかしく思う人がいるかも知れないが、それは仕事が遅いわたしの怠慢のためだと言えば済むことである。しかし実はそれだけでもない。『エセー』という本はそう簡単には読み尽くせない深さと多様さを持っていて、それがわたしを再読三読の楽しみに浸らせる一方で、書くことを遅らせることにもなったからである。ついでに言えば、この底が知れない深さと多様さは、モンテーニュ本人が告白している通り、かれがこの本でその本質を究めようとして容易に究め尽くせないことに気が付いた人間というものの二つの特徴を成すものでもあった。そして人間に関するそうしたかれの探究がやがて本の実質になって、今度はそれが、われわれがこの本から受け取る印象とも正確に一致するところに、かれの告白の真実を窺うことができるのである。そこが余人には簡単に真似ができないところであると同時に作家の誠実さを左右する大事なところでもある。考えてみると、読むほどに味が出るそういう本に出会えて、目まぐるしい世間をよそにそれと十数年も気長に付き合えたことは、一口に言って、幸せなことであった。ただし世間をよそにと言っても、拙著を読まれた方はすでにお気づきのことと思うが、『エセー』という本は、これを読むものをその人間が生きている現代のさまざまな問題に突き返すものを持っていて、ぜひともそれをここに言い添えておかなければならない。『エセー』が人間に関してそうした深く、多様な内容を持った本である以上、それを相手にどれだけ書いてみても、書き切ったという気持ちには到底なれるものでない。書き上げてみて、結局これが『エセー』の一端をかすめたに過ぎないものだと思っている。プルーストはこの『エセー』が書かれた著者の書斎について、そこは「無限に向かって開かれている」と言っていたが、それはつまりその書斎で書かれた本に、人間に関することで触れられていないことはないという意味であるに違いない。『エセー』がそういう本であれば、それを読み尽くすことも、それについて書き尽くすこともできるものでなく、わたしの本にも『エセー』について書き落としたことが幾らでもある。

その例を一つだけあげると、「ウェルギリウスの詩句について」という章がそれである。これは恋愛と性欲を扱ったものであるが、フランスの文学はこの種のものに事欠くことはないというよりも、むしろそうでないものを探すのが難しいと言える状況にあって、ここにはモンテーニュならではの人間観察の面白さ、率直さ、そして大胆さがある。かれがこれを書いたのは老境に入ってからのことであったが、その語り口は枯淡の味とは懸け離れたもので、かれが古典から引く引用の瑞々しさや奔放さもさることながら、性愛の歓びやそのありさまを正面から受け止めて語るその語り口は、老いてなお生きる歓びを求めつづけたルネサンス期の人間にふさわしい生命力に溢れている。わたしがこの章のことをここに持ち出したのは、いまも言ったように、これについて拙著のなかで触れてみたいと思いながらそれが果たせなかった憾みがあるからで、こういう章があることを読者に、それももう若くない読者や、すでに老境に入った読者にぜひ伝えたいと思ったからである。なぜならモンテーニュは老年に対して恋愛がもつ効用について、こんなことを言っていたからである。

［b］私は恋愛以外に私をやる気にさせる情熱を持っていない。［…］恋愛は私に用心深さと、節度と、優雅さと、身繕いを返してくれるだろう。私の顔付きを晴れやかにして、老年のしかめっ面、あのぶざまで哀れなしかめっ面がそれを台無しにしないようにしてくれるだろう。［c］私をもう一度健康で、賢い勉強に戻らせて、おかげで人からいっそう尊敬され、愛されるようになり、私とその私を用いることへの絶望を精神から追い払って、精神を自分へ立ち戻らせてくれるだろう。［b］老年になると、やることがなく、［c］体調も悪くなって、［b］数々のつらい思いや、［c］数々の憂鬱な悲しみに［b］胸が押し潰されるものだが、そんなものから私の気を逸らしてくれるだろう。自然が見放したあの血を、せめて夢想のなかでなりと、熱く燃え立たせてくれるだろう。まっしぐらに破滅へ向かって進んで行くこの哀れな男の顎を支え、その筋肉と［c］その魂の活力と快活さを［b］少しは引き伸ばしてくれるだろう。（八九三ページ）

こういう文を読むと、老人でも少しは顔が明るくなるのではあるまいか。またこれを読んで身に覚えがあると思う人はすでにモンテーニュの仲間だと言っていい。ゲーテは高齢になってから孫のような若い娘に真剣な恋をしたそうである。十八世紀のパリで華やかなサロンを開いていたデファン夫人は七十になって、自分より二十も年下のイギリス人の作家に生涯でただ一度の真実の恋をしただけでなく、その情熱が書かせた愛人との往復書簡は書簡文学の傑作としていまでも文学史に名を止めている。わが蕪村は老境に入ってから、ある芸妓を愛し、「よしなき風流、老の面目をうしなひ申候」と言いながら、艶やかな愛すべき名句を残した。しかしそこまで行かなくても、わたしのような凡夫は凡夫なりに、こういう章を読むと「せめて夢想のなかでなりと」空元気が出るのを感じるのである。やはりこの章に触れなかったことは惜しまれるが、しかしこうしてここに記しておけば、好奇心からこれを覗いて見る読者が出て来るかも知れない。そうなってくれれば、それだけでもう著者としては言うことはない。

書き残したことはまだいろいろあるように思うけれど、それよりもこの小著がきっかけになって、『エセー』を読む人がひとりでも殖えてくれることを願うばかりである。ただそのとき一つだけ危惧するのは、モンテーニュについてこの本が見当違いの理解をしてはいないかということである。わたしが自分なりの読み方でこれを読んだことは確かであるが、それが著者の真意から大きく外れていたのでは親愛な読者を裏切ることになるだろう。「[b] 私は自分についてはもう何一つ望むことも、推測してもらうこともない。もしも誰かが私について語らなければならないとしたら、どうか真実に基づいて、正確に語ってもらいたい。たとえ私に敬意を表するためであっても、私を実際とは違った形に作るものがいたら、それを打ち消すために、私は喜んであの世から舞い戻ってくるだろう」(九八三ページ)。わたしはときどき著者のこの言葉を思い出して、みずからを反省した。そしてできる限り、著者の真意をたずねるように努めた。結果については読者の判断に俟つほかはない。

最後になったが、これを書きながら恩師である渡辺一夫先生のことを想うことがあった。いまではさすがに稀にはなったけれど、以前は先生がときどき夢のなかに現れて、あの例の口調でやんわりと「しっかり勉強をしていますか」と訊ねられることがあった。わたしは冷や汗をかいて眼を覚ます。まだ学生だった頃、本郷界隈のバーでご馳走になりながら、先生からそう訊ねられて酔いが覚める思いをしたことがあったが、それが先生が亡くなられて何年経っても夢に出て来るのである。この本をあの世へお届けしたら、先生は何とおっしゃるだろうか。きっとこれも冷や汗を覚悟しなければならないことになるだろう。また大先輩の二宮敬先生にはこの本の一部を読んで頂いたことがあった。その先生も先年足早に逝ってしまわれて、もういつもの丁寧なご批評を聞くことができなくなった。なにか取り残された思いであるが、残された方にもそう遠くない日に順番が廻って来るのだからと思って、ここはただ黙って瞑目するしかないようだ。

いまこの本を手放すにあたって、いつも真っ先に原稿を読んで的確な批評をしてくれた妻伴子にこれを捧げることにする。

これがこうして形を取るにいたるまでに、筑摩書房歴代の編集者であった淡谷淳一さん、岡部優子さん、辰巳四郎さんがそれぞれに力を貸して下さった。こうした編集者諸氏にめぐり合えたことは書き手冥利に尽きることで、なかでも岩川哲司さんはわがことのように親身になってわたしを励まし、本の完成に全力を注いで下さった。岩川さんなくして、この本は生まれなかった。お礼の申し上げようがないのだが、それを最後に記して、せめてもの感謝の言葉にしたい。

なお、本書は獨協大学学術図書出版助成を受けて出版されるものであることを付記する。

著者識

平成十五年　盛夏

学術文庫版あとがき

旧著『モンテーニュ私記』を上梓してから早いものでもう十二年になる。その間、本は再版されないまま長い年月が流れたが、今度『モンテーニュ』と改題して講談社学術文庫に収められ、ふたたび世に出していただくことになった。もう再版を諦めていただけに素直にうれしかった。じつはこの本についてはこころに秘めたある思いがあったからでもある。

これはあとがきなので私事にわたることをお許しいただくとして、二十年近く前のことになるが、それまでの長い大学勤めもようやく先が見えはじめたとき、一筋にフランス文学を勉強してきた人間としてやっておきたい、やっておかねばならないと思ったことがあった。わたしは傍からはプルーストなど二十世紀の作家たちが専門であるようにいわれているが(しかし専門家といわれるだけの力がほんとうにあるのかどうかいまでも自分を疑っているのだが)、前々からその枠に嵌めこまれるのがあまり好きではなかった。枠などというものにとらわれずに、そのときわたしがやっておきたいと思ったのは、もういちど気持ちを学生の頃にもどしてフランス文学をルネサンスから読み直すことであった。

またその一方で、これも打ちあけていってしまえば、この読み直しにはフランス政府にいつかは恩返しをしたいという自分にだけ言い聞かせた思いがあった。わたしは政府から一九六〇年代と七〇年代後半に二度も留学の給付金をもらい、何の見返りも求められずに自由にパリで遊び学ぶことができたからだ。じっさいあの頃のパリは楽しかった。それを思い出すと自然とこころは往時のパリに戻ってゆくのだが、そんな生活を送らせてもらった恩だけはそう簡単に忘れられるものではない。そこでわたしは専門などという狭苦しい枠をぬけだしてまず自分がすこしでもひろくこの国の文学や思想を知り、あわせて芸術の世界にも分けいって、できることならそれらを日本の読者に伝えることができれば、フランスの文学や芸術にこころざしをいだく異国の若者たちを迎え入れて彼らに支援を惜しまないフランスという国へのせめてもの恩返しになると思ったのである。わたしがフランスとパリを愛し、生涯この道を歩んでこられたのも若き日のパリ留学なくしては考えられないからである。

そこでまずロンサールを読んだ。そこには近代詩とはまったくちがうルネサンスの豊かな詩の世界があってわたしを魅了し圧倒した。これについて何本か論文も書いた。十六世紀といえば散文の世界ではまずラブレーであるが、ラブレーのことは、渡辺一夫先生の講義と翻訳で多少は知っていた。そこでモンテーニュを読もうと思った。ロンサールの詩とは異なって、おなじ十六世紀でも彼の散文はむずかしくて歯が立たなかった。むずかしさはいまでも依然としてかわってはいないけれど、簡単には読めないことがわたしにはかえって幸いだった。近代の洗練されたなめらかな文章を読むのとはわけがちがって、固い肉を嚙みしめ、骨を齧るような遅々とした読み方は、一行一行で、ときには一語一語をめぐって『エセー』の著者との対話を強いた。そうやってわたしはすこしずつモンテーニュに近づき、彼の人間的魅力と『エセー』の深さを知るようになった。その悪戦苦闘の対話から生まれたのがこの本なのであった。

そのあと十八世紀に飛んで（十七世紀は多少読んでいたので）ヴォルテールの、なかでも膨大な書簡にあらわれた彼の人間性にこころを奪われ、その感動を『ヴォルテールの世紀――精神の自由への軌跡』（岩波書店、二〇〇九年）に綴った。また偶然手に入れたレスピナス嬢の恋文に衝撃を受けて、十八世紀のパリ社交界に生きた彼女の知られざる恋を『恋文――パリの名花レスピナス嬢悲話』（筑摩書房、二〇一四年）のなかに書くことになった。これから先の仕事となると、それがどうなるかは当人よりも残された時間が決めることであるが、とにかくそうして始めたここまでの仕事のさきがけとなったのが、このモンテーニュに関する本だったのである。冒頭に旧著に秘めた思いといったのはそのことを指している。そういう本がふたたび世に出ることを考えると、ひと昔前にこの本にたくした思いがじっさい昨日のことのように甦ってくる。あたらしい読者がこの文庫版によって、自国の文化にかぎりない誇りをもつフランスという国とその文学や思想にすこしでも興味を抱いていただければそれ以上のうれしさはない。

文庫版を出すにあたって旧著を読み返し、多少は文章の語句をあらためた。引用文も見直して気になるところを訂正したが、内容については手を加えていない。それをやり始めたら切りがないということもあるが、やはり旧著ははじめに出たときのすがたのまま出すのがいいように思ったからである。

十二年という年月は短くもあり、長くもあった。その間に世界にはさまざまな変化があった。人の暮らし方、考え方にも変化が起きている。百年近くまえにヴァレリーは、近代になってわたしたちの生活のスピードが目がくらむように速くなって、昔のように芸術家が目先のためでなく後世のためにたっぷり時間をかけて制作する余裕を失ったことを嘆いていた。スピードにふりまわされるのは芸術家だけではない。人びとは時間をかけて生活することを忘れてしまった。時間と情報に追われる現代のあわただしさは、ヴァレリーの時代の比ではなくなっている。自分以外のものにふりまわされて自分を見失っている生活というのは異常であり、そこからどんな病的なもの、歪んだものが生まれてきてもおかしくはない。現代にはびこる邪悪なもの、不正なものは、その源を探ってゆけば病根の一つは生活らしい生活の喪失にあるような気がする。

ラテン語の“otium”には、無為や閑暇のほかに、思索や執筆にささげる余暇という優雅な意味もふくまれていたようだが、それに由来するフランス語の“oisif”はもっぱら「無為な、ものぐさな、怠惰な」というネガティヴな意味で使われるようになった。ところが、このことばをモンテーニュは自分の生活を形容するために好んで使っている。無為も怠惰も忙しいことが美徳である現代では評判がわるい。しかし彼は自分の生活を卑下するためにこの語を使ったのではない。無為や閑暇は、いや怠惰でさえ、彼の目には真の意義と価値をもっていて、これらを称揚しさえしている。ボードレールも詩のなかで「豊饒なる怠惰」といった。そうした精神のオアシスがあってはじめて自分の生活を自分の意志で築くことができるからだ。

モンテーニュの生涯は宗教戦争の荒波に翻弄された一生であったが、国の激動がどれだけ彼を苦しめ、ときには彼の命を危険にさらすことになっても、生活をつらぬく芯は微動だにしなかった。その芯というのはこころの平穏と精神の自由である。彼はほかのすべてを捨ててでも、それだけは守りとおそうとした。だが、これは手をこまねいていて得られる性質のものではなかった。そのうえ時代が文字どおり乱世であったから、彼はその激動のなかにあって、自分がのぞむ静かで自由な生活を築くために孜孜《しし》として日々努力を重ねなければならなかった。モンテーニュはこう書いていた。「私はいっさいの努力を傾けて自分の生活を作って来たのです。それが私の仕事であり、作品なのです」。その努力の跡を『エセー』はくりかえし語っている。わたしが描きたいと思ったのもそういうモンテーニュのすがたであった。文庫版になった拙著が、現代を生きている人たちが彼の生き方にふれて自分の生活をふりかえる一つのきっかけとなってくれることをこころから願っている。

文庫化に際しては、講談社の互盛央さんがすべてお膳立てをしてくださった。編集作業と文章にたいする的確な判断には敬意を、老学生へのやさしい心づかいにはひたすら感謝をささげるばかりである。

二〇一五年初夏　　パリと東京にて

保苅瑞穂

本書の原本は、『モンテーニュ私記――よく生き、よく死ぬために』として、二〇〇三年に筑摩書房より刊行されました。

保苅瑞穂（ほかり　みずほ）

1937年，東京都生まれ。東京大学大学院人文科学研究科博士課程中退。東京大学名誉教授。専門はフランス文学。主な著書に『プルースト・印象と隠喩』，『プルースト・夢の方法』，『ヴォルテールの世紀』など。主な訳書に『プルースト評論選』，ロラン・バルト『批評と真実』など。2021年没。

講談社学術文庫

定価はカバーに表示してあります。

モンテーニュ
よく生《い》き、よく死《し》ぬために

保《ほ》苅《かり》瑞《みず》穂《ほ》

2015年９月10日　第１刷発行
2024年12月10日　第５刷発行

発行者　篠木和久
発行所　株式会社講談社
東京都文京区音羽2-12-21 〒112-8001
電話　編集（03）5395-3512
販売（03）5395-5817
業務（03）5395-3615
装　幀　蟹江征治
印　刷　株式会社広済堂ネクスト
製　本　株式会社国宝社
本文データ制作　講談社デジタル製作

ISBN978-4-06-292322-4

「講談社学術文庫」の刊行に当たって

これは、学術をポケットに入れることをモットーとして生まれた文庫である。学術は少年の心を養い、成年の心を満たす。その学術がポケットにはいる形で、万人のものになることは、生涯教育をうたう現代の理想である。

こうした考え方は、学術を巨大な城のように見る世間の常識に反するかもしれない。また、一部の人たちからは、学術の権威をおとすものと非難されるかもしれない。しかし、それはいずれも学術の新しい在り方を解しないものといわざるをえない。

学術は、まず魔術への挑戦から始まった。やがて、いわゆる常識をつぎつぎに改めていった。学術の権威は、幾百年、幾千年にわたる、苦しい戦いの成果である。こうしてきずきあげられた城が、一見して近づきがたいものにうつるのは、そのためである。しかし、学術の権威を、その形の上だけで判断してはならない。その生成のあとをかえりみれば、その根は常に人々の生活の中にあった。学術が大きな力たりうるのはそのためであって、生活をはなれた学術は、どこにもない。

開かれた社会といわれる現代にとって、これはまったく自明である。生活と学術との間に、もし距離があるとすれば、何をおいてもこれを埋めねばならない。もしこの距離が形の上の迷信からきているとすれば、その迷信をうち破らねばならぬ。

学術文庫は、内外の迷信を打破し、学術のために新しい天地をひらく意図をもって生まれた。文庫という小さい形と、学術という壮大な城とが、完全に両立するためには、なおいくらかの時を必要とするであろう。しかし、学術をポケットにした社会が、人間の生活にとってより豊かな社会であることは、たしかである。そうした社会の実現のために、文庫の世界に新しいジャンルを加えることができれば幸いである。

一九七六年六月　　野間省一